漫娱图书
SINCE 2008

八千桂酒 · 著

长江出版社
CHANGJIANGPRESS

漫娱图书

夕阳照进来，是难得的晴天。
这是宋天暮对那一年夏天最清晰的回忆。

目录
MULU

年少的时候总以为一切都是理所应当的，等到想挽回时却发现回头的路好难走，周围的风景居然都变成了阻碍，勉强创造的平静一瞬间就会消失，想抓也抓不住。

T

U

N

A

/ CHAPTER 01 /

你还记得第一次坐飞机是什么感觉吗？

当飞机从跑道上升起的那一刻，就像有看不见的手把你的后背往上推，窗外的景物神奇地变小，再变小，最后消失在云层下面不可分辨。宋天暮永远也不会忘记这一刻，尽管他生命中有许多事比这更加难忘。

空姐走过来，柔声询问他们要喝什么，宋天暮呆呆地看着推车上的饮料，不知如何回答。

"您好，可口可乐、橙汁、姜汁、咖啡和矿泉水，请问您要什么？"

林子淑要了两杯矿泉水，于是宋天暮失去了第一次喝咖啡的机会。

"你见了你叔叔要懂点礼貌，别像在家似的问你三句都答不出一句来，听见没？"

宋天暮点点头，思考着到时应该如何回答，却一不小心把手里的水洒了，新买的牛仔外套被洇出深色的水痕。

"毛手毛脚的。"林子淑拿纸巾把他衣服上的水痕擦干，纸屑却粘在了衣服上。

"你自己弄干净！"林子淑皱起眉来。

宋天暮点点头，一点一点把衣服上的纸屑抠下来，直到下飞机还没清理干净。林子淑拎着两个大行李箱往机场外走，宋天暮背着书包，一路小跑着跟在后面，林子淑停下来等他两步，看着他明显买大了的运动鞋再次把眉毛皱了起来。

"早知道带你去换好了。"林子淑扯了一把宋天暮的袖子，"快走。"

"妈。"宋天暮抬起头，"今天晚上我住哪里？"

"你陆叔叔还能让你没地方住吗？"

"那以后就住他家吗？"

"是，你和我以后就住他家，你现在叫陆叔叔，等我们领了证你要管他叫爸，听到没？"

"哦。"宋天暮说，"我爸他——"

"你要死了你！"林子淑拿手指头戳他的脑袋，"告诉你几次了，不许提你爸！"

宋天暮吸吸鼻子，把书包往上提了提，说："知道了。"

陆超英看见林子淑，笑着挥挥手，深灰色西装衬得陆超英很有气质，林子淑赶紧拨弄一下自己的刘海，快步朝他走过去。

"这是天暮吧？长得真秀气，多大了？"

林子淑说："十四，不爱吃饭长得慢。"

"没事，多喝点牛奶，几个月个子就蹿起来了，快走吧。"陆超英接过他们的行李。

我个子矮是因为我爸也矮，宋天暮心里冒出这句话，想到刚刚林子淑的叮嘱，把嘴闭得很紧。

陆超英带他们去吃粤菜，宋天暮跟在两个大人后面，看着大厅硕大的圆形吊灯，紧张地揉揉眼睛。

"怎么才来啊？我都饿死了。"一个穿短裤短袖的少年坐在包厢里，看他们来了，抬头冲他爸抱怨。

"起来和你林阿姨还有弟弟打招呼，没规矩。"陆超英轻声呵斥他。

那少年起身，对宋天暮说："你穿这么多不热啊？"

宋天暮抬头看看他妈，有些不知所措。

"这边的天气是热了点，晚上凉穿这么多刚好。"陆超英给他解围，"天暮，来，坐你凯扬哥哥旁边。"

宋天暮只好在陆凯扬身边坐下。菜被端上来，陆超英和林子淑亲热地说着话，陆凯扬在吃文昌鸡，宋天暮犹豫半晌，夹了一个灌汤包咬下去。

"唔！"宋天暮被烫得说不出话，灌汤包掉在桌子上，剩下的汤溢到桌边。

"哎哟，怎么搞的？"陆超英赶紧倒了冰可乐给他，林子淑一边责怪他不小心一边拿纸巾擦桌子，陆凯扬叼着鸡骨头翻了个白眼。于是直到这顿饭吃完，宋天暮也没吃饱。

"那我们回家吧？"陆超英把钱夹收好，帮林子淑拎起外套。

"我不回。"陆凯扬说，"辉仔找我玩。"

"带弟弟一起去。"陆超英从钱包里点出钱递给陆凯扬，"晚上去天虹给弟弟买套新衣服。"

"不用不用。"林子淑赶紧拦着陆超英，"他有衣服穿。"

"给弟弟买套新的，去。"陆超英只顾着吩咐陆凯扬。

"哦。"陆凯扬又翻了个白眼，把钱装好，擦擦嘴走出了包房。

"跟着哥哥呀。"林子淑推了宋天暮一把，宋天暮只好跟着陆凯扬出门。

热浪席卷而来，宋天暮脱了牛仔外套，露出里面的奥特曼短袖，因为用热水洗过，上面的印花有点掉了，陆凯扬瞥了他一眼，站在街边打车。

出租车停下，陆凯扬坐上副驾驶位，回头看看站在原地的他，说："愣着干吗，上车啊。"

宋天暮试探着拉开后座车门，车门打开，他这才松了口气，坐在后面。车里放着《恋曲 1990》。

"喂。"陆凯扬说。

"啊？"宋天暮有些迟钝地回应，"叫我吗？"

"是啊，还能叫谁啊？"陆凯扬啧了一声，"你穿多大的衣服？"

宋天暮平时买衣服都是去镇子里找林子淑，林子淑再带他去市场卖衣服的摊位边直接试，他也不知道自己穿多大的。

"怎么连自己穿多大的衣服都不知道啊？"陆凯扬似乎有些崩溃，"算了，那我就看着买了，等会儿你自己去快餐店坐会儿，我玩完了再去找你。"

宋天暮点点头，转过脸，好奇地看向车窗外。楼宇飞驰而过，宋天暮想看仔细，那些楼宇却很快就找不见了。车子停下，宋天暮胃里有些翻腾，他跟着陆凯扬下车，走到商场门口，陆凯扬掏出一百块递给他，指了指附近的快餐店："别乱跑啊你。"

宋天暮犹豫着不想要钱，陆凯扬把钱塞进他的兜里："你什么也不买，在人家那里干坐着啊。"

"凯扬！"两个男生站在远处冲他挥手。

陆凯扬见状，赶紧对宋天暮说："快进去。"

可是已经来不及了。

"这谁啊？"周文辉不知道从哪里蹿出来，笑嘻嘻地打量宋天暮。

陆凯扬只好拉长了脸说："你知道的啊，问什么问。"

"哦——你弟弟呀。"周文辉故意拉着长声。

陆凯扬不想理他，回头看另外两个人，有些惊讶地说："池明知几号回来的？"

"你自己问呗。"周文辉努努嘴。

"我把他游戏机搞坏了还没和他讲。"陆凯扬说。

几句话的工夫，那两个男生就走了过来，陆凯扬和池明知打招呼，问他几号回来的，池明知笑了一下："昨天。"

然后，他看了宋天暮一眼，陆凯扬只好不情不愿地介绍："我弟弟。"

"恭喜凯扬有新妈啦。"周文辉说，"你爸办不办喜酒啊？"

"不办！"陆凯扬瞪他。

大家笑成一团，只有池明知没笑，他冲宋天暮点点头，说："你好。"

宋天暮手足无措，用极低的声音含含糊糊地说了句"你好"。

"走吧。"池明知拍拍宋天暮肩膀，示意他一起进去。

宋天暮抬头看陆凯扬，可陆凯扬已经和周文辉勾肩搭背地进去了，他只好跟着池明知走。

商场负一层卖漫画，陆凯扬想买《鬼神童子》，几个人站在书架前翻找，但周文辉说拿着书玩好累，于是他们又上楼逛。

"你弟走得好慢啊。"周文辉说，"别走丢了。"

陆凯扬回头："你走快点啊。"

宋天暮跟着他们走了一会儿，终于忍不住说："我想上厕所。"

"啊？"陆凯扬没听清，"什么？"

"他想去洗手间。"池明知说，"我带他去吧。"

"池明知真是心肠好啊。"周文辉撞了撞陆凯扬的肩膀，"你个当哥的对你弟亲切点儿。"

宋天暮跟着池明知走到洗手间，他觉得池明知比自己高好多，虽然想和池明知说句话，可他想不到什么好的开场白，只好一路沉默。回去的时候他正好听到陆凯扬在讲话。

"告诉他那女人是骗子了，哦，好了，人家不听，让我别管，我说你找个乡下来的你图什么呀？和我妈比你不嫌丢人啊？你知道我妈怎么说？我妈说'哎呀，凯扬你爸爸就是这样重感情的'，我真服了哦。"

宋天暮蹲下来系运动鞋鞋带，系了半天，鞋带还是长长的，看起来邋里邋遢。他的肚子咕噜一声，池明知听到了，问："饿了吗？"

宋天暮赶紧摇头。

几个人逛到八点多，陆凯扬说要回家，和他们告别，池明知不知从哪儿买了个金枪鱼饭团，装在透明包装袋里递给宋天暮。

"走啦。"陆凯扬拎着一兜子漫画书，"对了明知，我把你游戏机弄坏了，明天我送去修，修好了再给你。"

"没关系。"池明知说。

回到家已经快九点，林子淑让宋天暮去洗澡，宋天暮拧开水龙头，滚烫的水喷出来，烫得他蹲在地上，闭着眼睛摸了半天才把水温调低。他洗好澡走出浴室，陆超英带他去卧室，房间很小，但只有他自己住，里面收拾得很干净，床上还换了新的四件套。

陆凯扬在沙发上看电视，陆超英说："凯扬，过来。"

"干吗？"陆凯扬扯着嗓子喊。

"过来说。"

陆凯扬走过来，并不踏进宋天暮的卧室："说。"

"开学了弟弟可能要和你分到一个班，你照顾好弟弟。知不知道？"

"哇，他这么大人了不会照顾自己吗？我连我自己都照顾不好，我还照顾他？"

陆超英面露不悦，陆凯扬转身走了。

"别搭理他。"陆超英客气地嘱咐了宋天暮两句，也走了。

宋天暮躺在床上，关了灯，肚子里咕噜咕噜地叫，过了半晌，他摸到自己牛仔外套里面的饭团，打开袋子，咬了一口。风把窗帘吹起来，他靠在墙上，蜷起腿，大口大口地吃着。

一年前，宋天暮的爸爸因为过失伤人被判刑；半年前，一直带他的奶奶因为心梗去世；两个月前，林子淑从镇子里回到老家，问他想不想跟自己走。

宋天暮说："想。"

于是，90 年代末的夏天，宋天暮辗转大半个国家来到这里，就着月光吃下金枪鱼饭团。此时此刻他后悔自己在回答问题的时候撒谎，如果让时光倒退到两个月前，林子淑在老家院子里问他想不想跟着自己走，他一定会毫不犹豫地回答："不想。"

六点半，宋天暮起床，揉揉眼睛穿好袜子，把自己堆在床尾的短袖拿起来看——皱皱巴巴的。努力抻了几下，还是皱皱巴巴，他只好把衣服套上。

林子淑已经在厨房里做饭了，早饭是皮蛋瘦肉粥和肉包子，还有刚刚拌好的黄瓜小咸菜。

"你洗脸刷牙声音小点啊，别把你哥哥吵醒了。"

"哦。"宋天暮挠挠鼻子，"他比我大很多吗？"

"比你大四个月。"

那也没有大很多啊，宋天暮一边这么想着，一边走到卫生间洗脸。收拾完，肉包子也出锅了，林子淑小声招呼他帮忙往桌子上端。

"我儿子都没吃过几顿我做的饭呢。"林子淑突然感叹，"以后妈天天给你做饭吃。"

原来你会做包子啊，宋天暮心想。他出生之后没几年，他爸妈就跑去镇子里开了个食杂店，因为租的是亲戚家的房子，房租省了不少，所以前两年还是赚到了一些钱的。后来镇子里开了两家大超市，食杂店开始亏钱，亏了没多久，他爸妈就退租不干了。他爸换了几份工作，都没做长久，又没钱又爱在外面和女人鬼混。林子淑想离婚，可他爸不干，两个人不是吵架就是打架，折腾了好几年也没离成。这期间林子淑找了个宾馆前台的工作，一直干到几个月前。

读小学的时候，宋天暮半个月去找他们一次，林子淑会带他去吃麻辣烫或者是麻辣烫店隔壁的馄饨，食杂店退租之后他爸妈租了个旧楼房，宋天暮吃完了饭就去楼房里住一晚，第二天一早再坐大巴回奶奶家。每次他去的时候都会发现不是家里的玻璃碎了，就是盘子碗消失了一部分，有一次他看到卧室床头的墙壁上有血，也不知道是他爸的还是林子淑的，毕竟林子淑疯起来也是会动刀的人。

宋天暮也没想到他爸妈会突然离婚。酒后伤人差点闹出人命什么的，虽然像是他爸会做出来的事，但真的发生了，还是让人有些意外。他爸进去之后，林子淑重获新生，不知道怎么认识了远隔千里的陆超英，火速敲定大事，带着宋天暮投奔对方。

想到这里，宋天暮鼻子有些痒，他捂住脸转过头，打了个喷嚏，林子淑赶紧在他背上拍了几下："你别弄到锅里，人家看见了就不吃了！"

"哦。"宋天暮说。

陆凯扬醒了，打着哈欠去卫生间撒尿，尿完了迷迷糊糊走出来，才发现林子淑母子在饭桌前站着，吓得他一个激灵，彻底清醒过来："你们起这么早干吗啊？"

"做了点早饭。"林子淑热情地招呼陆凯扬，"凯扬，快过来吃吧。"

"什么呀。"陆凯扬打量一番，露出嫌弃的表情，"我不爱吃包子，你们自己吃吧。"

陆超英推开卧室门，听到自己儿子刚刚的话，脸色变得不太好看，陆凯扬看了一眼他爸，不情不愿地翻了个白眼，大力拉开椅子，坐在餐桌前端起粥喝了一口。

"这么咸！"陆凯扬大为震惊。

陆超英把筷子重重摔在桌子上，陆凯扬不再说话，于是早饭在低气压之中结束了。

今天是开学的日子。

"去吧。"陆超英拍拍宋天暮的肩膀,"有什么不懂的问你哥哥,凯扬,你好好照顾弟弟,听见了没?"

"听见了。"陆凯扬把书包甩在肩上,"走不走啊?一会儿迟到了。"

宋天暮只好抱着还没整理好的书包跟着他跑出门。

等出租车的时候,陆凯扬突然回头看他:"喂。"

"嗯?"宋天暮赶紧抬头,"怎么了?"

"你在学校不能和别人说你认识我,更不能告诉别人你妈和我爸住一起了,要不然我打死你,听到没有?"陆凯扬狠狠推了他一把,他的新书包掉在地上,沾了很多灰。

"哦。"宋天暮说,"知道了。"

"土死了。"陆凯扬还是很不满意,"你穿的都是什么啊。"

"衣服啊。"

"不穿衣服你还光着啊?"陆凯扬在他头上重重拍了几下,"烦死了!你有什么事去问老师问班长,别来问我,听到了没?"

宋天暮有点感冒,被他一拍,好像鼻涕都要被拍出来了,只得吸吸鼻子道:"知道了。"

"天啊。"陆凯扬似乎很绝望,"你——算了,反正你别和别人说认识我就行了。"

于是他们两个下了出租车之后就分开,陆凯扬大步走在前面,宋天暮跟在他后面,怕跟丢了,不敢离太远,可是离太近了又会被他瞪。

这个重点中学的初中部几乎有十个宋天暮之前的初中大,宋天暮看了看远处的塑胶跑道,再回头的时候陆凯扬已经不见了。他站在潮水般不断前涌的人群里,有片刻的失神。虽然不知道应该去哪里,但还是害怕被人看出不对劲,只能跟着人群前进,因为已经不知道后退的方向在哪儿。

天气突然转阴，开始下起小雨，学生们往教学楼跑，宋天暮试着往队伍旁边挤。有人拍了拍他的肩膀，宋天暮回头。金枪鱼，他猛地想到这三个字，然后反应过来，不是金枪鱼，是池明知。

"你哥呢？"池明知低下头看他。

宋天暮想起陆凯扬的禁令，赶紧摇头，池明知不明所以，拉着他上楼。

"我们八班在这边，顺着楼梯往左走，教室少的这边，走廊最里面。"池明知又往右指了指，"洗手间在那边。"

"好。"宋天暮赶紧点头。

"对了，你是和你哥一个班吧？"池明知似乎担心自己搞错。

"他说在学校里不能叫他哥。"宋天暮终于把禁令说了出来。

池明知轻轻地哦了一声，带他走进了教室。陆凯扬正坐在椅子上和旁边的女生聊天，也不知说到了什么，周围人都笑起来，那女生笑着拿笔记本扔他，他接住，扔给前桌，几个人轮流扔，最后笔记本掉在宋天暮脚下。

陆凯扬抬头，凶狠地盯着宋天暮。于是宋天暮一言不发地捡起笔记本放在他桌上，并没多话。

"你走错教室了吧同学？"扎马尾的女生说。

"没有。"宋天暮在陆凯扬的注视下说，"我是新来的。"

"转学生啊？你从哪儿来的呀？"那女生友善地和他聊天。

宋天暮说了个地名，那女生问："在哪儿啊？没听过呢。"

"喊，你想去啊？"陆凯扬把笔记本扔回去。

"你再扔！"那女生怒目圆睁，拿英语书扔他，大家又笑了起来。

宋天暮吸吸鼻子，一言不发地站在教室门口，低头看自己的运动鞋。

他上小学的时候买过一本《安徒生童话》，里面的很多故事读起来都让他感到不适，比如说《夜莺》，皇帝喜欢听夜莺唱歌，但很快一个机器夜莺就取代了真夜莺的位置，直到皇帝临死前，真夜莺才回到皇宫，用自己的歌声挽救了皇帝；又比如《美人鱼》，为了爱错人的王子献出自己的声音换取双腿。

所谓无望，就是你知道没有结果但还要去做，你不知道你要做多久才能到头。但最令他不适的，还是丑小鸭的故事，丑小鸭无论怎样都会变成白天鹅，因为它的爸妈就是白天鹅，他不懂为什么安徒生把它写得像个励志故事。

此刻宋天暮更加理解这种感觉，当他出生的那一刻一切就注定了：念村子里的小学，因为天赋平平，所以要比别人更加努力，才能不花多余的钱进镇子里的中学，而后来因为爸爸进了监狱，所以要被同学排挤。

唯一的意外大概就是跟着妈妈来到这里，他丝毫不觉得陆凯扬的所作所为过分，因为自己和妈妈确实是闯入者，给陆凯扬带来了麻烦，占有了属于陆凯扬的一些东西。自己能拥有一个属于自己的干净房间，能在这么好的学校念书，甚至是能有机会吃到林子淑做的饭，都要归功于这个意外。所以他不会给陆凯扬带来任何麻烦。

他被班主任安排在第四排，第一个上午几乎什么也没听懂，两边的教材不一样，教学进度也不一样，这边的老师上英语课一句中文都不讲，他都不知道对方在说什么。

午休的时候，陆凯扬和几个朋友一起去食堂吃饭，周文辉挤眉弄眼地朝他笑，还招手示意他跟上，陆凯扬看见了，虎着脸在周文辉于背上用力拍了一下，周文辉看出来陆凯扬是认真的，只好撇撇嘴走了。

池明知回头，在原地站定："走吗？"

"哎？"宋天暮愣了一下，"我，我等一会儿。"

"食堂在那边。"池明知带他走到窗边，往下指，"没什么特别好吃的，去找人少的窗口排队就行。"

宋天暮赶紧点头，说："谢谢。"

"算了，我还是带你去吧。"池明知抓起他的手腕，穿过人群，带他下楼。

他被带到食堂，吃了一碗热腾腾的阳春面，周围嘈杂的人声和池明知的脸都在记忆里栩栩如生。

在他进入新学校的第一个礼拜日，陆超英带他们去市中心一家新开的餐厅吃饭，电视机播报着洪水救灾和捐款情况，陆凯扬问陆超英："你捐了多少哦，够不够上电视的？"

陆超英拿手指比了个数。

"哦哟。"陆凯扬撇撇嘴，意思是捐得太多。

"国家兴亡，匹夫有责。"陆超英拍拍陆凯扬脑袋，"快坐，你想吃什么？"

"别拍，长不高了！"陆凯扬别扭地躲开。

"凯扬，天暮，今天叫你们出来，其实是有件喜事想和你们说。"宋天暮抬头，林子淑有些不好意思地笑着。

半分钟之后，陆凯扬猛地起身，黑着脸说："我不同意，你们敢生下来我就去美国找我妈，再也不回来了。"

林子淑面色惨白，陆超英被他气得不行："这不是你能决定的！"

"我就是能决定！"陆凯扬彻底疯了，"别以为我不敢！"

说完，陆凯扬狠狠推开宋天暮，起身走了。当天晚上，差不多十一点才回到家的陆凯扬摸到宋天暮的卧室，把已经睡着的他拎起来。

"怎么了？"宋天暮说。

"劝你妈去打胎。"陆凯扬开门见山，"要不然以后你别想有好日子过。"

"我没这个权利。"

陆凯扬把他推在墙上："你再说一遍？"

"那是我妈的孩子，我没权利劝她去打胎。"

陆凯扬推了他一下，宋天暮没有还手。

"你去不去？"

宋天暮摇头，陆凯扬又推了一下。

"去不去？"

"你可以去找你爸。"宋天暮说，"如果他不想要的话，我妈会把孩子打掉的。"

陆凯扬气得眼睛都红了，谁都能看出来，陆超英对这个还没出生的孩子简直要期待死了。陆凯扬气得一直发疯，对着宋天暮又瞪又骂。

宋天暮突然觉得他很可怜，一个知道自己不重要的人不可怜，因为他不会失望。但是一个以为自己很重要的人很可怜，因为他在每一个需要被选择的当口儿都会面对失望。虽然自己是被骂的，但他还是情不自禁地可怜起了陆凯扬。

"你等着。"陆凯扬威胁他，"等着！"

"哦。"宋天暮说，"你早点睡吧。"

躺在床上，宋天暮突然觉得一些熟悉的场景在脑中一闪而过，他试探着攥住自己的手腕，场景不断变换，最终定格在池明知帮助自己的那些画面上。

于是之后宋天暮每一次收到善意，都会情不自禁地想起池明知。

"和我国隔海相望的国家有哪几个？"地理老师扫视下面的学生，"没人举手吗？"

宋天暮翻了一页书，发出哗啦一声响，老师看向他："宋天暮，你答。"

宋天暮答了几个最熟悉的，又翻了一页书，不知道还有什么。同桌赶紧提醒他，声音压低，听起来不太清楚。

"M 国……"宋天暮没听清后面的。

"同桌答吧。"地理老师说。

于是同桌站起来，把马尾辫一甩，流利地回答了问题。

下了课，同桌拿手肘撞宋天暮："你怎么这么笨呀！"

"我没听清，你说太快了。"

"那我下回慢点说呗。"同桌从书包里掏出自己上学期的笔记，"给你，回家看。"

宋天暮打开，笔记里面都是明星贴纸，花里胡哨的："谢谢。"

"不客气。"同桌摆摆手，一副大姐大模样。

体委走过来，低头看了宋天暮一眼，宋天暮还在研究笔记本里面的贴纸。

今天的午饭还是在食堂吃万年不变的阳春面，因为阳春面这个窗口排队最快，池明知和陆凯扬他们坐在一起，池明知低声说了句什么，周文辉夸张地笑了起来。

陆凯扬嫌弃地端起自己的餐盘："喷到我饭里了！你别这么恶心行不行？"

宋天暮回头看，陆凯扬冷着脸无视了他。前几天陆凯扬大半夜发疯，宋天暮被他推得身上都青了好几块，第二天就被大人们发现了。陆超英气得给了陆凯扬两个耳光，把他鼻血都打出来了，陆凯扬又发疯，砸了家里的盘子和碗，说自己要去国外找他妈。说完他大哭起来，好像受了天大的委屈，父子俩僵持很久，最后还是陆超英先低了头，带他去卫生间洗了脸，又把他带进卧室说了半天的话。

父子二人谈过之后，陆凯扬就没再继续找宋天暮的麻烦，只不过拒绝和他们母子说话，也不肯吃林子淑做的饭。

宋天暮觉得这样已经不错了，他对自己的生活很满意。他的同桌人很好，会主动给他讲题看笔记，他有什么不懂的还可以问她。唯一让他惦记的是，池明知好几天都没和他说话。非要说的话，也不是池明知不理他，只是两个人没什么交集，宋天暮也不知道要说点什么当开场白。

吃完面，宋天暮去了趟洗手间，洗拖布的地方几个男生凑在一起闲聊打闹，宋天暮看到体委瞥了他一眼，他没说什么，洗洗手转身离开了。

下午第一节课上到一半，教导主任站在门口叫人，体委和几个男生被叫出去，没过多久门口就传来七嘴八舌的否认声，一连串"没有没有没有""不是我不是我不是我"，好像一群鹦鹉拼命展示才艺。班主任也来了，站在走廊骂人，几个男生鹦鹉学舌更来劲了，班主任带着他们去办公室，骂了半节课才让他们回去。

体委推开往外走的人群，站在宋天暮桌前："你告诉老师的？"

"不是我。"宋天暮实话实说。

"不是你是谁？"

"真的不是我。"宋天暮说，"我从卫生间回来之后就没出过教室。"

同桌抬头看看体委："你别在教室闹好吧？"

她一劝，体委更生气了，咬着牙回到座位上，咣当一声，差点把桌子踹倒。

宋天暮已经学会了坐公交车，也就不用每天都跟着陆凯扬一起走，放了学，陆凯扬拎着书包弹簧似的蹦出去，宋天暮慢吞吞地收拾书包，把同桌的笔记本小心地放到书包夹层里。

刚放好，体委走过来拍拍他的肩膀，宋天暮不明所以，突然被一路拖拽到走廊，几个男生起着哄把他往厕所门口推，宋天暮反应过来，拼命挣扎，可体委力气很大，一直拖着他。

"让让！让让！"几个男生哄笑起来。

学生们盯着他们看，宋天暮突然有点恨他爸，要是他爸个子再高一点，他也不会比同龄人矮，说不定力气还能大一点。所以说，一切都是注定的吗，要是这样的话真的有点……

宋天暮看着走廊上倾斜的人影，突然有人拦住体委，把他拽了过去。宋天暮认出眼前这双鞋的主人，是池明知。

"干什么呢？"池明知拧着眉毛。

"管得着吗你？"体委不甘示弱。

池明知把宋天暮拉起来，自己则隔在他和体委中间，随后把他往楼梯的方向轻轻推了一把："走。"

宋天暮听话地走了，体委过来拦，池明知挡住他："想干吗？"

男生们过来把体委架走了，池明知回头，看到了站在楼梯口等他的宋天暮。

"走吧。"池明知说。

"书包还没拿。"宋天暮吸了吸鼻涕，一副没出息的邋遢样子。

"陪你去拿。"池明知拉着他往教室走。

拿好书包，两个人一起出校门，池明知看看他，宋天暮又吸了吸鼻涕。池明知从包里掏出面巾纸递给他："感冒还没好？"

"快好了。"宋天暮一下一下地擤鼻涕，怎么也擤不干净。他突然觉得有点丢脸，干什么都丢脸，但好像也没什么大问题，毕竟他的脸皮没那么金贵，而且他也不是很在意别人的眼光。

池明知让他在这里等一会儿，再回来时拿了两盒冰激凌，宋天暮接过，挖了一勺吃，吸吸鼻子，又挖了一勺。冰激凌吃完了，他才想起来说谢谢。

"不用客气。"池明知把他手里的冰激凌盒拿过来，扔到一边的垃圾桶里。

"那我回家了。"宋天暮在兜里摸硬币。

"好的，自己回家要小心。"池明知说，"你得多喝牛奶，要不然长不高。"

　　有风吹过，池明知的校服领子被吹起来，又落下去，宋天暮怔怔地看着他，不知道应该做何反应。那天宋天暮一直在想一个问题，那就是：为什么他会照顾我呢？为什么呢？

　　如果一切都是注定，你除了接受并没有别的办法。

　　宋天暮想把这个道理告诉陆凯扬，可现在的陆凯扬听不进去。对现在的陆凯扬来说，林子淑肚子里的小孩像一个定时炸弹，生出来这个家就会碎裂，所以陆凯扬的生育焦虑比林子淑还要严重，好像肚子里有个小孩的人是他一样。

　　陆凯扬不肯吃林子淑做的饭，试图通过这种方式把林子淑的孩子气掉，奈何这孩子和他对着干，产检结果一切正常，这孩子比哪吒都身强体壮。陆凯扬又吵着要去美国找他妈，陆超英哄他，哄好了他又闹，翻来覆去，没完没了。

　　林子淑显怀的时候，陆凯扬终于受不了了，他再次推开宋天暮的门，要求宋天暮处理这件事。宋天暮躺在床上看着他："怎么处理呢？"

　　"你问我啊！"陆凯扬大叫着，看起来凶神恶煞，宋天暮却越发觉得陆凯扬可怜，像那些在地上打滚大哭不会说话的小孩。

　　"我没办法。"宋天暮说，"你冷静一下吧。"

　　"我怎么冷静！"陆凯扬把他的书包拎起来，重重摔在地上，再拎起来，再摔，然后环顾四周，发现这个房间里东西少得可怜，没什么东西供他摔，只好把宋天暮的被子抢过来摔在地上。宋天暮静静地看着他，像旁观小孩发疯的家长。

　　"你什么意思？"陆凯扬觉得自己受到了挑衅。

　　"早点睡吧。"宋天暮说。

　　陆凯扬一脸无语的表情，重重踢了一脚他的书包，转身往门口走。

　　"哥。"宋天暮突然说。

　　"你疯了吗！"陆凯扬狂躁地说，"你喊我什么？"

"你听到了。"

陆凯扬：……

宋天暮隐约觉得自己解决了一个很大的问题，他和池明知说了这件事，池明知笑得不行，说宋天暮很厉害。那天是池明知第一次在周末带他出去玩，就他们俩，池明知问他去没去过电影院，他说没去过，于是池明知约他去看电影，进场的时候人挤人，池明知怕他走丢了，一边走一边回头。

"我丢不了。"宋天暮说，"你走啊。"

"开学那天你就丢了。"池明知笑，"还是我领你去的教室。"

"那是因为陆凯扬走太快了。"

找了位置坐好，宋天暮发现池明知的鞋带松开了，他蹲下去给池明知系鞋带，池明知哎了一声，把他拎起来坐好："我自己来。"

要是陆凯扬看见这一幕肯定会气到吐血，他的"便宜"弟弟居然像个奴才一样，蹲在地上给池明知系鞋带，真是丢尽了他的人。可之后宋天暮一直都没有改掉这个习惯，他做过很多让陆凯扬觉得丢尽脸面的事，包括但不限于当池明知的小跑腿，给池明知背包等，这种事做得多了，池明知也就不会像今天这样拒绝了。

实际上，宋天暮觉得自己只是在选择接受，如同接受和妈妈一起离开，接受自己的新爸爸是陆超英一样，接受池明知递过来的那个金枪鱼饭团。

这样的习惯是一种很有力量的东西，它把教条刻进你的肌肉，控制你在思考之前就做出反应。

90年代末发生了很多事，比如说著名的儿童文学家去世，再比如说陆心蕊出生。

家里多了个孩子没日没夜地哭，陆凯扬情绪崩溃，在学校里三番五次为难宋天暮。宋天暮不反抗，因为他觉得陆凯扬已经够可怜了，再说眼看就要到接下来的一次月考了，他要抓紧时间学习。

宋天暮第一次去池明知家做客，对着复式楼梯暗自震惊，池明知穿着睡衣，和他一起坐在卧室的地毯上学习。

"读一遍。"池明知指着英语书上的课文。

宋天暮很听话，让读就读，纯正中式英语，念完一遍觉得意犹未尽，说："我再来一遍。"

"停，你这口语怎么办？"池明知一脸受不了的表情。

"不挺好的吗？"宋天暮很自信。

"不行。"池明知说，"期末考你口语肯定不行。"

"那你读。"宋天暮把英语书递给他。

池明知读了一遍，满分口语，宋天暮给他鼓掌："比外国人说的都好啊！"

池明知觉得他故意捣乱。

"你英语学这么好干什么？"

"我过几年要出国。"池明知把书扔回去。

"哦。"宋天暮说，"我还是再背背单词吧。"

习惯的力量再次在此刻显现，宋天暮不清楚自己为什么会有那种想法，那一刻，宋天暮的心里突然冒出来一个念头，他也想出国，只不过，这个念头模糊，也不怎么强烈，因为当时他只有十五岁，整天被不说中文的英语老师折磨得稀里糊涂。

不久之后，宋天暮如同拨开迷雾一般看清自己的本心。他仿佛一个影子一般在池明知身后跟随，偶尔他也会想，为什么呢？我在这里，做着这一切，究竟是为什么？

可是，所有的问题，都和池明知让他多喝牛奶那天产生的疑问一样，被他打包丢到了一边。

"你准备去哪个高中啊？"宋天暮问池明知。

"实验。"池明知摸出一支笔递给他，"你呢？"

"不知道，随便考吧。"宋天暮拧开笔盖，在新的笔记本封面上写自己的名字，其实他心里的答案是我也要去实验，可突然这么说，又没什么确切的理由，难道只因为"你去我也去"吗？那也太儿戏了吧。

不过，宋天暮一边这么想着，一边坚定了这个想法。实验难进吗？好像是很难进，分数太低的话还要交择校费，也许他吵着闹着要进的话，陆超英会给他交钱，但他脸皮没那么厚，所以只能再努力一些。

"我最近都没怎么和辉仔他们玩了。"池明知突然冒出这么一句来。

"是吗，可能是因为总和我一起吧。"宋天暮挠挠鼻子。

池明知不像把宋天暮当哥们的样子，倒有点像哄小弟弟："陆凯扬最近找你麻烦了没有？"

"有时候吧……"宋天暮心不在焉地回答，笔下写个不停。

他们俩在天虹一楼的快餐店写作业，宋天暮先写完，跳下凳子整理一下衣服，问池明知："你想吃什么？请你。"

"你有钱了？"

"零花钱啊。"

"随便什么都行。"

宋天暮哦了一声，去柜台要了两份巨无霸套餐，三十三块六，他拿着套餐往回走，一点也看不出过去的局促。

"你是不是长高了？"池明知问他。

"长了三厘米。"宋天暮伸出三根手指晃一晃，重复，"三厘米。"

池明知想起第一次见面，宋天暮个子矮矮的，穿得很土气，像个受气包似的跟在大家身后，看到金枪鱼饭团貌似还仔细研究了一下，一副想问不敢问的样子。

宋天暮捧着汉堡咬了一大口，心想要去实验，一定要去实验。咬了两口汉堡，他从包里掏出素描本画画，池明知凑过来看："你会画画啊？"

"瞎画。"

"画的什么？"

"陆凯扬。"

"这不是狗吗？"

"不，这是陆凯扬。"

本子上的狗躺在地上痛哭，两只眼睛大得吓人，池明知觉得很好笑，他以为宋天暮在恶意报复，但宋天暮真的觉得这条狗很像陆凯扬，一样地外表凶悍内心幼稚，哭起来的时候像个小婴儿。

"画得很好啊。"池明知说，"你以后可以当画家。"

当画家吗？好啊，宋天暮自然而然地冒出了这个念头，他不知道自己为什么会对池明知的话这么在意，池明知的意见重要吗？宋天暮把这句话在心里转了几遍，给自己的答案是：是的，池明知的意见对他来说很重要。

陆心蕊已经不像小猴儿一样丑了，陆超英夫妇拿她当宝似的疼爱，家里入住了新保姆。这回陆凯扬真的疯掉了，他讨厌自己的生活被搅和得乱七八糟，他一点也不喜欢那个熊孩子，也不喜欢新来的保姆，因为保姆做的菜还没有林子淑做的好吃，他恨自己老爸，恨得想把家里的钱卷一卷离家出走。

让陆凯扬接近爆发的是，陆超英把他的生日忘了。他居然把每年都要好好举行宴会，要拿 DV 录下来的生日，忘了！

陆凯扬回家之后发现只有宋天暮在，原来是陆心蕊发烧，夫妇俩抱着孩子去医院了，而保姆亲人去世，昨天就请了假。陆凯扬还期待着有礼物收，一看连饭都没的吃，顿时狂躁症发作，跑去厨房看看有什么好摔的。

没什么好摔的，陆凯扬突然感到沮丧。宋天暮从房间里出来，走到厨房门口。陆凯扬没回头，粗暴地打开冰箱，在里面翻翻找找。

"生日快乐。"宋天暮说。

陆凯扬：……

陆凯扬回头，看到宋天暮手上拎着一个生日蛋糕，不是那种随便切一块拿来充数的，而是那种比他的脑袋还大一圈，上面拿宝石红奶油写着"生日快乐"的生日蛋糕。

"你吃吧。"宋天暮把蛋糕放在桌子上，"我知道你很讨厌我和我妈，但已经这样了，再说，不是我们也会有别人，有什么办法呢？实在生气的话，你可以想一想比我们更讨厌的人，这么一比我们也没那么讨厌了，是不是？"

说完，宋天暮拆开蛋糕的包装，点好细细的彩色蜡烛，转身想回卧室。没走出两步，宋天暮一个踉跄差点摔倒，陆凯扬从背后抓住了他，发出嗷嗷呜呜的哭声。宋天暮在他手背上拍了拍，陆凯扬已经开始流鼻涕了。

两个人把蛋糕分着吃完，宋天暮又煮了一碗面给他，碗里面卧了两个鸡蛋，陆凯扬吃到一半，有点不好意思地把鸡蛋夹了一个给宋天暮。

吃饱喝足，宋天暮收拾厨房，陆凯扬别别扭扭地说："家里没大人，我怕，你去我那屋睡吗？"

"你踢被子吗？"

"不踢啊。"陆凯扬说，"我睡觉可老实了。"

当天晚上，宋天暮三次被陆凯扬踹醒，最后一次，他爬起来，看着睡得香甜还在咂嘴的陆凯扬，第一次有了打他的冲动。

宋天暮抱着枕头想回自己的卧室，陆凯扬迷迷糊糊地说："你去哪儿？"

"我去尿尿。"

"你快点回来。"

宋天暮认命地把枕头放了回去。

初三第一次期中考，池明知班级第三，宋天暮班级第六，陆凯扬倒数十五。

"死了。"陆凯扬把碗里的阳春面搅和得稀碎，"我爸要揍死我。"

周文辉从宋天暮碗里夹肉吃，陆凯扬在他手背上拍了一巴掌："没吃过肉啊！"

"你数学拉太多分了。"周文辉说，"你怎么搞的？"

"不知道，感觉做对了啊，一对答案全错了。"陆凯扬很抓狂，"池明知，你数学怎么考满分的啊？"

"蒙对了几道选择题。"池明知说。

"新来的那个数学老师好烦啊，他一来我就不想上课。"陆凯扬大大咧咧地说。

没想到宋天暮跟着点头。宋天暮很少对别人发表负面评价，也不喜欢在背后说人坏话，他都觉得烦，可想而知，这个新来的数学老师确实有点烦。而且不知道为什么，这个老师很讨厌池明知。

"有些同学，不要觉得自己在校外上过几个补习班，蒙对了题，考试成绩好，就可以不听我的课。"新来的数学老师在当天下午的数学课上说，"也不要觉得你考了满分就了不得了，我们附中从来不缺考满分的人！我们要的是踏实、上进，懂得什么叫谦虚、什么叫努力的学生！"

数学考满分的就池明知一个，用脚趾头想也知道他在说谁。

周文辉在下课的时候凑过来："他阴阳怪气个什么劲儿。"

"因为池明知没去他那里补课吗？"

"不是吧，没去他那里补课的多了去了啊。"陆凯扬也很迷惑。

可当事人池明知却一副没当回事的样子。

"谁知道呢。"他笑了一下，"不要在意。"

宋天暮是最先发现原因的人，其实原因很简单，这个老师不喜欢家境好的学生，觉得他们在外面到处补课，提前学完了课堂内容又回到学校来装模作样，他还觉得家境好的学生都很爱表现，破坏学校风气。虽然实际上池明知根本没补过数学，也不喜欢表现自己。

但这个新数学老师被讨厌的原因不光这一个，他给女学生讲题的时候会趴得很低，故意慢慢地讲题，还喜欢叫数学不好的几个女生去他办公室听他讲题。

有一天，宋天暮看见副班长赵黎从他办公室出来，两个人擦肩而过的时候赵黎好像在哭。

宋天暮刚想问赵黎怎么了，她就跑掉了，他把这件事告诉了池明知，池明知若有所思地嗯了一声。

那天晚上他本来想请池明知去吃刨冰的，可池明知说自己有事，宋天暮又很想吃刨冰，只好叫上陆凯扬一起。吃到一半，陆凯扬戳戳宋天暮："哎！你看！"

宋天暮回头，池明知和赵黎一起走进了街对面的咖啡厅。

"哇，他们两个有情况啊！"陆凯扬大为意外。

"哦。"宋天暮继续吃刨冰，"你别弄到衣服上。"

"你敢教训我？你穿的还是我的衣服呢！"陆凯扬一副不好惹的样子。

"是你硬塞给我穿的。"宋天暮又回头看了看，加快速度把刨冰吃掉。

过了一个周末，周一有国旗下的讲话，正巧轮到他们班讲。本来应该是赵黎去的，她说自己嗓子不舒服，和班主任说让班长去，班主任没什么异议，于是讲话的人变成了班长。班长上台，拿起麦克风，有些紧张地看着全校的同学。

"大家好，我是初三八班的班长王潇。"班长低头看了一眼演讲稿，"今天我演讲的主题是——诚实。

"诚实是不说谎，但不只是不说谎，我觉得，诚实还应该是言行合一，假设一个应该以教书育人为己任的老师，却整天做着伤害学生的事，很显然，这是不诚实的行为。"

轰的一声，下面议论纷纷，教导主任愣了一下，班主任上前两步，却没能制止他接下来的话。

"所以，我在此想问担任初三八班数学教师的陈海容老师，你觉得你的所作所为，是否不够言行合一，是否不够诚实？你对女学生做出过界的行为，是出于什么目的？陈海容老师，我这里有一份当事女生亲自写的笔录，详细说明在办公室里发生了什么，请问你一而再再而三地欺负自己的学生，你问心有愧吗？"

说完，班长松了一口气："我的演讲结束了，谢谢大家。"

不知为何，就在全校师生都陷入震惊，慌忙寻找陈海容老师时，宋天暮被第六感指引着，回头看向队伍后面的池明知。池明知看向班长，脸上挂着淡淡的笑，他伸出手"啪——啪——啪——"，不紧不慢地拍起了巴掌，随后操场上响起了连绵不断的掌声。

瞬间

/ CHAPTER 02 /

"新的一年有什么愿望吗？"

"现在可以许愿吗？"

"可以啊，不是有人说世界末日快到了吗，许个愿让世界末日别来吧。"

"那就许愿让世界末日别来吧。"

让世界末日别来，这是宋天暮的愿望。

国兴广场人山人海，四个人站在广场的中心位置，陆凯扬和周文辉举着甜筒啃，池明知和宋天暮讨论着关于世界末日的事，经过讨论，他们都认为世界末日不会来，因为他们还没有中考，这么痛苦的事还没经历就世界末日，岂不是太便宜他们了。

陆凯扬把甜筒举到宋天暮嘴边问他吃不吃，宋天暮说："你都舔过了，我不吃。"

"要死啊你！"陆凯扬拿胳膊圈着他的脑袋用力夹，"你嫌弃你哥？"

"哦哟，叫得好亲啊。"周文辉冻得哆哆嗦嗦，把最后一口甜筒送进嘴里，"你不是说让宋天暮在学校里假装不认识你吗？"

"所以说凯扬长大了啊。"池明知把宋天暮从陆凯扬的胳膊里解救出来，一句话替两个人都解了围。

陆凯扬怕宋天暮记仇，但是宋天暮不记他的仇，陆凯扬就是这样的人，讨厌了就用力讨厌，喜欢了就用力喜欢。宋天暮记得他的生日，给他买了蛋糕，看起来也不是什么大事，但陆凯扬就觉得很重要，重要到拿宋天暮当亲弟弟。

"倒数了！倒数了！"周文辉兴奋地拍拍陆凯扬的肩膀。

四个人不由自主地被人群推着走，因为害怕走散，他们尽量拉着彼此，宋天暮拽着池明知的衣服，等跨年倒数结束，人群逐渐没那么密集的时候，池明知的衣服已经被拽得变形了。

"完蛋了，弟。"陆凯扬说，"池明知的衣服都死贵，咱们家赔不起。"

"你这么说他会当真的。"池明知笑了一下，"要不今晚去我家住？我家没人。"

"你爸妈干吗去啦？"周文辉冻得打了个喷嚏。

"出去玩了呗。"池明知说，"你们去给家里打个电话吧。"

陆凯扬找了个电话亭告诉家里今晚外宿，周文辉说干脆等明早回家再说，反正也要挨骂。

然后他们去快餐店买了一堆垃圾食品，又跑去超市买了些零食饮料，大包小包地拎着去了池明知家。

电视里在放《寻根问底》的录像带，宋天暮坐在沙发上津津有味地看着，剩下的三个人一边吃东西一边聊天，吃饱喝足，周文辉和陆凯扬都有些犯困，澡也不洗就跑去池明知家的客房睡。

"你怎么不吃呢？"池明知坐在宋天暮身边。

"不喜欢吃。"宋天暮说，"都油油的，白天吃还行，晚上吃要睡不好。"

"那我去做点给你吃吧。"

"哎？"宋天暮说，"不用麻烦了啊。"

"不麻烦的。"池明知起身去厨房，从冰箱里拿出一盒金枪鱼罐头，找了面包夹好金枪鱼，在里面挤了沙拉酱，又切了几片西红柿放进去。

"西红柿白牺牲啦。"宋天暮走过来，从池明知手里接过刀，"你切的时候好好切啊。"

"我总觉得你和他们不一样呢。"池明知说，"要是我也有个弟弟就好了。"

刀锋偏斜，宋天暮切到了手，池明知赶紧抓着他的手放在水龙头下冲，冲了会儿，池明知去客厅找药箱。

是把我想象成弟弟了吗？听话的、识趣的、不会犯蠢让人讨厌的弟弟？嗯，其实这也不错吧。宋天暮看着池明知的背影心想。

宋天暮把金枪鱼三明治吃了，强忍困意洗脸刷牙。池明知说："走了，去睡觉。"

这一觉睡得很难受，宋天暮觉得自己做了一个漫长又杂乱的梦，醒过来后，他很突然地对未来恐惧起来。他猛地起身，鞋也不穿就往外面跑，池明知被他吵醒，坐起来问他干什么去。

宋天暮面前忽然有了两个选择：一是不理池明知，跑掉，也不报实验，他们各走自己的路，他不用为了附和池明知感到为难；二是留下，报实验，和池明知选一样的路，努力变得像池明知一样，永远云淡风轻，永远胜券在握。

宋天暮想选一，纯粹是下意识的反应，但是在他做出选择之前，池明知已经下床，担心地拦住他，问："你怎么了？"

宋天暮说："我去卫生间。"

然后他去了一趟卫生间，等自己平复下来，转身回到卧室继续睡觉。

他早就发现了，自己有一个很强的技能，那就是可以在情绪激动的时候装作无事发生，只要他想，没人能看得出来他在担心或者期待一件事。其实这做起来很简单，只要你习惯自己是不受关注的人，默认自己的感受不重要，那么你就可以做到。于是他做到了。

第二天宋天暮起得最早，收拾了乱七八糟的客厅，煮了几包泡面给大家吃。周文辉一边吃一边骂陆凯扬睡觉不老实。

周文辉踹陆凯扬："我一晚上都没睡好，做梦还梦到我被大象踩了。"

电视上在播升旗，朝阳美得画一样，四个人就着泡面看完了升旗，周文辉和陆凯扬下楼扔垃圾，池明知和宋天暮一起去收拾厨房。

"你决定要报实验了吗？"池明知问他。

"嗯。"顿了顿，宋天暮又说，"有机会的话，我也想出国，之前在老家的时候根本没想过。"

"真棒。"池明知道，"其实我觉得你和我更像，陆凯扬太小孩儿气了，他像你弟弟。"

宋天暮想说不是的，我和你一点也不像，你的眼睛里有什么呢？野心，坚韧。你年纪尚轻，但你已经知道自己的轨迹在哪里，你去过我们没去过的地方，见过我们没见过的人，你胸有成竹，世界是你的，是你们这种人的。我们之间差了太多，我并不想自我贬低，也并不觉得自己多么差劲，在力所能及的范围内，我已经足够努力，我对此感到满意且欣慰，但我们之间还是差了太多，你对这件事有很大的误会。

你会有这种误会，只是因为，你把我对优秀的追逐，还有因为信赖你的判断而做出的选择，误认成了我的野心。也许这很糟糕，也许这也没什么不好的。毕竟人和人之间的关系大多数都是由误解组成的，你不了解我，这不耽误你把我当作很亲近的弟弟。

池明知拿洗碗海绵用力刷着碗，直到把碗刷得干干净净。

宋天暮早就看出来了，池明知有洁癖，他的卧室东西很少，边边角角都收拾得很干净，无论何时，衣服连个泥点都看不到，他甚至还会多带一件短袖来学校，因为他不喜欢打完球之后穿着汗湿的衣服上课。池明知也不太喜欢和别人有很亲密的肢体接触，像陆凯扬、周文辉这种大大咧咧的脏小孩，他碰都不要碰。

宋天暮把洗好的筷子放回去："等下陆凯扬回来我们就要回家了，今天说好了要去拍全家福的。"

"好的。"池明知说，"你妹多大了？"

"八个月。"宋天暮说，"还挺可爱的，你哪天去我们家的话可以玩一下。"

"又不是小猫小狗，还玩一下……"池明知笑了起来。

1月1日，星期六，陆超英和林子淑带着三个孩子去拍全家福，陆凯扬和宋天暮都穿着西装打着领结，陆凯扬站在镜子前陶醉半天，逼宋天暮夸自己帅。

"帅。"宋天暮说。

"你不这么敷衍会死吗？"

"我会被你烦死。"宋天暮说。

"你敢这么和你哥说话！"陆凯扬要把他撂倒。

"妈。"宋天暮说，"我哥打我。"

"凯扬，别欺负你弟弟。"陆超英拿着两条领带比来比去，问林子淑，"哪条好一点？"

"银的。"宋天暮说。

"蓝的。"陆凯扬举手。

"银的！"

"蓝的！"

"你们两个别闹了！"陆超英要被两个儿子气死，"到底哪条？"

陆凯扬抓起蓝色的那条往陆超英脖子上勒，看架势要弑父。

"蓝的好看！"陆凯扬把领带收紧，"爸，你听我的，蓝的特别好看！"

鸡飞狗跳之后，五个人去了影楼，照片拍了一组又一组，把陆凯扬累得不行。

"为什么要拍照片呢？"陆凯扬问。

"留个纪念呗。"陆超英说，"十几二十年之后，你们俩可能就跑去别的地方闯荡了，只有逢年过节才能回家，到时候我们一家人坐在一起翻翻照片，不是很好吗？"

"是呀。"林子淑抱着小女儿笑得很开心，"多拍点，多留点回忆。"

拍完照片，陆凯扬最先蹿出去，陆超英叫住宋天暮，看样子有话对他说："天暮，想好报哪个高中了吗？"

"实验吧。"宋天暮说。

"好，别有太大压力，顺其自然，就算差点分数，叔叔也尽量让你去念。"陆超英说，"凯扬这孩子太不成熟，他不高兴，别人就别想过痛快，现在咱们家里能和和气气的，都多亏了你，你是好孩子，叔叔很喜欢你。"

"没什么啊。"宋天暮说。他不想做过多剖白，比如说我也很喜欢你们，谢谢你对我妈好，因为觉得过于肉麻。

陆凯扬站在远处冲他喊："过来啊！"

陆超英拍拍他肩膀，宋天暮跑过去，陆凯扬说："你和我爸说什么呢？"

"他说你有狂犬病，让我离你远点。"

"什么！"陆凯扬大为震惊，"不可能！"

"嗯，因为我在逗你。"

陆凯扬：……

这一年的夏天，中考结束，宋天暮和池明知成功考上实验学校，陆凯扬差了几十分，含恨考到他们隔壁的普通学校。周文辉跟着爸妈移民去了国外，陆凯扬在他们四个的散伙饭上掉了眼泪，因为舍不得周文辉，还因为要和池明知宋天暮分开，他在新学校没有特别要好的朋友。周文

辉也哭了，他说他根本不想走。

吃完了饭，宋天暮带陆凯扬回家，他说："哥，别难受了，我们俩都不住校，天天都能见面的啊，而且在学校你也会有新朋友。"

陆凯扬提不起精神，趴在床上不讲话。

"你要不要吃冰激凌？"宋天暮哄他。

"不吃。"

"蓝莓彩带的也不吃吗？"

"不吃。"

"凤梨多多的呢？"

陆凯扬翻了个身，抱着宋天暮的大腿伤春悲秋。

"哥。"宋天暮摸摸他的脑袋，"快起来，我们一起出去买冰激凌吃。"

他哄好了陆凯扬，两个人一起躺在床上吃冰激凌，吃到一半，家里电话响了，宋天暮接起来，是池明知。

"要不要去学校拍照？我的相机刚刚取回来。"池明知说，"你打电话叫一下周文辉吧。"

于是四个人站在学校门口，让路人帮忙拍了合影，周文辉和陆凯扬的眼睛都红红的。

"给你们两个来个合影吗？"宋天暮打量着手里的相机，池明知教他怎么用，于是周文辉和陆凯扬站在一起拍了合照，陆凯扬搂着周文辉的脖子，因为力气太大差点把他勒死，合影里的两个人看起来好像要打架。

"给你们俩也来一张吗？"周文辉问。

于是，池明知和宋天暮站在一起，脸上挂着相似的松弛微笑，咔嚓一声，年轻的面孔被定格。这是宋天暮对这一年夏天最清晰的回忆。

八月底，高中临近开学，宋天暮和陆凯扬一起去商场买文具，商场里面人挤人，陆凯扬说话都要用喊的。

"你怎么买了两份？"他问宋天暮。

"帮池明知带的。"

"什么？"

"帮池明知带的！"宋天暮提高了声音。

池明知暑假跟爸妈去国外玩了，会赶在开学前一天回来，早在出发之前就拜托宋天暮买文具的时候顺手帮他买一份。好不容易结账完毕，两个人拎着重重的文具走回家，陆凯扬一屁股坐在沙发上，又开始闷闷不乐。

"怎么了？"宋天暮问他。

"没怎么。"

"你不想开学吗？"宋天暮说，"想开点，我刚转学来的时候你天天揍我，我现在不也好好的，你是怕新班级也有人揍你吗？"

"什么！什么什么！"陆凯扬满脸通红、羞愧难当，翻来覆去也不知道自己要做些什么，想想自己过去的所作所为，确实很过分，宋天暮不记仇已经算格外大度。

宋天暮坐在沙发上在笔记本上写名字，陆凯扬坐立难安了一会儿，跑去冰箱拿了一盒冰激凌，讨好地说："给你吃。"

宋天暮接过来，想等名字写完再吃，陆凯扬狗腿子上身，举着勺子要喂他。

"你别喂我。"宋天暮躲开了那把大大的银勺子，"我怕你把勺子戳到我眼睛里。"

"你！"陆凯扬举着勺子坐也不是站也不是。

为了庆祝他们升高中，晚上一家人出去吃烤肉，陆凯扬想消除隐患，好好地拍了一番宋天暮的马屁，又是给他拿毛巾擦手，又是把烤好的肉夹给他，陆超英都觉得奇怪："这是怎么了？"

陆凯扬说："很稀奇吗？我照顾弟弟很稀奇吗？"

陆心蕊把碗里的糊糊抓起来扔到他衣服上，陆凯扬瞬间爆炸："小兔崽子，找揍是不是！"

陆心蕊大哭起来。

所有人：……

可即便陆凯扬万般不情愿，开学时，他也要一个人去新学校报到。池明知旅游回来，稍微晒黑了一点，但不是很明显，宋天暮把给他买的文具交给他，两个人走向了不同的班级。

池明知在三班，宋天暮在五班。宋天暮的班主任是个年轻女生，怕自己镇不住这些学生，故意装得很严厉。宋天暮考进来的时候成绩不错，看上去又谨慎靠得住，班主任问他愿不愿意当班长。

宋天暮的第一反应当然是拒绝，但是他想到了如果是池明知，他一定会同意的。非要说只是为了被肯定就去当班长，好像也不是那么一回事，再说，当班长又不是什么了不得的事，他只是觉得自己不应该再像过去一样，生怕做不成透明人，做透明人其实没那么好。

午休的时候池明知来找他吃饭，桌子上坐了四个人。池明知不可能交不到朋友，这是一定的，宋天暮并不在意和另外的人一起吃饭，毕竟他们初中的时候也是这样，他知道自己和池明知的交集可能会越来越少，但他没想到这么快。

实验学校的课业压力很重，毕竟这里的生源好，老师讲课节奏都很快，好多同学都提前补过高一的课。宋天暮课上跟不上进度，课下就要花时间学，池明知上的补习班也很多，两个人只有中午的时候能凑在一起吃饭，有时候宋天暮午休会直接在教室里吃早上买的面包，两个人连吃午饭都凑不到一起去。

这种生活让宋天暮压力很大，一是学习压力太大，自己恐怕很难追赶上池明知，二是他其实并没有那么期待未来，更多的是对未知的惧怕。

　　高一期中考，池明知年级第六，宋天暮年级第十，陆凯扬在新学校考了个班级第五，他敲锣打鼓说要庆祝，让宋天暮问问池明知有没有时间。

　　"他吗？"宋天暮有些犹豫，"算了吧。"

　　"怎么了？你们俩吵架了？"

　　"不是，感觉他好忙。"

　　"他跑去开飞船了？"

　　宋天暮：……

　　"没去开飞船那有什么忙的啊？"

　　"好吧。"宋天暮答应了，根本没指望池明知会去，但他还是去三班问了一下。

　　"太好了。"池明知看起来很高兴，"我那天还想问你有没有时间出来玩呢，结果看你在做题就没让人叫你。"

　　"嗯，那就这周末吧。"宋天暮转身想走。

　　"等一下。"池明知拦住他，"你怎么了？"

　　"我？没怎么啊。"

　　"感觉你心情不是很好。"池明知说，"还是生我气了？"

　　"生你的气？"

　　"上次你叫我去吃午饭。"池明知提醒他。

　　哦，宋天暮想起来了，他叫池明知去吃午饭，池明知有事要去老师办公室所以没去。

　　"这有什么好生气的？"宋天暮说，"神经，我走了。"

　　周末这天他们仨没 AA，是池明知请的客，三个人吃饭的时候，池明知和陆凯扬相谈甚欢，宋天暮却没怎么说话。

　　宋天暮不知道自己跟着池明知来实验学校的选择对不对，也因为太久没有交集，他忽然不知道和池明知怎么相处。还好有陆凯扬在，可以活跃气氛。

饭吃到一半，池明知问宋天暮怎么了，宋天暮不知道怎么回答。于是坐在宋天暮对面的两个人都用同样的眼神看着他，那种哥哥担心弟弟的眼神，宋天暮不想因为自己破坏了他们的心情，随口扯了些学习压力大的理由糊弄过去。

"你太要强啦，弟。"陆凯扬劝他，"尽力就行，太要强不是什么好事。"

宋天暮笑了一下，把杯子里的苏打水喝光。

本以为吃完饭就要分开，没想到池明知让他们去他家玩电脑。陆凯扬呜呼一声，恨不得现在就去，宋天暮只好陪着他一起去了池明知家。

陆凯扬让池明知教他玩《红警98》，他很快就沉迷进去，玩得不亦乐乎，七点多的时候，陆凯扬问池明知："你爸妈今晚回来不？"

"他们没在国内。"

"太好了！"陆凯扬说。

"回家了，哥。"宋天暮说。

"明天又不上课，今晚在这儿睡？"陆凯扬盯着屏幕头也不抬。

像是为了弥补自己对朋友们这么久的忽略，池明知说："在这儿睡吧，等会儿别忘了给家里打个电话。"

陆凯扬没怎么玩过《红警98》，纯粹好奇，一直拉着池明知陪他玩到半夜。宋天暮郁闷地看着他们，心想你们两个没救了。

宋天暮不想管他们俩打算自己去睡，但客房刚换了个新柜子，味道很大，没办法，他只好去池明知房里睡。他问池明知有没有其他的枕头和被子，但正是游戏的关键时刻，陆凯扬拉着池明知不让他离开，池明知只好告诉宋天暮大概的位置，让他自己去找。

宋天暮从柜子里抱出被子，不小心带出一支笔，宋天暮有些好奇地捡起来，发现这是一支录音笔，他好奇地按了按开关，里面传出初中副班长赵黎的声音："我不可能自己去说！"

赵黎的声音听起来有些紧张，却透着一股不容置疑的坚定。

"不用你去说。"池明知的声音响了起来，"我有办法让王潇说，你只要把发生的事情一五一十告诉我就行。"

赵黎："王潇？这件事和他又没关系，他为什么会去说？"

池明知的语气听起来淡淡的，似乎接下来的小手段根本不值一提："我把我的竞赛名额让给王潇，这件事曝光后陈海容肯定会被开除，这件事不会对王潇有什么影响，不用担心他不答应。"

宋天暮看着手里的录音笔，只剩沉默。

在陈海容被开除之后，宋天暮有好几次都想问池明知，是你干的吗？那份笔录是你带赵黎去咖啡馆写的吗？如果不是，为什么在那之后，你们又突然失去了交集？如果是，你为什么要做这件事呢？是为了所谓的诚实，还是为了整治一个你讨厌的人？大家都在夸奖班长勇敢，可这件事是你在主导吧？班长会答应你，是因为你给了他什么许诺吗？所以你之后才会把比赛的名额让给班长？

这些问题马上就有了答案——答案就在眼前。可这让宋天暮更觉得意外，因为他发现，自己认知的某一部分，好像迟钝掉了，即便是窥见了池明知的另外一面，他也不觉得有什么，反而不断回想着池明知在队伍后面鼓掌时的样子。他也明白为什么池明知喜欢来找自己玩了，因为自己算得上一个知趣的人，不犯蠢、听话，所以池明知喜欢和自己相处。池明知讨厌自作聪明的人。

猝不及防地，宋天暮想起了上周日的事，那天他正趴在池明知卧室的地毯上听英语听力，因为过于痛苦，他把脸当面团似的搓，池明知看见他狰狞的表情，忍不住笑了出来。

"你这么痛苦就别听了。"池明知说，"吃冰激凌吗？"

"香草味的。"宋天暮提要求。

"香草味的没有了，我去给你买吧。"

回忆戛然而止，这一刻，宋天暮明白了，为陈海容名誉扫地鼓掌的池明知是真的，那个给自己买冰激凌的池明知也是真的，池明知就是这样的一个人。

　　但是，但是……宋天暮的大脑突然"死机"，他已经在脑子里排练和池明知摊牌，告诉对方自己不想和这样的人做朋友的桥段，但是他现在都没有勇气迈出这扇门去质问池明知。

　　事后回想，其实算不上什么惊天动地的大事，但宋天暮习惯性的妥协几乎改变了自己未来的人生，一切都是自作自受，宋天暮只能这么说，他不会去怪任何人，因为在心中默默赞同这件事的人是他自己。

　　第二天宋天暮八点多才醒，池明知坐在床边等他，他知道池明知发现了，因为他一时吃惊而没有注意到录音笔的放置位置，所以最后没有放回原位。无穷无尽的尴尬弥漫在卧室里，池明知几次都想开口，但是他不知道说点什么。

　　该怎么办呢？宋天暮心想。其实，答案就在眼前，装作不在意，不要提这件事就好，只是池明知可能会很尴尬，两个人也许会因为这件事变成普通朋友，再到普通同学，再到陌生人。之前还想着关系淡了也不要紧，但他不想两人因为这种事闹掰，而且当初那件事最终的结果是有利于所有人的。

　　所以，他不仅要装作不在意，还要装作对池明知表现出来的另一面并不惊讶，尽管他本人一时之间有些难以接受，但他要装作很理解，他要理解池明知，如同他常做的那样。理解陆凯扬的暴躁只是因为缺乏关注，理解林子淑对他的忽略只是因为没办法，用他的同理心，用他无尽的包容，理解所有人。因为只能如此。

　　宋天暮掀开被子下床，装作不在意地问他："你怎么回事？行侠仗义也不带上我。"

池明知果然松了一口气，转而问道："你早上想吃点什么？"

"不吃了。"宋天暮推开卧室门，推醒陆凯扬，"回家了！"

池明知没有让他们空着肚子走，而是叫了早茶送到家让他们吃。临走的时候，池明知似乎想对宋天暮说什么，宋天暮制止了他。

"把你数学卷子借我看看，压轴题我们老师根本没讲清楚。"

"好。"池明知似乎彻底放下心来。

"走了！"宋天暮拽着陆凯扬下楼。

出租车上，陆凯扬和宋天暮说话，他聒噪地说了很多句，宋天暮没有回答。

"你想什么呢？"陆凯扬觉得奇怪，从副驾驶位上回头看他。

宋天暮呆滞地看着椅背，一言不发。但是，但是……

冬天，宋天暮得了一场很严重的感冒，起因是回老家，他回去看他爸。

林子淑并没有表示强烈反对，因为她现在的生活很幸福，也就没有了易怒的理由，看自己品学兼优的儿子顺眼不少。宋天暮说想去，她还问了一下陆超英的意见，陆超英的意思是尊重孩子想法，于是宋天暮和陆凯扬一起坐飞机跨了大半个国家。

陆凯扬只是想去玩雪。宋天暮去探监，他爸看上去很激动，还下意识拿手理了理头发，理完了才想起来他的头发都被剃了。

"爸。"宋天暮说。他不知道自己还要说什么别的，好像他千里迢迢赶过来，只是为了叫一声爸。

他爸忙不迭应了，和他说了好多话，无非是让他好好学习，注意保重身体，翻来覆去地嘱咐，到最后还有点掉眼泪。嘱咐完了，他爸问林子淑现在怎么样。

宋天暮不知道该不该说实话，不过想必他爸也知道，毕竟林子淑和老家的亲戚还有来往。前妻嫁了个还算有钱的好男人，生了个可爱的小女儿，亲儿子学习好，继子人也不坏，家里幸福和气，他不知道这些由他说出来会不会让他爸受刺激。

于是他只能说："挺好的。"

探监完毕，陆凯扬闹着要去这里玩要去那里玩，第二天正赶上大雪，陆凯扬开心死了，拉着宋天暮在酒店楼下打雪仗，还是那种很野蛮的打法，往人脖领里灌雪。

宋天暮在回去的飞机上就开始发烧，烧到 39 度，陆凯扬还在一边傻乐，和他说过年的时候再来玩。下了飞机，宋天暮彻底烧晕了，陆凯扬这才觉得事情严重，好在宋天暮够义气，说自己发烧是因为穿得少。

宋天暮烧了两天，退烧药喝了好几包，喝完了好几个小时，又烧起来，去医院一看，有点轻度肺炎，这下子陆凯扬彻底傻了。宋天暮不怪陆凯扬，陆凯扬脑袋缺根弦，他早就知道，要怪只能怪他自己，陆凯扬两眼冒光地说和他打雪仗的时候，他就应该知道后果很严重。

请假第三天，池明知来看他。池明知拎了不少礼品，礼数周到，陆超英都说他太客气了，池明知和大人们寒暄几句，敲开宋天暮的卧室，看到了躺在床上擦鼻涕的宋天暮。

宋天暮看起来不是一般地邋遢，头发长了没时间剪，乱七八糟像个鸟窝，身上穿着皱巴巴的旧睡衣，地板上全都是擦过鼻涕的纸巾，床头柜上放着吃剩下的饭。

宋天暮倒不是很介意自己体不体面，但是他介意他在来客面前体不体面，看池明知突然到访，他赶紧坐起来，为自己的体面做出最后一分努力：把要流出来的鼻涕擦掉。

"你怎么来了？"宋天暮的声音闷闷的。

"这不是听说你生病了吗？"池明知在他床上坐下，拿脚把地上的纸团踢到一边，宋天暮看得要心梗发作，"昨天去找你，你们同学说你请假了。"

宋天暮很想和他聊点什么，奈何搜肠刮肚也寻不到话题，平时还好，这会儿他身上难受，脑袋也有点不够使，好在陆凯扬拿着扫把进来，贤良淑德地把地上的垃圾扫了，把剩饭也端走了，好歹是把他的最后一点尊严保住。

陆凯扬洗了水果招待客人，宋天暮想吃一口，被陆凯扬啪地一下打开手，夸张地说："你咳嗽的时候不能吃水果，糖分太高刺激嗓子！"

"嗯。"宋天暮说，"你打雪仗的时候不应该往我脖领里灌雪，还把我往那么高的雪堆里按。"

"哎呀，我的妈呀！"陆凯扬无地自容，"你怎么揪着我的错误不放呢？"

"我差点烧到40度，要是我下次考试成绩不好，那就是脑袋被烧傻了。"

陆凯扬被他唬住，觉得自己应该弥补，殷勤地拿睡衣给他换。

换好了睡衣，陆凯扬还要给他喂药，被宋天暮拒绝了。

"池明知，帮我按着他！"陆凯扬看起来非要把宋天暮伺候高兴了不可。

"别折腾病人了。"池明知笑起来。

池明知没坐多一会儿就走了，宋天暮吃了药，昏昏沉沉的，却怎么也睡不着。他问自己，我到底想要什么，又在怕什么呢？可现在几乎已经是最好的状态了，池明知还拿他当朋友。

元旦，陆超英和林子淑带着孩子们去吃火锅，吃到一半，陆凯扬戳戳宋天暮的胳膊，说："那是不是池明知？"

果然是他，他们一家三口也出来吃饭。陆凯扬跑去和池明知打了个招呼，池明知邀请他们晚上去自己家玩电脑。陆凯扬已经提了好多次想买电脑，但是陆超英知道自己儿子是什么德行，电脑买回来也是个大玩具，买了干什么？陆凯扬撒泼打滚多次都无功而返，现在池明知主动邀

请他去玩，他还有不去的道理吗？

宋天暮犹豫一会儿，答应了陪陆凯扬一起去池明知家玩的请求。陆凯扬玩《红警98》玩到十点多才睡，客房味道散了，已经可以住人，宋天暮自然而然地跟着他住客房。

凌晨两点多，宋天暮醒过一次，他上次生病之后就一直非常嗜睡，这会儿实在是太困，上完卫生间之后稀里糊涂地走错了房间，他一屁股坐在池明知床上，这才清醒过来，下意识地说："不好意思。"

发出声音后他才意识到自己不该讲话，但池明知已经被他吵醒了。

"真的不好意思。"宋天暮真情实感地道歉，"你接着睡吧。"

"你看到那支录音笔了？"池明知的声音带着轻松和亲近。

"嗯。"宋天暮只能承认。

"会不会觉得我很坏？"池明知还在笑，似乎认定了宋天暮不会真的讨厌自己。

在这一瞬间宋天暮确定了一件事，那就是他心里那个优秀完美的池明知确实存在另一面。因为他非常、非常了解这个人，池明知一个眼神，自己就知道这个人在想什么。

过了几年，他对池明知了解得更多，他知道自己当初的想法没有错，因为池明知不喜欢蠢人，也不喜欢自作聪明的人，因为池明知觉得他们两个很像，而且宋天暮会保守秘密，所以后来才会让宋天暮一直跟着他。

新一年的 7 月 13 日，宋天暮和陆凯扬一起出门去买水果零食，大夏天的，两个人热得满头大汗，也不知道怎么回事，出租车异常难打，陆凯扬拎着一兜子零食，急得跟什么似的："要不然咱们走回去吧！"

宋天暮说："好，你先走，我打到车的话半路拉你回家，你走吧。"

"哎呀。"陆凯扬叽叽歪歪，"怎么回事，怎么回事，怎么打不到车呢？"

两个人到家的时候正赶上吃晚饭，陆凯扬吃了两大碗米饭，这还嫌不够，举着碗要林子淑盛。

"你吃这么多干什么？"宋天暮问。

"我储存体力，晚上得出门欢庆呢。"

"你怎么知道一定能申上？"陆超英似乎并不看好，"我看未必能成。"

"我就是知道今天晚上一定能成功！"陆凯扬激动死了，闷头猛吃。

宋天暮和陆超英对视一眼，不理解他的信心从何而来，只能说陆凯扬是个大大的乐天派，也不知道这性格是好是坏。

九点多，全家人陪着激动的陆凯扬一起坐在沙发上看体育频道，宋天暮都做好准备安慰哭哭啼啼的陆凯扬了，他有一搭没一搭地看着电视，陆心蕊从沙发那边爬到这边要他抱，他把妹妹举起来，嘴里哦哦地哄着。

陆心蕊咯咯直笑，陆凯扬把她抓到怀里："陆心蕊啊，你看你腿上这么多肉，以后去练个短跑为国争光呗？"

宋天暮觉得有点困了，靠在沙发里面闭着眼睛休息。他和陆超英一样觉得没戏。

晚上十点零八分，国际体育赛事委员会宣布了赛事主办权的申请结果。首都申会成功！

"啊啊啊！！！"陆凯扬跳起来，抱着宋天暮疯狂呐喊，热泪盈眶，宋天暮反应过来，也报以同样的呐喊。

同一时间，叫喊声在小区内响起，林子淑一拍巴掌，睡意全无，陆超英激动地站起来，胡乱拍着两个儿子的后背："太好了！"

什么也不懂的陆心蕊没有被大人们吓到，反而觉得很好玩似的，模仿他们发出"呀呀呀"的声音。

"走了走了走了！出去看看！"陆凯扬拽着宋天暮往外跑，就在此时，家里电话响起，电话就在玄关处，陆凯扬顺手接了，"喂！喂喂喂！"

"好啊，我们也正要出去呢，那就星海广场吧！"陆凯扬把话筒扔回去，继续拽着宋天暮疯跑。

"谁的电话？"宋天暮问。

"池明知的。"陆凯扬用力按电梯，啪嗒啪嗒，好像要把电梯控制键按坏，"他问我们要不要出去。"

外面热闹极了，不少人都穿着短袖短裤冲出来庆祝，街边的酒吧里一片欢腾，星海广场的人也很多，陆凯扬他们疯跑了一会儿，终于和池明知会合。

池明知看上去也很兴奋，不过没陆凯扬那么疯，他们跟着人群漫无目的地游荡了很久，到处都是欢庆声，每张脸上都洋溢着激动和幸福。三个人在外面玩到十二点多才觉得困倦，陆凯扬兴奋地说自己一定要去首都现场看比赛，池明知说："票会很难买。"

"我砸锅卖铁也要买到手！"

"你爸同意你砸锅卖铁吗？"

陆凯扬无视了这句话，蹦蹦跶跶地往前走，十二点多了，路边居然还有摆摊卖菜的老太太，宋天暮掏了掏兜里的钱，发现不太够，池明知和陆凯扬也一起掏，三个人把地上的菜全买了，拎着一堆菜站在路边打车。

"婆婆！"陆凯扬拎着一兜子黄瓜大葱冲她喊，"我们国家申会成功啦！"

坐上车，陆凯扬和池明知看起来都意犹未尽，宋天暮很困，只想赶紧回家睡觉。

"池明知你在哪里下？"陆凯扬问。

"不用管我，先到你们家吧。"

"你干脆在我们家住好了啊！我们家有新牙刷。"

"好啊。"池明知答应得很痛快。

陆凯扬的卧室不大不小，两个人睡正好，三个人睡肯定挤不下，小卧室放了陆心蕊的婴儿床，大卧室住着爸妈，也就是说他们仨要有一个人睡沙发。没有让客人睡沙发的道理，所以睡沙发的只能是宋天暮或者陆凯扬。

"我去沙发睡吧。"宋天暮说。

"我去吧。"陆凯扬非要在这时候彰显大哥风范，"我睡觉不老实，怕把池明知踢下去。"

你也知道你睡觉不老实啊，宋天暮心想。

洗漱完，两个人并排坐着聊天，池明知说："真没想到能成功，我还以为会是别的城市。"

"我也没想到。"宋天暮打了个哈欠，"还以为陆凯扬今天晚上又要闹脾气。"

睡意袭来，宋天暮眼皮打架："睡觉，困死我了。"

"好。"池明知说，"明天你起床早的话记得叫我，我怕起不来。"

外面有人放烟花，想必也是为了庆祝，有人大喊"我爱你首都"，池明知睡眼蒙眬地看着窗外，挥舞了一下手臂。

"我爱你首都。"他笑着说，"之后我会去看你。"

宋天暮学着他的样子挥舞着手臂。

九月份，高二开学，空气陡然严肃起来，高二过后就是高三，高考就在眼前，没有松懈的理由。班主任说："如果你们以实验为荣，那就不要让实验以你们为耻。"

开学第一周，班里抓到一对早恋的，实验对这种事一向从轻处理，两个人成绩都很好的话大可睁一只眼闭一只眼，坏就坏在这两个人成绩下降得很明显，班主任叫他们去办公室骂了好几轮。

"你们要是成绩好我也不说什么了，可是呢？成绩卜降得一个比一个快，真想同甘共苦是不是？毕业了想一起复读是不是？"

那两个人被骂得无颜面对江东父老，后来宋天暮听说他们没过多久就分手了，分手之后两个人的成绩又回来了，但是没再在班级里说过话。

谈恋爱会耽误学习吗？宋天暮觉得大概会的，但一想到这个他就觉得好笑，陆凯扬没谈恋爱但成绩下降得更明显，不仅成绩下降了，陆凯扬居然还开始逃课去网吧了。

这件事宋天暮还不是第一个发现的，有一天他回到家，看到家里只有林子淑和陆心蕊，他问陆超英怎么没回来吃饭，林子淑说："不知道呢，急匆匆地就出去了。"

过了大概半个小时，陆超英带陆凯扬回来了，推开门，陆超英二话不说打了陆凯扬一个耳光。宋天暮一直觉得陆超英文质彬彬的，没想到他搞起体罚来也很吓人，陆凯扬被打得鼻涕一把泪一把，但没有丢人丢到底，只是倔强地倒在沙发上挨打，没有满地打滚。林子淑和宋天暮过来拦着，陆超英气得要死，在陆凯扬背上踢了一脚。陆凯扬发出一声哀号。

"你再给孩子打坏了！"林子淑死死拦着他。

陆超英问陆凯扬："你逃课去网吧干什么？"

陆凯扬疼得说不出话。

"问你话呢！"

"打游戏……"

陆超英气得又要打人，陆凯扬抖了一下。宋天暮把陆凯扬扶起来，两个人一起往卧室走，陆超英一屁股坐在沙发上，开始唉声叹气。宋天暮让陆凯扬趴在床上，掀开衣服看他的后背，还好，没瘀痕，就是红了一大片。

"你怎么逃课呢？"宋天暮低声说。

陆凯扬倔强地闭着嘴一言不发。宋天暮无奈出门，陆超英正在和林子淑控诉陆凯扬。

"逃晚自习不说，有时候还一逃课就逃一整天，老师联系家里，他留的假电话，要不是老师找到我的电话联系我，他过几天干脆连校门都不进了！"

宋天暮愕然，他怎么想也想不到陆凯扬居然逃课，平时根本看不出来啊。不过，好像也不是一点端倪都没有，陆凯扬身上有时候有烟味，现在看来，是在网吧里熏的。

陆凯扬没吃晚饭，第二天一早也没吃，一瘸一拐地拎着书包上学去了。宋天暮很惦记他，也不知道他为什么不愿意和自己说，午休的时候，池明知找他去吃饭，宋天暮把这事儿对池明知说了。

"要不晚上叫他出来？"池明知说，"他不是喜欢吃炸鸡吗，晚上去吃吧。"

下午放学，宋天暮在学校门口的小超市给家里打电话说不回去吃晚饭，然后和池明知一起去了陆凯扬的学校找他。他们去的时候学生已经走了一大半，宋天暮还以为陆凯扬回家了，刚准备离开，就看见陆凯扬一个人背着书包从教学楼里面走出来，看起来孤零零的。

"哥！"宋天暮喊他。

陆凯扬赶紧跑过来，池明知说："你怎么出来这么晚？"

"我值日啊。"

"还以为你又去网吧了。"

陆凯扬：……

他们到了炸鸡店，池明知买了一堆吃的，陆凯扬似乎饿狠了，大口大口地吃起来。吃到一半，他发现其他两个人都在看自己。

"干什么？"陆凯扬疑惑地说，"看我下饭啊？"

"说说你为什么逃课上网吧。"池明知转了个身。

"哼哼——"陆凯扬古怪地哼了两声，"我想去就去呗，你们同学没有去的？"

"没有逃课去的。"

"所以你们是好学校的学生啊。"陆凯扬大口吃着鸡腿。

　　另外两个人仍然看着他，陆凯扬受不了了，大喊一声："你们有完没完？"

　　别的顾客转身看他，陆凯扬凶狠地看回去。

　　"你是遇到什么不顺心的事儿了吗？"宋天暮问他。

　　"我就没有顺心的事儿。"陆凯扬拉长了脸，咕咚咕咚喝可乐。

　　另外两个人只好默不作声地吃东西，吃完一轮，陆凯扬以为可以回去了，没想到宋天暮又去点了一些，陆凯扬只好继续吃，好不容易吃完了，池明知又去点餐。吃着吃着，店里的客人都少了，陆凯扬叼着吸管，吸着空饮料瓶里的空气。

　　"我再去买一杯吧。"池明知起身。

　　"我撑得要吐了。"陆凯扬阻止了他。

　　"哥。"宋天暮说，"你是觉得学习压力很大吗？有什么不懂的可以问我啊。"

　　"不是。"

　　"游戏有那么好玩吗？"

　　"有啊。"陆凯扬说完了，把可乐杯子放回去，突然重重地叹了一口气，"我就是觉得在学校没什么意思。"

　　陆凯扬升高中之后就一直没交到什么特别好的朋友，同班倒是有个初中同学，但他们俩之前闹过矛盾，上了高中也一直不对付，那个男生人缘挺好，陆凯扬烦他，也就很少和那些跟他要好的同学来往。

　　陆凯扬本来也不是什么喜欢学习的孩子，初中的时候身边有池明知这种天赋型学霸，还有宋天暮这种努力型选手，周文辉也是那种脑袋灵光又认真学的，他被带动着，成绩还算能看。但新学校不是什么优秀高中，学生水平只能说一般，学风就那样，他自己不上进又厌学，成绩自然好不到哪里去。

　　陆凯扬本来是不想说的，因为听起来很丢人，但这会儿想想，说出来好像也没什么。

池明知听完，沉默半晌，对陆凯扬说："这样吧，以后周日你和天暮来我家，我们帮你补课，我周六有别的课，要是老师有事的话，你周六也来。"

"杀了我吧！"陆凯扬用力摇头，"想补课的话我就和我爸说了，他会给我报班的。"

"然后你把补习班也逃了。"池明知说。

陆凯扬：……

宋天暮在一边静静地看着他们，他觉得池明知对"自己人"真的很好，而且池明知很念旧，不过对待外人，他内心又特别冷漠。

现在想想，之前他之所以会照顾自己，只是因为自己是陆凯扬的弟弟吧，自己也没什么特殊的，不是吗？唯一特殊的地方，也许就是填补了他身边的空缺，以前是弟弟，现在是有着共同秘密的伙伴，也许申会成功那天，池明知打电话是为了找陆凯扬，和自己没什么关系。宋天暮觉得自己很无聊，他这是在和陆凯扬比吗？有什么好比的？

"那就这样。"池明知拎起书包，对宋天暮说，"周末带你哥来。"

宋天暮点头，池明知走了，宋天暮看着他的背影，又感受到了熟悉的窒息。陆凯扬沮丧地拨弄着杯子里的冰块，趴在桌上发呆。宋天暮也趴在桌上，大脑一片混沌。

"弟。"陆凯扬拿脑袋撞他的脑袋，"你在想什么？"

"我在想，池明知这个人挺好的，是不是？"

"是啊。"陆凯扬说，"所以你和他商量商量，别给我补课了，我可以坚持不逃课。"

"我们是为了你好。"宋天暮把这件事的调子扯得很高，"你考不上好大学，以后就不好办。"

"那你考上好大学了以后救济救济我啊。"

"不可以。"宋天暮拉着他起身，两个人慢吞吞地往外走，"能帮你的只有自己。"

"我又不像你那么有自制力！"

"我没有自制力。"宋天暮说，"我有时候也帮不了自己。"

"啊？什么时候？"

宋天暮没有回答。

九月中旬，陆凯扬开始了被强制补课的日子。周末早上，陆凯扬躺在床上装死，宋天暮推了他好多下，他都假装没感觉，趴在床上不动。

"哥。"宋天暮说，"起床了。"

陆凯扬一动不动。

"哥？"

陆凯扬还是不动。宋天暮叹了口气，猛地把他拉起来，扛着他到卫生间，打湿了毛巾在他脸上乱擦。

"你干什么！"陆凯扬装不下去了。

宋天暮不搭理他，也不让他吃饭，装好他的课本和卷子，带他下楼。

"我吃饭……"陆凯扬扒着门不放手。

"池明知说去他家吃。"

池明知果然给他们准备了早饭，咖啡和水煮蛋。陆凯扬痛苦地说自己想吃米饭和油焖大虾，池明知说主食吃多了头晕犯困，逼他把咖啡喝了，把水煮蛋吃了，开始给他补课。

池明知先是拿陆凯扬的数学卷子看了一遍，梳理了一下他可能不会的知识点，然后从头讲起，不得不说池明知的补课效果不是很好，因为客观来讲，两个人的成绩差了不是一点。池明知觉得不用费心去理解的概念，陆凯扬完全不懂，而且陆凯扬底子不好，好多高一的知识点都没学会。

池明知深吸一口气，换了更加温和的方式讲课，宋天暮坐在地上看陆凯扬其他科目的卷子。最开始陆凯扬还不太配合，后来大概是觉得大周末的这两个人陪着自己在这儿耗，自己不配合总归不好，也就开始努力听。

"很好。"池明知说，"你的智商基本上处在正常人水准，认真听的话不会听不懂。"

"我知道了！"陆凯扬烦躁地转着笔。

学到中午，池明知家里的阿姨来了，穿上围裙给他们做饭，宋天暮起身去卫生间洗手，池明知也跟了过来。

"下午你给他讲吧。"池明知说，"我得缓缓。"

"哦。"

"晚上在这儿住吗？"

宋天暮答道："好啊。"

下午宋天暮负责给陆凯扬讲课，不得不说这件事由他来做更合适，他讲得更细，而且更有耐心。五点多，陆凯扬的知识接受程度达到了极限，可以说他今天一天学得比他过去两个月都多，他头晕眼花，趴在床上不省人事。

宋天暮说："算了，晚上不在你家睡了，给我哥讲课讲得脑袋疼，我们换洗的衣服也都没带。"

"好啊。"池明知没有留他。

那件事情之后，池明知对他的态度和之前差不多，因为过于自然，所以更让宋天暮介意，时间久了，宋天暮也明确了一件事，那就是自己这个人呢，真的心口不一，他脑袋里想不行不行，可池明知的要求他全都配合得无比积极，弄得好像是池明知在威胁他，实际上完全不是这么一回事。

想到这里，宋天暮坐在池明知卧室的地毯上，看着睡到接近昏迷的陆凯扬，心想，自己有勇气去告诉池明知自己的真实想法吗？大概是没有的，而且自白最需要的不是勇气，而是决心，下决心之前，你需要意识到自己会失去什么。讲出自己内心所想的代价就是失去池明知这个朋友。

那一刻宋天暮感觉到久违的轻松，是的，认清自己这件事让他觉得轻松，轻松了就没那么痛苦了，他把陆凯扬拉起来，两个人一起回了家。

晚上十点，陆凯扬准备关灯睡觉，突然地，他觉得宋天暮一个人坐在那里很不对劲的样子。

"你怎么了？"陆凯扬赶紧打开台灯，去看宋天暮的脸。

"哥。"宋天暮说，"我想回老家。"

"为什么？"陆凯扬大惊失色。

"我很后悔跟我妈来这里。"

"你怎么了？同学欺负你了？"陆凯扬坐起来。

"我就是觉得……"宋天暮的声音变得含糊不清，"就是觉得不应该来。"

然后他沉默地躺回床上，任凭陆凯扬说什么也没有再回应。

宋天暮第一次去网吧是为了找陆凯扬，那时候陆凯扬已经洗心革面，觉得自己不能再沉迷网络，上网吧来处理自己所有的游戏账号。

那天是周六，宋天暮发现陆凯扬鬼鬼祟祟地出门，想着去家附近的网吧找找，没想到真的找到了他。陆凯扬被抓包之后显得很紧张，一再申明，自己只是为了处理账号，他高考之前都不准备来了。宋天暮相信了他，坐在他旁边的空位等他弄好回家。隔壁在打 CS，宋天暮看了一眼，把脸转回来，等待陆凯扬结束。

"池明知说明天给我测验。"陆凯扬咔嚓咔嚓地点着鼠标，"我要是有不会的你偷偷告诉我。"

宋天暮的心里顿时涌起一股抗拒，他的潜意识里总是在想"暂时不想看到池明知这个人"，想得多了，自然就会产生抗拒。

"我明天不去了。"

"为什么？"

"老师叫我去学校，英语竞赛的事儿。"

"哦哦，好啊。"陆凯扬信了。

第二天陆凯扬一大早就出门了，宋天暮却罕见地躺到九点多才起，慢吞吞地洗漱一番才出门。宋天暮在外面游荡到八点多，他在路边便利店买了个面包填肚子，没坐公交，走路回家。家里人在一起看电视，宋天暮和他们打了个招呼，去卫生间洗澡，之后就疲惫地躺在床上准备入睡。

"弟。"陆凯扬推开门，探头探脑地看他，"今天我测验分挺高，池明知说下周我们出去吃饭呢。"

宋天暮很想说，你能不能不要在我面前提这三个字？你不知道我不想听吗？但是他不能说，因为陆凯扬会把这话转告给池明知，然后池明知就会意识到事情不对。

"真厉害啊，我就说你不笨。"宋天暮捂着嘴，打了个哈欠，"你想吃什么？我请你吧，别让池明知掏钱了。"

"嗯嗯。"过了会儿，陆凯扬迟疑地说，"你去学校了？"

"是啊。"宋天暮抱着被子翻了个身。

"去学校怎么回来这么晚？"

"又在快餐店坐了会儿，吃甜筒。"

陆凯扬哦了一声，不再说话。

再去学校，宋天暮觉得心浮气躁，什么都学不进去。他第一次在晚自习的时候和班主任请假出去上网，用了自己身体不舒服的理由，老师毫不怀疑。他成绩好，又是班长，老师很喜欢他，怎么会怀疑他撒谎？

第二次的时候老师也没有怀疑，第三次的时候他干脆就不请假了，

班主任这两天忙着补教案，不一定会查晚自习，查到了再说。

他拎着书包下楼，正巧撞到上楼的池明知。

"哈喽。"宋天暮面无表情地和池明知打了个招呼。

"你干什么去？"池明知看了看他的书包。

"请假回家。"宋天暮把书包甩在背上，"肚子疼。"

然后宋天暮就生龙活虎地跑了，池明知在后面叫他，他只当没听见。

又是周末，陆凯扬拉他去池明知家补课，他随口扯了个理由说不去，像上次一样跑去网吧，还是陆凯扬常去的那个。也不知过了多久，他觉得有人拍他的肩膀，回头看，是池明知，旁边还站着一脸震惊的陆凯扬。

陆凯扬把宋天暮拉了出去，"你你你"了半天，也不知道该说点什么好，他自己就有网瘾"前科"，义正词严地教训弟弟好像没什么立场，但话说回来，自己这种看起来要没救了的都知道浪子回头，怎么宋天暮这个好孩子又开始了呢？

"你之前晚自习请假也是去网吧了吗？"池明知问他。

宋天暮点点头，对陆凯扬说："哥，我想吃冰激凌。"

陆凯扬跑去给他买，只剩下池明知与他独处。

"你在想什么？"池明知问。

"没什么啊。"宋天暮挠挠脸，"晚自习又没什么事做。"

"你之前不是说要赶一下物理进度吗？"

"我又没天天来，今天不是周末吗？"

"算了。"池明知拉起他，"走吧，去吃饭。"

陆凯扬买了冰激凌回来，在宋天暮耳边絮絮叨叨："我们本来想去学校找你一起吃饭，但是你没在，给家里打电话也说你不在，我就说去网吧找找，池明知还说你不会去的……"

池明知觉得我不会去吗？宋天暮迷茫地想，为什么？因为他很信任我吗，所以我让他觉得很失望？一瞬间，宋天暮带着烦躁的心变得沉甸甸的，他不敢去看池明知的眼睛。

池明知带他们去吃火锅，下午三点，客人不多，他们不用抬高声音，就可以听清对方的话。但是没有人说话，最后还是陆凯扬打破了沉默。

"算啦，弟，我又不会告诉家里，你以后别去就好了。"

宋天暮沉默地吃着火锅，没有回答。

周一晚自习的时候，宋天暮还想找机会出去，刚刚起身，就被坐最后一排的男生拦住了。

"干吗？"宋天暮以为他有事找自己。

"班长，你上厕所去吗？"

"我请假回家。"宋天暮不明所以，皱眉看他。

"你等放学再回家吧。"那男生说，"池明知让我看着你。"

宋天暮不知道池明知是怎么和这个男生说的，甚至不知道他们两个认识，不过也没什么好奇怪的，池明知的人缘一向很好。宋天暮烦得很，想和这个男生打一架，但不知为何，他突然提不起力气，也提不起精神，只得把书包扔回去，沉着脸坐在座位上翻开练习册。

放学的时候，池明知在班级门口等他。

"还以为他拦不住你呢。"池明知说。

宋天暮哼笑一声，背着书包大步流星往前走。

"宋天暮，"池明知把他拉回来，"你想好考哪个大学了吗？"

池明知看着他，如同那天在快餐店里看着陆凯扬。池明知真正放在心里的朋友不多，自己算一个，陆凯扬算一个，宋天暮意识到这一点，心里积蓄着的气突然之间溜走，因为池明知不会看着朋友做错事不管，所以他们还是朋友。池明知对朋友很好，他是很好的人。

"我吗？"宋天暮想起了那天的烟花，"想去首都，但是不知道考哪所。"

"我大概也会去首都，要是你能和我考到一起，我就送你一台笔记本电脑。"

那时候的笔记本电脑绝对算得上奢侈品，动辄上万，配置稍微好点的两三万也很正常，池明知说送就会送，而且绝对不会送差的。

"这么大方吗？"宋天暮说。

"你为什么突然想逃课去网吧？"

"我们老师……"宋天暮知道自己要很谨慎地回答这个问题，"天天在班里念叨高三高三高三，还没到高三呢，烦死人了，上次小考英语掉了五分也要找我谈，她谈完了英语老师谈，有什么好谈的？我这次考140下次考139也要谈？"

宋天暮说完了，假装烦躁地吐出一口气，踢了踢脚下的石子。

"这有什么好烦的。"池明知笑了起来，"在我看来这完全不值得你烦。"

"为什么？"

"因为你要明白你到底想要什么，除了这个别的都不重要。"

我想要什么……宋天暮想，我想要什么呢？我也不知道自己到底想要什么。

"那你想要什么？"他问池明知。

池明知没有直接回答他的问题："我们这一代人算幸运的，有很多机会等着我们，你慢慢就会知道。"

走到校门口，两个人要分开，池明知说："不要再逃课了，我会找人看着你的。"

"你是教导主任吗，又管我又管陆凯扬的？"

"别人我还懒得管呢。"池明知笑了起来。

这一年的年底，经济领域有一件大事发生，陆凯扬的政治老师多次强调这件事非常重要，可能会考，还印了相关资料发下去，宋天暮翻了翻他带回来的资料，忍不住想起池明知说过的话。

宋天暮终于肯与自己和解，坦然面对这件事，池明知其实很好，一切都很好，跟着池明知选择也不会有问题，所以无论如何他都不会后悔。

高二第一学期期末考，宋天暮终于把薄弱的物理成绩提上去，排名上升，和年级第三的池明知只差九分。陆凯扬一雪前耻，居然不再班级倒数，陆超英很高兴，奖励了他们不少零花钱，陆凯扬拿着钱请池明知和宋天暮吃饭。

吃到一半，陆凯扬震惊地说："下雪了！"

池明知和宋天暮一起回头看，果然，这座极少下雪的南方城市真的飘起了雪花。虽然只有短短的十几分钟，等他们再出门的时候雪已经化了。

那天晚上他们俩又去了池明知家住，宋天暮掀开窗帘，一直盯着窗外，没头没尾地念叨："下雪了啊。"

"不会再下的，估计最近几年也就这一次了。"

宋天暮喊了一声，回到客房，凌晨两点多，他发现居然真的又下雪了。他起身，想跑去告诉池明知，却强行忍住。他不想吵醒池明知。深夜看雪是很美的，所以他觉得遗憾，很遗憾。

徘徊

　　那年冬天的天气很奇怪，寒潮一拨接着一拨，陆凯扬对宋天暮烧成肺炎那件事儿心有余悸，每天睁开眼睛第一句话就是："弟，你多穿点！"

　　"我没留后遗症，脑子还正常。"宋天暮说，"你不用这么紧张。"

　　陆凯扬一脸不相信的表情，跑去餐桌前三两口吞掉早饭，然后撒丫子溜了，他彻底转了性，燃起了对学习的热情，也不知道是不是听了池明知的话。

　　宋天暮却觉得上学对自己来说越来越痛苦，他害怕自己一松懈就不知道滑到哪里去了，只得强迫自己静下心来，因为他不想让池明知失望。

　　寒假过去，春暖花开，高二下学期过得飞快，转眼就到了学期末。放暑假的前几天，陆超英接到老家电话，陆凯扬的爷爷因心脏病住院，这已经不是第一次，这几年反反复复住院不下六次，爷爷年纪大了经不起手术，现在各项指标都不好，医生无力回天，暗示家里人准备后事。所以陆超英给陆凯扬请了假，准备带他回老家，陆凯扬蹲在床前收拾自己的行李，看起来很难过。

"我好久没回去了。"陆凯扬把内裤和袜子塞进包里,"我爷爷对我可好了,每次去都会偷偷塞给我零花钱。"

宋天暮的爷爷死得早,小时候爸妈很少在身边,他是被奶奶带大的,他记得奶奶做饭很好吃,干活手脚麻利。有一次他成绩下滑了,奶奶把他拉到院子里骂,家里养的小狗跑过来蹭他的脚,宋天暮蹲下去摸小狗,然后奶奶叹了口气,还是去给他做了好吃的。

"对了……"陆凯扬说,"池明知的生日我好像赶不及了,你帮我买个什么东西给他吧,回来我给你钱。"

池明知的生日就在几天后,之前都是他们几个一起过的。

"好。"宋天暮帮陆凯扬拉好了背包拉链。宋天暮不知道要给池明知准备什么生日礼物,池明知什么都不缺,于是他很没创意地直接跑去问池明知了。

"你想要什么生日礼物啊?"宋天暮站在他们班级门口,越过池明知看向对方的桌子——东西好少啊。

"有你这样的吗?"池明知笑了起来,"人家礼物都是送惊喜,你怎么还带提前问的?"

"我给你买完了你又不喜欢,扔床底下吃灰啊?"

池明知无话可说,想了想告诉他:"我 MP3 坏了,你给我买个新的吧。"

"哦。"宋天暮转身想走。

"等会儿!"池明知拦着他,"你跑什么?"

"我错题还没改完。"宋天暮装出一副自己很忙的样子,"对了,我哥老家那边有事,请假走了,我给你买个好的,连他的一起送了。"

"随便你。"池明知说,"今天晚上去我家吗?"

宋天暮顿了顿,说:"好啊。"

晚上宋天暮和林子淑打电话说了声,就跟着池明知来到他家。池明知爸妈都在,宋天暮还是第一次和他们一起吃饭,这对 80 年代在 R 国做生意发家的夫妇热情、健谈，他们问了宋天暮家里的情况。宋天暮如实坦白，他父母离异，跟着妈妈来到这里，努力适应新生活，成绩好又是实验重点班的班长，池明知的父母不吝啬对他的夸奖。

吃完饭，两人学习学到九点多，池明知走到宋天暮身边坐下，拍了拍他。

"别烦我。"宋天暮紧紧皱着眉毛，看着自己乱七八糟的草稿纸，这道题他解了半天，把答案解出来再往回代，还是不对。

"你看你笨的。"池明知从他手里拿过笔，抽了张新的草稿纸，三下五除二解开了题，"这是奥数题，你做它干什么？"

其中有个步骤宋天暮没看懂，他拿笔在那里画了个圈，问池明知："什么意思？"

"明天早上和你说。"池明知把他的书本扔到一边，"你别弄得这么苦大仇深的行不行？我怎么每次看你学习都觉得你特别痛苦。"

宋天暮躺在地上，舒展自己的双腿和胳膊，他确实很痛苦。

池明知笑起来，肩膀一耸一耸的，好像被点了笑穴一样，宋天暮拿练习册狂砸他的肩膀："有毛病吧你！笑什么啊！"

"我真不是，不是故意的。"池明知笑得停不下来，"你的表情太好玩了。"

宋天暮：……

"不闹了。"池明知和宋天暮闲聊，"你哥家里出什么事儿了？"

"他爷爷病危。"

"你怎么不跟着去？"

"我？我又不是他们家人……"

"你这话说的，好像你是外人似的。"

"我本来就是外人啊。"宋天暮说出了自己的心里话，他很喜欢陆凯扬，也很感激陆超英，但他仍然忍不住有这种想法，大概是因为林子淑和他从小到大都不是很亲近。

"哎。"池明知动了动胳膊，"你就是个多愁善感的小孩儿。"

宋天暮不知道怎么回应。

"最近怎么样，又偷着去网吧了吗？"

"没有。"

"真没有？"

"真的没有。"

"挺好，继续保持。"池明知拍了拍宋天暮的脑袋，"睡觉吧，小孩儿。"

宋天暮呆呆地睁着眼睛，毫无睡意，他有时候会非常迷茫痛苦，有时候又觉得现在是他最幸福的一段时间，家庭和睦，友谊顺遂，但很难说清这两种感觉到底哪个是真的，也许全都是。

宋天暮给池明知选的生日礼物是一个很贵的MP3，他买完了礼物，把礼物送出去，看着自己的礼物和其他人的混在一起，并不确定池明知会不会用。池明知的生日宴上有很多人，宋天暮觉得索然无味。

一个有点眼熟的学妹一直坐在池明知身边和他哭诉，宋天暮听了一耳朵，学妹在为自己和后排男同学的感情问题困扰不已，她显然不是一个聪明果断的人，因为宋天暮只听了这么一小会儿，就得出结论：和这种幼稚的男生早点断掉，多读点书，高考的时候还能多考几分。

她显然也非常信任池明知，这是自然的，池明知身上有那种让人信任的气质。宋天暮以为池明知会给她指条明路，毕竟他为了自己上网吧闹了那么大阵仗。

可池明知只对她说："你想分开吗？"

那女生捂着脸摇头。

"那就继续吧。"池明知脸上的笑容淡淡的，"该分开的时候总会分开，不用强迫自己。"

"什么是该分开的时候啊？"女孩问。

宋天暮脱口而出："现在不就是吗？"

池明知意外地看着他，宋天暮知道自己犯了他的忌讳，池明知不喜欢别人多嘴，可宋天暮又觉得自己必须多这句嘴。

这一刻，宋天暮再次看到了两个人之间的矛盾，他觉得自己永远也做不成池明知那样的人，他做不到那么好，也做不到把关注分配得那么均匀，池明知对他觉得不重要的人是很冷的。

"我走了。"宋天暮拉开门快步往楼下走，连书包都没拿。

池明知不知道他为什么突然发作，可再追出去的时候宋天暮已经打车回家了。

第二天早自习下课，池明知来他班级门口找他，拎着他的书包。宋天暮把书包接过来，不知道说什么，扭头往回走。池明知拉住他，带他走到了楼梯拐角没人的地方。

"你生什么气？"池明知皱眉。

"没有，我已经好了。"宋天暮连吵架都吵得疲惫不堪，没什么逻辑，他只想赶紧结束，其实他根本就没生气，他只是觉得两个人太不一样了，可他没法直说。

"随便你吧。"池明知有点无语，试着把这个话题略过，"今天晚上来我家吗？我帮你写卷子。"

池明知在给自己递台阶，因为他不想和自己吵架，宋天暮知道。陆凯扬说他从来没和池明知闹过矛盾，想来池明知不是那种喜欢和朋友斤斤计较的人。

"不需要。"宋天暮转身想走。

"宋天暮！"池明知拦着他，"你什么意思？"

"就这个意思。"宋天暮不耐烦地说，"以后你去找别人玩儿吧。"

然后他拎着自己的书包回到教室，看着眼前的课本发呆，其实他说出刚才那句话就后悔了。这种后悔的感觉笼罩了他，只不过短短一节课的工夫，他就无数次想起身去找池明知和好。一直到放学，池明知都没来找过他。

宋天暮后悔在他生日那天和他吵架，可越是后悔，越是不知道怎么开口。没过几天就是暑假，他们两个就这样中断了联系。

陆凯扬不知道池明知和宋天暮为什么突然就闹掰了，他从中调和了无数次，可这两个人就是没有和好。陆凯扬好几次问他："弟，你俩到底因为什么吵架？"

宋天暮说："我也不知道。"

学校里，池明知身边有了新的朋友，这是自然的，池明知身边不缺人，也许是朋友，也许是跟班，也许是谈得来的人。

宋天暮觉得有点窒息，那种后悔的感觉一直都在他身边环绕，他以为自己找个理由不和池明知来往就会得到解脱，可真的试了，他完全感受不到所谓的解脱。

有时候在走廊或者是老师办公室里遇到，两个人都会装作没看见对方，加快脚步离开。宋天暮每次都怕自己忍不住先和他说话。其实先说话也没什么，可是，然后呢？然后他还是不知道怎么办，好不容易迈出了这一步，却不知道下一步怎么走。

高三上学期对宋天暮来说无比痛苦，极强的精神压力和纠结让他很难专心学习，可除了学习，他不知道自己还能做什么。他记得池明知说，希望他能和自己考到同一所大学，还许诺给他一台笔记本电脑，只是因为不想让他继续逃课上网吧，后来还找人盯着他不让他逃课，一副生怕他堕落的样子。

宋天暮很后悔当时和池明知吵架，就算是生气，换一个不这么难看的方式也好啊。因此，"考上同一所大学"成了他的希望，他一直都想着这个，不愿意让自己的分数不好看，从开学开始就没有在十一点半之前睡过觉。

这一年的 2 月，林子淑突然开始在家里煮白醋，还买了一大堆板蓝根，学习学到头昏眼花的宋天暮天天被她灌板蓝根，有时候反应不过来差点被呛死。

"喝这个干吗？"宋天暮把杯子放了回去。然后林子淑就用非常郑重的语气告诉他，有一种传染病非常厉害，喝板蓝根熏白醋就能预防，过段时间这两样东西都买不到。

宋天暮以为自己老妈又在信谣传谣，但是没过多久，这件事就被证实，大家都知道有一种很厉害的呼吸道传染病正在蔓延，只不过暂时还没波及他们的城市。

三月，世界卫生组织将这种疾病认定为一种传播快、病死率高的传染病，三月中旬开始，世界上的很多地方都出现了相关报道。三月底，第一位因为工作染病殉职的医护人员出现。因为周围还没出现病人，城市里也没听说谁感染，最开始非常担心的林子淑也有些放下警惕，不再逼着宋天暮喝板蓝根。

宋天暮那段时间还挺倒霉的，他周一往公交站走的时候被一辆电动车撞了，虽然没见血，但脚腕和小腿很快就肿了起来，想动都不行，肇事那人还算负责，把他送到了医院。宋天暮借肇事者的手机给家里打了个电话，林子淑匆匆赶来。在医院折腾到中午才回去，这下子学也没法上了，宋天暮感到了久违的轻松。

林子淑在一边劝他，说就当在家里休息几天，看他最近学习累得脸色都不好，说在家也可以自学，别着急上火。

宋天暮心想，谁着急上火啊，妈你想多了吧。

在家的生活很轻松，林子淑现在对他很好，每天都做他爱吃的菜，陆心蕊正是好玩的时候，无聊了就走过来找哥哥，搂着宋天暮的脸啃得他满脸口水。

"别啃我。"宋天暮把陆心蕊举起来，"心心，叫哥哥。"

陆心蕊早就会说话了，三岁多，正是话痨的时候，她觉得宋天暮长得好看，喜欢啃他脸，也听他的话，宋天暮让她叫哥哥她就叫："哥哥！哥哥！哥哥！"

"你是大喇叭啊？"宋天暮被她逗笑了，"你说，陆凯扬哥哥是世界第一大笨蛋。"

"陆凯昂（扬）哥哥是世界第一大蹦（笨）蛋！"陆心蕊认真地说道。

宋天暮简直要笑死了，他正抱着孩子玩儿，家里电话响了："妈，电话！"

没人回答，宋天暮心想林子淑大概是下楼买菜去了。

"心心去接电话。"陆心蕊的小短腿动了两下，宋天暮心想还是算了吧，指望不上你。他单腿跳到电话边，刚要接起来，电话就断了，正准备回去，电话又响。

"喂？"宋天暮说，"你好，哪位？"

对方沉默了一会儿才说："池明知。"

宋天暮张了张嘴，有点没反应过来。

"啊？"他手足无措，"怎么了，你找陆凯扬吗？他还没放学，等他放学了我让他给你回个电话。"

"不是。"池明知在电话那边说，"我找你，你这几天怎么没去学校？"

"我不小心被车撞了一下，没法走路了，再过一个礼拜才能去学校呢。"宋天暮真不知道如何描述自己的心情，他尽量让语气自然一些。

"哦，我还以为……"池明知似乎松了一口气。

气氛尴尬起来，宋天暮不知道应该说点什么好，以为什么呢？

"那就这样吧，没什么别的事儿。"池明知似乎想挂电话。

"你晚上来我们家吃饭吗？"宋天暮问出这个问题，他很紧张，担心池明知会拒绝。

但池明知答应得很痛快："好啊。"

对方的电话挂断，宋天暮攥着听筒，半天都没缓过神来。所以我们是和好了吗？所以他还是担心我的吗？是啊，他对朋友一向是真心实意的……

晚上，池明知按时赴约，林子淑在宋天暮的要求下多做了几个菜，陆凯扬看起来很高兴，他们俩和好了，他也不用抛下一个去和另一个玩了。吃完了饭，陆凯扬拉着池明知用客厅的电视打了会儿游戏，宋天暮听到了《魂斗罗》的声音。过了会儿，池明知推门进来，看着躺在床上的宋天暮。

"坐啊。"宋天暮有些尴尬。

池明知在他床边坐下："你怎么这么倒霉，走路也能被撞？"

"要不然怎么叫倒霉呢。"宋天暮说，"你以为什么？"

"嗯？"

"电话里你说过的，你以为什么？"

"我以为你被传染了。"池明知坦诚地说，"我问过你们班主任，她只说你住院了，我觉得很奇怪，就有点担心。"

"怎么可能。"宋天暮压抑已久的心情变得轻松许多。

"咱们市已经有患者了，只是还没公布，这个病很可怕，不要不当一回事。"

宋天暮心里的纠结和难过一瞬间就散去了，池明知还惦记他，这一点就让他足够满足。两个人都放松下来，又聊了些别的，池明知终于忍不住把话题转回到几个月前的那次吵架上。

"你到底为什么生气？"池明知看着他。

"我也不知道，可能当时精神太紧张了吧，老想着考试什么的，看谁都想多管闲事劝学，你那么说，我就觉得很不顺耳，后来我也想去找你，可是一直都没机会。"宋天暮只能这么解释。

"我还以为是我把你惹生气了。"池明知说。

宋天暮下意识地说："没有……"

池明知看了看他的腿："怎么还有点肿啊？"

宋天暮终于意识到，自己和池明知是两个极端，他把什么事都当真，总是想很多，池明知却什么都不放在心上。如果自己不说，池明知怎么也不会猜到自己生气的理由，所以池明知才会和他赌气也不理他，因为在池明知看来，宋天暮闹脾气实在让人摸不着头脑。

陆凯扬端着水果进来，两个人的谈话中断了。

一个礼拜之后，宋天暮回到学校上课，他走路还是不太方便，池明知天天都去食堂帮他打饭回来。

不过，宋天暮现在已经不会再对此感到压抑，他心平气和地接受着发生的一切，因为他终于意识到，他没办法控制任何事，他能控制的只有自己。他能做的就是和池明知好好相处，吃他帮自己打的饭，听他讲题，或者是给他讲题，池明知有什么想法，那么他配合就好。只有这样他才能维持现状，他已经尝过了改变的滋味，那并不好受，也没让他感到解脱。

这一年4月，因为传染病的传播，大学呼吁学生五一不回家。宋天暮和池明知压力都大得很，他们俩是重点苗子，老师指望他们拿奖金，宋天暮好几次做噩梦都梦到自己高考忘记带笔。

5月，高中停课。宋天暮和陆凯扬被关在家里，看着从学校带回来的一大堆资料卷子焦虑无比，当地电视台娱乐节目停播，请了老师上去讲课，两个人挤在沙发上一起听课，陆凯扬为了克制自己的焦虑，嘎嘣嘎嘣啃苹果。

宋天暮说他像猴子，陆凯扬和宋天暮对打起来，打累了又一起回到卧室去学习，两个人一左一右坐在床的两边，唰唰唰地写卷子。

晚上十一点，宋天暮给池明知打电话。

"喂？"宋天暮打着哈欠说，"你睡了没？"

"当然没。"

"我哥有话和你说。"

"池明知！"陆凯扬抢过话筒，"池明知你保佑我！学神你一定要保佑我。"

"我保佑你。"池明知也打了个哈欠。

"你几点睡？"宋天暮在一边问。

"十二点吧。"

"那电话不要挂，等你去睡了再挂，我哥说要假装你在身边复习。"

"哦。"池明知说，"那你开免提吧。"

于是宋天暮和陆凯扬打着哈欠刷题，电话那边的池明知也是一样的状态。

十二点整，池明知说："我去睡了。"

"再见——"宋天暮和陆凯扬一起说。

半分钟后，三个人已经全都睡着了。

外面兵荒马乱，家里也兵荒马乱，疾病还在蔓延，还有不到一个月就要高考，好像一切都找不到头绪，让人静不下心来。可太阳每天照常升起，时间还是会慢慢流逝。

他们这一届的高考很特殊。往年安排在七月份的高考提前到六月初，为了避开高温和自然灾害，命途多舛的本届考生经历了全球性传染病，经历了考试提前，还经历了数学卷的噩梦。

当看到数学试题的一刹那宋天暮就蒙了，他没想到会这么难，平时他一般把做选择题和填空题的时间控制在 43 分钟，但高考的时候他用了将近 55 分钟，还没把握全答对，看到后面的大题时更是忍不住皱眉，这套题的难度比起往年来说实在是提高太多了。这个时候他已经有点紧张，考场里也有一股小小的骚动，监考老师轻声维护秩序，空气又重新安静下来。

突然地，宋天暮看到了一道题。他想起了，去年他在池明知家做奥数题，做了很久发现做错了，池明知没用多久就把那道题解了出来，他不明白其中一个步骤，问池明知，池明知说明早给他讲。

然后，在第二天早晨，池明知真的给他讲了，就在他们上学的路上，池明知思路清晰地给他讲了这道题，讲完了，池明知还说他："你不要总在这种题上浪费时间，高考又不考奥数。"

可即便是这么说着，池明知还是和他确认了一次："我刚才讲的你听懂了吧？"

宋天暮听懂了。眼前的这道题，和那道题的解题思路是一样的。一想到这点，宋天暮焦虑不安的心突然松弛下来，他没去看别的题一眼，而是尽量集中精神先把这道题解了出来，然后他快速检查了一下，继续回头做别的题。

因为握笔过于用力，他的指尖有些发疼，稍微松开一点，指尖又开始发痒，头顶的吊扇卖力旋转，宋天暮有点头晕。他很想吃冰激凌。

考完数学，大家一起回学校量体温，气氛沉闷得吓人，空气里全都是消毒液的味道，班里不少平时成绩很好的学生都失魂落魄，甚至有几个人在看到数学老师的时候哭了出来。数学老师是个挺严厉的中年阿姨，平时很少给他们好脸色，这会儿却也挨个温声安慰学生们。

池明知量完了体温过来找宋天暮，看上去也被数学折磨得不轻，他问宋天暮："怎么样？"

"不知道怎么形容。"宋天暮说，"差点就是灾难。"

"那你还好，不少人已经是灾难了。"池明知递给他一盒冰激凌，"今年的数学怎么这么难。"

后来他们才知道，有个考生偷了考卷，高考数学临时采用了备用卷，备用卷的难度较大。宋天暮怎么也想不明白，为什么两套卷子的难度会相差这么多呢？他没有告诉池明知关于那道奥数题的事情，他觉得也许很多事都是这样冥冥之中注定的，池明知只要在他身边，就会有意无意地影响他的人生。

那年的理综也非常难，好在宋天暮理综比较好，心态也还好，还算满意地完成了考试。他又想起自己高二的时候，池明知经常会在晚自习之前来找他，问他："你今天肚子不疼了啊？"

宋天暮往往会无语地说不疼了，池明知就会让他抓紧时间多做一套理综卷子。

考完最后一门，尘埃落定，有人因为感到解脱疯狂吃喝玩乐，有人因为发挥失常万念俱灰闭门不出，有人泡在网吧三天三夜疯狂打游戏，还有人已经整理好书本准备复读。

相比之下，宋天暮和池明知的反应要平静得多，池明知考完试之后在家里休息两天，就像之前过暑假一样找宋天暮他们出来玩，三个人出去逛逛商场，坐在图书馆看看书，或者去新开的店吃吃喝喝等待答案出来估分。

宋天暮问过陆凯扬考得怎么样，陆凯扬开心地说："很好啊！我非常有信心！"

他们两个私下里都觉得陆凯扬的感觉是错的，因为他的感觉就没正确过，陆凯扬这么有自信，他们不禁替他担心起来。

估完分没多久，有招生办给池明知打电话，那天他们仨在池明知家吹空调看电视，池明知接了招生办的电话之后和对方聊了一会儿，挂断之后一回头，发现另外两个人都在盯着他看。

"看什么？"

"哪个学校给你打的？"陆凯扬瞪大了眼睛，看上去很激动。

池明知说了大学名字，陆凯扬一副要晕过去的样子。宋天暮的心凉了半截，诚然他的成绩不差，除了大家都没怎么发挥好的数学之外，他的其他科目发挥都算稳定，但他还是不敢保证自己能考上这所学校。除非他运气很好，比他分数高的人都不敢报这所学校。可是赌运气的话，希望就太渺茫了，差一分定生死，这不是说着玩的。

他来到这个城市的第一天就见到了池明知，差不多五年过去了，他还是能和池明知在一起吃冰激凌，可是，有可能短短几个月之后，他们就会渐行渐远。

尽管他知道自己注定要和陆凯扬念不同的大学，但那是不一样的，陆凯扬还是自己的哥哥，他们有同一个家，可他和池明知之间什么都没有。

傍晚的时候，陆凯扬下去买零食吃，池明知走到宋天暮身边坐下："想什么呢？"

"没什么啊。"宋天暮伸了个懒腰，躺在沙发上，"你想报哪所？"

"还没确定。"池明知说，"再想想。"

"完蛋了，拿不到你的笔记本电脑了。"宋天暮抓着遥控器换台，切了一圈又一圈。

"你很想和我考到一所大学吗？"

"还好吧。"宋天暮只能给出这样模糊的回答。

宋天暮沉默了一会儿，转头却发现池明知靠在沙发上睡着了。他拍拍池明知的肩膀，池明知含糊地应了一声，抱着靠垫侧躺在沙发上，再度睡了过去。池明知昨天和陆凯扬一起熬夜打游戏，所以现在睡着了也能看出来倦色。

宋天暮忽然想起五年前，两个人第一次见面时，池明知主动拍拍他的肩膀，示意他跟着自己走，这是这座城市第一个主动接纳他的人，即便那只是出于礼貌。

宋天暮陡然有了再尝试一把的勇气，他不想再感受一次失去，因为他本来就没拥有过什么东西。于是他坐在沙发上，安静地坐着看电视，一直到夕阳西下，房间里只剩下电视机的微光。

报考开始，宋天暮和陆凯扬都毫无头绪，陆超英特意请朋友来家里帮两个小孩分析学校专业，陆超英朋友的意思是稳妥为好，今年不比往年，变数太大，选专业的话推荐生物工程，毕竟 21 世纪是生物的天下。

21 世纪到底是什么的天下实在是说不好，他们中任何一个人都不会想到十几年之后对普通人来说赚钱最快的职业是网络主播，现在还不太被看好的电竞产业之后会发展得如日中天。

陆凯扬听了一番陌生叔叔的长篇大论，听得头都晕了，吃完饭之后，他拉着宋天暮回到卧室，悄声说："我怎么觉得这个人这么不靠谱呢？"

"我也觉得。"宋天暮说，"那你想报什么啊？"

"我也不知道啊！"陆凯扬抓狂了。

第二天他去找池明知，想问问池明知报什么专业，池明知说："可能是计算机。"

宋天暮一副纠结的表情，池明知拿来了笔和纸，让他把估分写上去。研究了半天，池明知说："要不你试试第一志愿和我报一起吧。"

"不行吧……"宋天暮连连摇头，"咱们俩分差那么多。"

"没差多少啊。"池明知拿着笔在纸上写了几个数字，"大概也就这个分数段之间，今年数学这么难，大家的整体分数都不高，大多数人肯定会报得稳妥，你稍微报高一点有可能会更好。"

然后，池明知又想了想，把纸撕掉："不行，还是算了吧，我也没什么把握，要是大家都这么想就糟了，你还是再好好考虑一下。"

宋天暮把那几张他撕掉的纸收起来放好。他听了家里和老师的意见，报了一个很稳妥的学校，虽然可能会浪费一些分数，但总比第一志愿落空来得好，而且池明知也劝他稳妥。

在把表格交上去的前一夜，他和陆凯扬又被池明知邀请到家里玩。

"再开学咱们仨可能就没什么机会在一起玩儿啦。"陆凯扬躺在沙发上抱着可乐咕咚咕咚地喝。

"你第一志愿不是也在首都吗？"池明知说。

"我弟不在啊。"

综合考虑下来，宋天暮把第一志愿报到了一个北方城市，那里离他的老家很近。外面开始下雨，宋天暮起身到窗边往楼下看，整个城市都湿漉漉的，发出冷冷的反光。

"弟，你会不会舍不得我？"陆凯扬孩子气地问。

池明知笑着坐在一边看电视，跟着问："我呢？"

宋天暮回头瞥了他们一眼："神经。"

散伙饭在离学校很远的酒楼吃，快要散席的时候副班长一边抽泣一边对同桌说"舍不得你"，两个女孩子抱在一起掉眼泪。

第二天他们去学校交志愿表，陆凯扬先去自己学校交完了，也来实验陪他们一起，池明知上楼的时候和陆凯扬走在前面，宋天暮走在后面，看着池明知的背影。突然地，他停下脚步，跑去老师办公室借了笔，飞快改了自己的第一志愿。

宋天暮想，就算是万分之一的概率也试一下，失败的话大不了复读一年。然后我就明白这是所谓的"天意"，我会劝自己放弃。

我现在的行为可以称之为冒险吗？我没冒险过，不知道冒险起来是什么感觉，现在我只觉得怅然。

其实宋天暮在改志愿的时候，潜意识里是想逼自己放弃的。因为他和池明知被录取到同一所大学的概率看起来真的不高，可那年的情况实在是太特殊，大家都考得不好，不敢报高了，只求稳妥，分数线出来之后很多人都傻眼了，理科分数线居然比去年低了快 50 分。很多一流大学都没招满，差一点的学校因为报考人数太多，反而异常难进。于是宋天暮和池明知成了校友。

收到录取通知书半个多小时后，宋天暮才勉强从那种恍惚的情绪里脱离开来，陆凯扬不可置信地看着通知书，看上去比他还高兴，抱着他在原地狂跳："以后周末可以找你玩了！"

然后，陆凯扬拍着他的肩膀，看上去非常骄傲："果然是我弟，艺高人胆大，我就说你之前报的那个不行嘛。"

实际上，陆凯扬纯粹是睁着眼睛说瞎话，他得知宋天暮改志愿之后差点把他吃了，因为那时候还没有平行志愿，第一志愿录取失败，就要滑档到第二志愿。

"你瞎报什么！"当时陆凯扬在学校里对着宋天暮吼，"快去找你们老师把表要回来啊！"

池明知也觉得他这么做太不稳妥。但宋天暮装出一副很淡定的样子，说："赌一赌呗，又不一定录不上。"

"你想好了？"池明知说。

"我就是不怎么喜欢我之前报的那个学校，以前根本没考虑过，还要去那儿读四年……"他这么说，另外两个人也不好说什么，毕竟去了自己不喜欢的学校确实很影响心态。

池明知得知他被录取之后也很开心，他说到做到，在开学之前送了宋天暮一台笔记本电脑，陆凯扬羡慕死了，直呼后悔自己没好好学习，要不然池明知的礼物要送双份。其实陆凯扬也不是没好好学习，客观来说，陆凯扬做的努力已经够多了，去念的大学也很好。

陆超英那段时间走路都带风，两个儿子都这么有出息，他想不嘚瑟都难，和朋友聊天，不管聊什么必定要把话题转到高考上，宋天暮都怕他挨揍，毕竟不是每家的孩子都考得这么好。

8月底，大学开学前夕，陆超英带两个儿子出去买东西，疾病平息，一切看起来都那么美好可爱。陆超英领着陆凯扬和宋天暮进商场，阔气地说："想要什么拿什么。"

"爸，买根金条，我带着防身。"陆凯扬作势往黄金专柜去。

让他们惊掉下巴的是，陆超英真的给他们一人买了一根金条，虽然不过大半个巴掌长，薄薄的一根，但那也是货真价实的金条。陆凯扬无比震撼地拎着金条逛商场，宋天暮也很震惊。

买完东西回家收拾行李，两个人收拾出四个大行李箱，多是生活用品和衣服，陆心蕊坐在宋天暮的行李箱里，抱着他的胳膊眼泛泪花。

"她怎么不抱我？"陆凯扬很不满。

"可能是因为，你经常问她是不是找抽吧。"宋天暮把陆心蕊抱起来，任凭陆心蕊啃他的脸。

第二天全家出动，坐飞机送两个孩子上大学，陆心蕊很乖，但坐了一会儿还是因为耳朵不舒服有点想哭，陆凯扬把她接过来，柔声说："心心，你再哭哥哥就抽你了噢。"

陆心蕊嗷的一声大哭出来。

所有人：……

陆超英向周围乘客道歉，宋天暮把小姑娘抱过来哄，陆心蕊一边抽泣一边搂着宋天暮的脖子，小声说："把陆凯昂（扬）扔下去。"

"扔下去就摔死了啊。"宋天暮希望她能打消这个血腥的念头，"凯扬哥哥和你开玩笑呢,他可喜欢你了。"

陆心蕊还是有点想哭,但陆凯扬掏出零食塞进她嘴里,所以她只是瞪了陆凯扬一眼,把头转到一边去。

关于报到,宋天暮的记忆就是手忙脚乱,陆超英陪陆凯扬去报到,林子淑带着陆心蕊陪他一起,但大多数事情都是宋天暮自己问的。他没看到池明知的身影,想来也是,这么大的学校,这么多的新生,想遇到也不是那么容易。

没想到在寝室楼门口,他遇到了独自一人的池明知。池明知笑着和他招手,他赶紧拖着行李跑过去,问:"你爸妈呢?"

"他们去见个朋友,我自己来就行,又没什么事儿。"池明知看起来很悠闲,"你妹妹也来了?"

陆心蕊每次看见池明知,必定眉开眼笑,宋天暮暗想要是她只喜欢长得好看的人,为什么不喜欢陆凯扬呢?陆凯扬也不难看啊。

顶着大太阳办完了手续,宋天暮来到了寝室楼,这是一座有点老旧的建筑,也许是因为刚刚过去没多久的传染病,楼里弥漫着一股浓浓的消毒液味道。因为朝向,楼里阴冷潮湿,地面刚刚被拖过,很湿滑,被人踩来踩去,显出泥水的痕迹,老生们大多穿着背心大裤衩在楼里经过,时不时回头打量一眼他们这些一看就是新生的人。

宋天暮没有和池明知分到一个寝室,他比较倒霉,同班男生住满了两个寝室,就他一个落单,被分到了数学系的寝室。

晚上陆超英和陆凯扬来找他们,一家人在一起吃了顿饭,陆超英和林子淑就带着陆心蕊回宾馆了,分别的时候陆凯扬还很没出息地红了眼眶,陆心蕊哎呀一声,伸手刮他鼻子:"陆凯昂(扬)羞羞。"

和家人们分开之后,宋天暮背着包回到了寝室,他的室友已经到齐,宋天暮不知为何,总觉得他的室友们身上有一股特殊的气质,后来他才知道，能考进数学系的都不是凡人。

实验上一届有个学神，其貌不扬，戴个黑框眼镜，宋天暮有幸和学神说了几句话，他觉得那个学神给人的感觉和他的室友们很像。大家自我介绍一番，宋天暮暗自震惊室友们的成绩，轮到他自己的时候他都有些不好意思张嘴了。

"哇，老乡啊。"上铺探头看他，"哎，你老家具体哪儿的？"

宋天暮和老乡对了一下出生地，越对越近，他们还差点上同一所初中，只不过老乡早早跟爸妈去了外地，没想到高考完了两个人又考到了一起。

八个人来自天南地北，宋天暮和上铺是老乡，对床下铺是湘南人，上铺是粤洲人，斜对床的上铺就是本地的，而下铺是沪上的，隔壁床上铺是古都的，下铺是山城的。

宋天暮用了会儿时间才记住室友们的名字，希望自己能和大家相处好，但他们毕竟不是一个专业的，另外七个人一起上课下课，比较有共同话题，时间也能安排到一起去。虽然大家对他都还算友好，但他不可避免地脱离在了他们的团体之外，只有周末大家都没课的时候才能凑在一起吃顿饭。

好在池明知和他并没有疏远，干什么都带着他。

整个大一上学期，宋天暮都过得非常艰难，不是他不优秀，而是他的同学们实在是太优秀了，好在他现在心态比高中时候平和不少，还有池明知这个学霸可以帮他。时间久了，宋天暮逐渐适应了这种节奏，他有时会想如果不是池明知，他可能就认命地谨慎填报志愿，走另外的路，但因为有池明知的存在，他的人生被改变了。

他们学校的浴室没什么隐私可言，北方的公共浴室几乎都是这样的，学校里的也不例外，寝室也没有单独的卫生间，池明知不喜欢人多，所以经常在浴室关闭前几乎没人的时候去洗，宋天暮也跟着他去洗过几次，每次都有一种会随时停水的紧张感。

时间久了，池明知就动了想出去住的心思，大一上学期管得比较严，下学期各项检查就没那么严格了，池明知是班级里第一个出去租房子的人。

宋天暮在池明知第一天搬家的时候去他家里吃了顿饭，饭是宋天暮做的，他在这方面还算有天赋，虽然只是简单的家常菜，但味道还不错。池明知吃够了食堂，吃他做的饭吃得感动异常，还和他开玩笑："你搬过来和我一起住得了，给我做饭，行不行？"

"滚。"宋天暮说，"你当找保姆呢。"

池明知搬出去之后，两个人的联系不可避免地减少了一些，大多数时候都是宋天暮主动去找他玩，两个人在他租的公寓一起吃顿饭，或者是坐很久的车去找陆凯扬玩。

大一下学期过了一半，宋天暮周末已经很少回寝室了，他和室友们的关系更加疏远，和班级里别的同学也很少有除了上课之外的交流。

这种独来独往的作风和池明知大相径庭，池明知朋友很多，本系的外系的都有，有一次他带宋天暮去画室找艺术系的朋友玩，宋天暮看见他们在画油画。其实他对画画一直都很感兴趣，上初中的时候，池明知看了他的画还说他画得好，劝他去当画家，他已经这么大了，画家大概是当不成，但当个画画爱好者也不错。

他拿零花钱买了套油画工具，照着书自己画了几张小画，不得不说，他在这方面确实很有天赋，没学过也能画得有模有样。他不方便在寝室画，就在池明知的公寓画，池明知给他圈了一小块地方，因为实在受不了他把颜料弄得到处都是。他画出来的第一张还算能看的画是张风景画，池明知觉得很喜欢，就把画要走挂在了门口。

白鸽

　　互联网浪潮汹涌的时代，财富和野心遍地开花。还是大一学生的池明知和几个学长创立了一个校内论坛，他们学校本来有自己的 BBS，之前运行得很好，但是因为管理内部发生矛盾，老管理层纷纷辞职，论坛无人维护，水帖杂草一样疯长，有价值的帖子越来越少，很快就被池明知他们的论坛取代了。

　　那时候的论坛没有盈利，纯粹靠热情维护，池明知投入了很多心血去做这件事，他问宋天暮有没有兴趣参与进来，宋天暮毫不犹豫地说有，他和大家一起制定了论坛的站规、版规，成为站务组的一员，认识了很多新朋友，虽然他做这一切的前提只不过是为了和池明知有更多的共同语言。

　　青年节时，论坛举办了活动，池明知和宋天暮在电脑前坐了一上午，满屏幕的理想和青年，青年和理想，宋天暮问："你的理想是什么？"

　　"我的理想啊……"池明知点着鼠标，漫不经心地回答，"做个比它大很多倍的论坛。"

宋天暮说："哦。"

"你呢？"

"当大论坛的管理员。"

池明知噗的一声笑出来："当管理员没工资。"

"抠不死你。"宋天暮说，"是不是该走了？"

宋天暮和池明知换好衣服出门去见陆凯扬。下了好几天的雨终于停了，天气不冷不热，他们推开咖啡厅的门，陆凯扬已经到了，身边还坐了个女孩。池明知和宋天暮对视一眼，都从对方眼里看到了震惊。

"你哥女朋友？"

"他怎么会交到女朋友？"

二人走过去，陆凯扬跳起来和他们挥手。

宋天暮说："哥，这位是？"

"我学姐！"陆凯扬说，"怎么样，漂亮吧？"

池明知又和宋天暮对视一眼，这女孩确实很漂亮，所以问题来了，漂亮学姐怎么会和他在一起？

学姐落落大方地和他们打招呼，四个人坐在一桌点了咖啡，学姐的咖啡端上来，她喝了一口说："好苦啊，陆凯扬，你的换给我。"

陆凯扬把自己的换给学姐，然后转头对池明知说："池明知，你们最近在忙什么？"

池明知说了，陆凯扬夸张地说："哇，这么优秀，真是优秀，优秀。"

池明知和宋天暮：……

他们不懂陆凯扬这是在干什么。过了会儿，学姐起身去洗手间，宋天暮抓紧时间问："你发什么神经啊，带你女朋友见我们怎么不提前说？"

"什么女朋友？"陆凯扬一头雾水，"我学姐说想找个男朋友，我就带她见见你们俩啊。"

池明知已经无语到连连摇头，宋天暮实在受不了了，他指着那杯咖啡说："你是不是有毛病，人家都把喝过的咖啡给你了，你给人家介绍男朋友？"

"啊？她不喜欢才给我的啊，再说是她自己说想找个男朋友的。"

"你——"宋天暮说，"那你想听人家女生怎么说，你想让人家倒追你啊？这还不够明显吗？我的天啊，哥你到底怎么回事！"

"啊？啊？啊？"这次轮到陆凯扬震惊了，"真的假的？"

池明知说："假的，别信，等你学姐和别人结婚了你记得塞红包就好。"

陆凯扬已经不知道说点什么好了。学姐回来，陆凯扬看了看她，很没出息地把脸转到了一边。宋天暮心想我怎么有你这么不争气的哥，可毕竟是他哥，他又不能真的不管。

"学姐，中午没什么事的话一起吃饭吧？"宋天暮说，"你喜欢吃什么？"

"我叫邢琳，叫我名字就行啦，我没什么忌口的，喜欢吃辣，随便吃点什么都行。"

"这附近有家湘菜馆子还可以，去那儿吃吧。"宋天暮指了指方向。

陆凯扬说："弟你不是不能吃辣……啊！"

宋天暮在桌子底下踹了他一脚。

邢琳笑了起来："不用特意照顾我，我真的吃什么都行，这样吧，咱们去楼上吃火锅，点个鸳鸯锅，怎么样？"

四人起身出了咖啡馆，进了商场二楼，宋天暮一点吃饭的心情都没有，他真的不知道邢琳会对陆凯扬有多少耐心，尤其是在陆凯扬不断掉链子的前提下。

火锅店里人很多，大家点了一轮菜之后宋天暮又把菜单递给陆凯扬："你看看还要点什么。"

他拿指甲在冰粉和红糖糍粑上用力划，陆凯扬终于开窍了，他要了冰粉和红糖糍粑，然后回头问邢琳："你喜欢吃甜的吧？"

宋天暮已经在心里激动到握拳流泪了。谁知道邢琳说："我不喜欢吃红糖呀，昨天才和你说过。"

宋天暮：……

所以昨天才说过的事为什么会忘啊！你到底有没有把人家放在心上？就算你不开窍，人家这么漂亮一个女生坐在你面前，你都不听人家讲话吗？

陆凯扬也备受打击，他确实对邢琳有过一点意思，但是他以为邢琳对他没意思，要是有意思，怎么会让他介绍男朋友呢？突然知道邢琳可能对他也有意思，他想着不要搞砸，哪知道处处踩雷，这点意思很快就要没了。

"对不起，我记性不好。"陆凯扬看起来垂头丧气的。

"你不是记性不好，你是不认真听我说话吧。"邢琳拿铅笔敲了一下他的脑袋，"以后我和你说话的时候你上点心，听到没？"

陆凯扬的脸唰地一下就红了。宋天暮觉得他真是走了狗屎运，初恋就碰到性格这么好的女生。

"我哥这个人优点还是挺多的……"宋天暮卖力安抚自己未来嫂子，"他对家人特别好，脾气也很好，还很善良。"

池明知说："是的，我和他是初中同学，他人真的不错。"

陆凯扬觉得这仿佛是自己的推销大会，他满脸通红，话都不好意思讲一句，听着邢琳和他们聊天。

"真的假的，初中就认识啦？"邢琳说，"那他初中的时候有没有早恋啊？"

池明知和宋天暮一起摇头，连方向和频率都一样。

"没有没有。"他们两个一起说。

"我哥以前就知道傻玩儿，他懂什么早恋。"

"是的，陆凯扬这个人很老实，收了女生的情书还要交给老师。"

"什么！什么什么！"陆凯扬要羞愤而死，"我什么时候把情书交给老师了？"

邢琳忍不住笑了起来。

菜端上来，四个人开始涮火锅，邢琳说："我是益州人，所以很能吃辣，你们那边吃饭是不是口味都很淡？"

"还好吧，也没有很淡，就是菜里一般不会放辣椒。"宋天暮说完，迅速补充一句，"不过你要是去我们家做客的话肯定会做你爱吃的，我妈厨艺不错的。"

陆凯扬没想到自己弟弟一下子就把进度条拉到见家长，有点跟不上节奏，只好起身说下楼去拿点饮料，暂时溜了。

邢琳看了看他和池明知，笑眯眯地说："你们两个是一个学校的吗？"

"是啊。"宋天暮点点头，"初中高中大学都是一起的。"

"这么有缘分啊。"

宋天暮顿了顿："嗯，是的。"

吃完饭，四个人分开，宋天暮和池明知一起去了图书馆。人多，图书馆里有点热，池明知脱了外套搭在椅背上，低声说："我从来没觉得你哥这么笨过。"

三天以后，陆凯扬兴奋地给宋天暮打电话，说自己对邢琳表白成功了。

"哦。"宋天暮说，"恭喜。"

宋天暮挂了电话，池明知问他："刚才谁给你打电话？"

"我哥，他说他和邢琳表白了。"

"我感觉他俩长不了，邢琳能受得了你哥才有鬼。"

"我感觉他俩会结婚。"

事实证明宋天暮赢了，几年以后邢琳和陆凯扬登记结婚办酒席生孩子一条龙，婚礼上池明知想起了这个猜测，也想起了这个时候的宋天暮，他百感交集，却无法对此做出一个字的总结，如同宋天暮心里有一万句话想说，却一个字都没说出口。

宋天暮的生日在五月二十九号，之前一直在家里过，林子淑每年都会给他做排骨吃，其实他早就不喜欢吃红烧排骨了，但他一直都没说，就当红烧排骨是和生日蛋糕一样的限定吧。

之前一直都对生日没什么期待，但今年他有点想和朋友一起过。可他不确定池明知有没有时间陪他一起过生日，池明知总是很忙，要和朋友社交，要泡图书馆，还要忙 BBS 的事情。如果池明知没时间的话就随便找一天吧，自己可以买点菜去他家里做饭，其实吃什么无所谓，主要是在家里做饭这个过程比较重要。虽然也没有重要到哪里去。

他生日的前几天都在下雨，宋天暮嫌麻烦，一向没有随身带伞的习惯，碰上大雨就回去洗澡换衣服，小雨就当没事发生，他从小到大都是这么做的。谁知道这次一下子就感冒了，吃了药之后倒是不流鼻涕，但是开始发烧。他不禁想起那年自己得肺炎的事，忍不住开始怀疑这就是那次留下的后遗症，陆凯扬应该对此负责。刚想到"陆凯扬"三个字，陆凯扬的电话就来了。

"弟！"陆凯扬说，"你是不是明天过生日，想要什么礼物吗？"

"我想揍你一顿。"宋天暮的声音又哑又闷，"让我揍一顿吧，不要礼物了。"

"什么？我听不清，你站到窗边说话啊。"陆凯扬大声说。

"没什么！"宋天暮抬高声音，随即咳嗽起来。

"你感冒了吗？"

"有一点。"宋天暮的头晕晕的，嘴唇都有点失去知觉，"不和你说了，我睡觉了，你什么也不要给我买，有钱的话多给女朋友买礼物，不要太小气。"

"知道了知道了，你记得吃药。"陆凯扬挂了电话。

宋天暮睡了一觉，感觉好了一些，可身上还是难受，室友都出去上课了，他今天没课，一个人躺在寝室倒也清净。

天阴阴的，宋天暮觉得等会儿还会下雨，他决定这次感冒好了自己就去买一把雨伞，而且要买那种质量非常好的、十级大风也吹不坏的伞随身携带。

躺到下午，池明知的电话来了。

"喂。"宋天暮说，"干吗？"

池明知说："我好饿啊。"

"饿了你就去吃饭啊。"

"我不想吃外面的饭，吃够了。"

"那你给我打电话干什么，要我去给你做饭吗？"

"是啊。"池明知理直气壮地说，"我刷碗还不行吗？"

宋天暮："让你刷碗很委屈你吗？"

他挂了电话翻身下床，只觉得一阵头晕，想给池明知打个电话告诉他自己去不了了，犹豫一下却又忍住。他坐上公交车，只觉得身上冷一阵热一阵，旁边坐着两个小情侣，搂着胳膊凑在一起说话，宋天暮面无表情地看了他们一眼，把脸转到一边去看窗外。

他的心情真的很糟糕，他就是不想拒绝池明知，池明知想吃他做的饭，他想满足一下对方这个微不足道的心愿，仅此而已。

下了公交又开始下雨，宋天暮买菜上楼，站在门口没好气地拍门。

池明知开门，一副刚睡醒没多久的样子，宋天暮的愤怒消失了一些，他把菜递给池明知，说"我去洗个澡"，然后就把湿漉漉的外套扔在门口往卫生间走。

"你怎么不打伞啊？"池明知问他。

"我没有伞。"

"那你把我的拿走吧。"

"我不要你的破伞。"宋天暮又开始生气,"还有那不是你的伞,那不是你朋友落在这里的吗?"

"落在我家就是我的伞。"

"别和我说话!我要洗澡了。"宋天暮摔上卫生间的门。

池明知搞不懂他生的什么气,站在卫生间门口说:"你钱包掉了?"

宋天暮把水拧到最大拼命往自己脑袋上冲,他真的恨不得给池明知来一拳。

洗好了澡,宋天暮拿他的浴巾把自己擦干净,探出头说:"给我找一套衣服。"

"你用我浴巾了吗?"

"我用你浴巾不行吗!"宋天暮怒目圆睁,"你的浴巾是什么宝贝东西我不能用吗?"

"你喊什么啊。"池明知差点被他吓死,"我想说那条没洗给你找条干净的。"

"你的浴巾已经很干净了,你是白雪王子行了吧?快给我找一套衣服。"

池明知找了衣服摔在他脸上,宋天暮彻底怒了,把衣服捡起来和他对摔。

"别闹了!"池明知说,"你赶紧收拾好,我好饿。"

"饿了你就滚出去吃饭啊!"

"你都买菜了。"池明知说,"我真的吃够外面的饭了。"

宋天暮不禁想起初中的时候池明知把自己当弟弟似的照顾,他越是回忆就越确定那都是假象。池明知根本就不会照顾人,他只是在展示他的礼貌罢了,或者说他觉得作为一个品学兼优的人,他就应该那样对待团体里比较弱势的弟弟,这样才能显示出他是一个"好人"。现在两个人混熟了,他没必要再装好人,也不怕宋天暮觉得他欠揍。

不过，宋天暮想到他那时候为了自己和体委发生冲突，又想到了那天的冰激凌，这倒不是假的，池明知还是对他挺好的，只是在家被人伺候惯了，有点少爷脾气罢了。

"我要是死在你家里陆凯扬会替我报仇的。"宋天暮推开他去做饭。饭做好了，池明知吃得津津有味，宋天暮吃不下去，只喝了一些番茄蛋花汤。

"你要是记得打伞就不会感冒。"池明知给他夹了一筷子青菜，"我给你买十把雨伞放在寝室得了。"

"你能不能闭上你的狗嘴！"

宋天暮吃了他夹给自己的青菜，喝掉碗里的汤，起身说："睡觉去了，别烦我。"

宋天暮一觉睡到八点多，醒来以后还是难受，不过没怎么发烧了。他穿好衣服准备离开，池明知说："你不在这儿睡吗？"

"不。"

"那你明天还来吗？"

宋天暮抬头看了他一眼，以为他要给自己过生日。

"我还想吃糖醋排骨。"

宋天暮心平气和地说："想得美。"

"你到底来不来？"

"我再也不想看见你了。"宋天暮穿了鞋，连鞋带都没系就出了门。如果有选择他宁愿去当狗，当狗就不会被他气死。所以之前他根本就不记得自己生日，都是陆凯扬提醒的，今年陆凯扬没有提醒他就忘了吧？

不生气，不生气，宋天暮不断提醒自己。因为这都是自找的，都是他自找的，所以不能生气，生气是用别人的错误惩罚自己，生气是无能的表现，生气是不理智的行为，人生就像一场戏，他若气死谁如意。

宋天暮一直在心里念叨着这几句话，坐公交回到学校，他觉得自己已经快要不懂"不生气"这三个字到底是什么意思了。

　　第二天宋天暮睡到中午才醒，出了不少汗，衣服潮乎乎的，室友们都在寝室，有的在看书，有的在打电话，宋天暮下楼洗了个澡，再回来的时候室友说："宋天暮，你电话刚才响了。"

　　宋天暮拿起来一看，是陆凯扬。

　　"弟！"陆凯扬在电话那边说，"你在寝室吗？你们寝室楼怎么走来着？我来找你了。"

　　宋天暮换衣服下楼，邢琳和陆凯扬在一起等他，陆凯扬手里还拎着蛋糕。

　　"生日快乐呀。"邢琳说，"昨天和你哥一起去挑的礼物，不知道你喜不喜欢。"

　　宋天暮接过来拆开，是一块手表。他很喜欢，当场就戴上了，礼物百分之百是邢琳挑的，陆凯扬根本没这个眼光。

　　"池明知呢？"陆凯扬左右看看，"早上我打电话给他没打通，你给他打一个，咱们一起去吃饭啊。"

　　"他很忙，我们去吃吧。"

　　"哦哦哦。"陆凯扬往学校门口走，"弟，你们学校绿化真好啊……"

　　饭吃到一半，池明知的电话打过来，宋天暮没接，他只是单纯地不想破坏自己现在的好心情。因为他也不知道池明知会想出什么新方法来气他。

　　"弟，你怎么又感冒了？"陆凯扬叼着一只虾抬头问他。

　　"因为你那年和我打雪仗，所以我这辈子都很容易感冒。"

　　"这也能怪我！"陆凯扬赶紧找邢琳评理，他把当年的事情说了，希望邢琳能给出一个公正的评价。

"我觉得你应该每个月都给你弟打一些赔偿金,一直到你死的那天。"邢琳说。

陆凯扬:……

吃完了蛋糕,三个人找了个地方唱歌,邢琳是个麦霸,陆凯扬为了配合女朋友也跟着唱,宋天暮不知道自己为什么要在这里看他们秀恩爱。从KTV出来,陆凯扬满脸舍不得地和宋天暮告别,他说:"弟,你记得吃药,不要再烧成肺炎了。"

"知道了。"宋天暮也有点舍不得他走,"你要不要去我寝室坐坐?"

"你邢琳姐又进不去,算了。"陆凯扬抱了他一下,"我们回去了,她今天也不太舒服,为了陪你过生日才来的。"

"那我们走啦。"邢琳冲他摆摆手,"生日快乐。"

宋天暮的心情好多了,他很感谢林子淑找了陆超英当第二任丈夫,他喜欢陆凯扬,也喜欢邢琳,要是邢琳以后真的能和陆凯扬结婚就好了。

下午六点半,池明知的电话又来了,宋天暮接起来:"喂?"

"你跑哪儿去了,怎么不接电话?"

"陪我哥和邢琳姐出去吃饭没带手机。"

"他们来陪你过生日了吗?"宋天暮心想,原来他记得吗?难不成昨天他说什么糖醋排骨只是在开玩笑,故意那么说的?

"嗯。"宋天暮说,"他们刚走。"

"来我这儿吗?"

"不去。"宋天暮擦了擦鼻涕,"睡觉了。"

"我还想给你做长寿面吃呢。"

宋天暮说:"哦。"

"难受的话就算了吧,早点睡,礼物明天给你,这周末一起去找你哥他们玩儿吧。"

宋天暮嗯了一声挂掉电话，躺在床上抱着被子动也不动。他很想吃池明知做的长寿面，要是不拒绝就好了。为什么第一时间就拒绝了，为什么要拒绝啊！宋天暮十一点多还没睡着，他无数次拿出手机看，可是手机安安静静，并没有池明知的消息。

生日第二天，宋天暮的头没那么疼了，不过又开始流鼻涕，他洗了好久的脸才打起精神出门上课，池明知示意他坐到自己旁边，低声说："感冒怎么还没好？"

宋天暮心想，这是我能控制的吗？

"和你说话呢。"池明知拍了拍他的肩膀。

"可能是因为我冒着雨去给你做饭吧。"

"这也怪我？"池明知觉得自己很无辜，"谁让你不打伞了。"

宋天暮拿胳膊肘用力在他肚子上撞了一下，池明知疼得闷哼一声，从书包里摸了礼物出来："给你。"是一部新手机。

"谢了。"宋天暮说，"多少钱？"

"没多少钱。"池明知翻开书准备上课，"下课了去我那里吗？"

宋天暮翻书的动作顿了顿，过了会儿才说："嗯。"

他去了池明知的公寓，池明知说到做到，给他补了一碗面。

"你为什么拿方便面当长寿面？"宋天暮觉得很离谱。

"因为我家没面条了。"池明知坐在一边笑，"给你打了两个鸡蛋呢，快吃。"

宋天暮刚吃了一口，池明知的手机就响了，他接起来，脸色变了，声音挺冷淡地说："喂。"

"我说了我没意见。

"没意见就是没意见，这是你们的事，随便你们怎么处理。

"随便。

"我说了随便，别问我了。"

池明知挂了电话，宋天暮看看他："怎么了？"

"我爸妈闹离婚。"池明知把手机扔在一边，"问我的意见，我有什么意见？"

宋天暮记得他爸妈感情好像挺好的，他让池明知劝劝他爸妈，池明知嗤笑一声："你知道我还有个弟弟吗？我爸和别人生的。"

宋天暮震惊了："什么？"

"都上初中了吧，我妈早就想离婚了，因为公司一直拖着，她后来还找了个小男朋友。两个人大年三十和家里人过完年，大年初一就各找各的去了，全家人都知道，两口子还在那装呢。"

宋天暮从来不知道这些事，池明知没和他提过。

"你快吃啊。"池明知指了指他的面。

"哦。"宋天暮把面吃了。

过了几天，宋天暮又问起他这件事，池明知说："离了。"

宋天暮想安慰他，可池明知好像并不需要安慰，宋天暮再一次感到了他在某些方面的钝感和冷漠，这和他印象中的池明知很不一样，但宋天暮并不讨厌。他知道这是因为池明知和自己太熟了，自己是为数不多的能让池明知放下戒心和伪装的人。

那年亚洲杯决赛，学校论坛里的帖子更新速度奇快，在线人数创了新高，宋天暮坐在电脑前看帖，自己国家的队伍只得了亚军，论坛里群情激愤，因为 J 国队那个明显的手球进球被主裁判视而不见。

宋天暮为了维护论坛环境删了一些过激帖子，于是有人开始骂管理员，宋天暮最开始还和他好好解释，被骂了半天，气得他帖子也不删了，披了个马甲和那个人对骂，没过一会儿池明知的电话就打过来："你是不是闲的？"

宋天暮说："关你什么事，你也想挨骂吗？"

池明知笑了起来："我不想挨骂，你在家吗？"

"不在家还能在哪儿？"

"你哥没在吗？"

"和邢琳姐出去玩了。"

放暑假没几天，陆凯扬就接到了邢琳的电话，邢琳暑假想去两个地方玩，第一站是室友家，第二站是陆凯扬家。陆凯扬接了她的电话以后就开始收拾房间，宋天暮无语死了。

"人家就是想让你带着走走，又不会来咱们家，你收拾房间干什么？"

陆凯扬："万一，万一呢？"

"你这么快就想带人家见家长？"

"怎么可能这么快就见家长啊！再说人家只是过来玩的。"

"那人家就不会来，你收拾什么啊？"

陆凯扬："也是。"

宋天暮很后悔，早知道让陆凯扬把房间收拾完再说好了。邢琳来了以后陆凯扬就几乎不着家，一大早就陪着邢琳和她的朋友出去玩，宋天暮主动借了他两次钱，让他大方一点，不要给自己丢人，搞得宋天暮自己兜里都快没钱了。

这会儿陆凯扬又出去陪邢琳玩，陆超英去公司，林子淑带着陆心蕊去儿童乐园，家里没人，池明知想来找他，宋天暮说："别来。"

"那你来找我，我家没人。"

宋天暮噼里啪啦骂完最后一句关电脑下楼，外面热得像蒸笼，他刚走出去就出了一身汗。在池明知家楼下买了两盒冰激凌，宋天暮上楼，敲开门，被客厅里乱七八糟的样子吓了一跳。

"怎么回事？"他还以为池明知家被人抢劫了。

"我爸妈的东西都搬出去了。"池明知从他手里接过冰激凌，"你随便坐。"

"怎么都搬出去了？"

"离婚了还住在一起干什么？"

"可是——"宋天暮说，"你不是还在吗？"

"所以这个房子以后只有我自己住。"

宋天暮没有问把池明知爸妈的东西搬出去是谁的决定，他暗自猜测大概是池明知让的，池明知不是那种会因为父母离婚而伤感的人，他只会觉得分开了就分开了，父母以后各有家庭就不要把东西再放在旧房子，要清理就清理干净，他也不会回答类似父母离婚了跟谁的问题，因为他谁也不会跟。

"用我帮你收拾一下吗？"

"用不着。"

冰激凌化了，宋天暮拿手指头往下擦冰激凌盒子上的水珠，池明知说："你为什么和别人在网上吵架？"

"因为他骂我。"

"他骂你你不会当作没看见吗？"

宋天暮踹了他一下，池明知疼得嘶了一声，宋天暮说："别叫，我踹你你不会当作没踹吗？"

池明知看了一眼凌乱的客厅，转移话题似的对宋天暮说："你刚刚不是说要帮我收拾来着？"

"好累，你让陆凯扬帮你。"

"陆凯扬那么懒怎么会来？"

"把他骗过来。"

池明知给陆凯扬打电话："陆凯扬你在干什么？"

"刚带她们逛完博物馆，她们回酒店了。"陆凯扬一副要累虚脱的语气，"干吗，你要请我吃饭啊？"

"你可以叫上你女朋友还有她朋友来我家吃火锅。"

"为什么去你家吃？"

"因为这样可以增进感情，你不觉得大家一起在家里涮火锅很温馨吗？"

"啊——"陆凯扬说，"也是。"

"那你现在给你女朋友打个电话约一下，然后过来咱们一起洗菜吧。"

陆凯扬说好，打着车开开心心地来了，然后他就被眼前的景象震惊了："这么乱！"

池明知和宋天暮一起无情地说："你收拾。"

"我才不要收拾！"

"那你就放了邢琳姐鸽子，她会不高兴的，不高兴了她就不喜欢你了，你就没有女朋友了。"宋天暮吓唬他，陆凯扬只好骂骂咧咧地收拾屋子。

池明知拉着宋天暮下楼买菜，两个人在厨房洗菜烧水，陆凯扬在客厅嗷嗷地骂："道德败坏，没有底线！"

池明知装没听见，把生菜掰开一片一片地认真洗。

陆凯扬不知道被什么东西砸到了脚，气得他抬高了声音骂："无耻！"

陆凯扬收拾好客厅，又被赶去收拾卧室，池明知骗他说可以让邢琳和她朋友今晚住这里，陆凯扬信了，实际上池明知和宋天暮都觉得邢琳她们不会住。邢琳肯定怕陆凯扬对她动手动脚的，虽然陆凯扬不是那种人。

傍晚的时候家里终于被收拾干净，陆凯扬累得瘫在沙发上不能动，他一大早就起床陪邢琳她们满世界逛，然后又来这里做苦工，现在还要出去接邢琳，真是想一想就崩溃。

"宋天暮你陪我去。"陆凯扬气得连弟都不叫了。

"哥，"宋天暮说，"外面好热，我会中暑的。"

"你到底陪不陪我去！"陆凯扬抓着他的衣领吼。宋天暮差点被自己的衣服勒死，只好赶紧跟他出门。

"磨磨蹭蹭的！"陆凯扬臭着脸站在路边打车。

宋天暮说："哦。"

"你哦什么哦？"陆凯扬把他往出租车里推，"别垂头丧气的，还想给你介绍女朋友呢。"

宋天暮："什么女朋友？"

"你邢琳姐的高中同学。"

"不要。"宋天暮皱起眉来，"我不想交女朋友，你别乱给我介绍。"

"你干吗不想交女朋友啊？"

"我说了不想就是不想，你别乱插手行不行？"

"什么叫我乱插手，好心当驴肝肺。"陆凯扬被他气到了，把脸转到一边去不说话。

他们接到了邢琳和她朋友往回走，车里的气氛怪怪的，宋天暮和陆凯扬生气了还要装无事发生，好在邢琳装作没发现，说了几句话就把气氛缓和下来。

邢琳的朋友长了张娃娃脸，性格也很小女生，腼腆不爱讲话，干什么都要先问问邢琳，好像邢琳是她家长一样，进了池明知家，池明知让她不用换拖鞋直接进，她还先抬头看邢琳的意思。

有池明知在，晚饭的气氛还算和谐，陆凯扬忙着拍邢琳马屁，没心思和宋天暮生气。

吃完饭天已经黑了，大家一起收拾了餐厅，陆凯扬说："要不你和小雪在这儿睡吧，你们俩睡客房。"

邢琳说："算啦，我们洗漱用的东西还在酒店。"

"牙具什么的这里有新的。"

"你怎么这么热情啊？"邢琳伸手在他脑袋上敲了一下。

陆凯扬赶紧解释："不是不是，我就是——"

"就是懒得送我们回去是不是？"邢琳笑了，"不用你送，你帮忙洗碗吧。"

陆凯扬：……

天黑了，陆凯扬不太放心，送了邢琳和她朋友回酒店，回来以后又拉长了脸去厨房洗碗。宋天暮觉得陆凯扬有点可怜，但他还是忍不住想笑。

"你们就是想骗我过来干活的！"陆凯扬气得要命，"无耻！"

好不容易收拾完，陆凯扬瘫在沙发上彻底不动了，宋天暮问他回不回家睡，他说不，今晚睡池明知家的沙发，然后他就真的躺在沙发上睡着了。

暑假结束，他们三个一起买了机票飞回去，从机场大巴上下来，三个人就要分开，陆凯扬借口说找宋天暮有事，拉着他到一边低声说："弟，你以后有事要和我说，别什么都一个人憋着，听到了没？"

宋天暮很感动。

"听到了。"宋天暮说，"你和我邢琳姐好好的，别吵架。"

陆凯扬用力拍了拍他，转身走了。

宋天暮和池明知一起回学校报到完，池明知先回公寓去打扫卫生，宋天暮的室友们还没来，他一个人把寝室的地扫了又拖了，换掉枕套被套被单，躺在床上休息。

没过多久，有个室友回来了，给宋天暮扔了个苹果："你怎么回来这么早？"

宋天暮差点就要入睡，一不小心被苹果砸了脸，疼得他眼泪都要冒出来，室友哎哟一声，赶紧过来看他："没事吧？"

宋天暮摆摆手，示意自己没事，室友坐在桌边，顾不上收拾东西，先掏出电脑连接网线噼里啪啦地打字。宋天暮不知道室友是在和谁聊天，但他显然很投入，宋天暮暗自猜测，是女朋友还是家里人呢？为什么有那么多话可以说？他掏出手机想找人说说话，却不知道找谁。

大二上学期的课依然很满，宋天暮和池明知在开学的前后一个月几乎每天都去泡图书馆，图书馆的吊扇呼呼呼地转个不停，那段时间宋天暮总是幻听，在寝室睡觉的时候还能听到风扇的声音。

陆凯扬给他打电话的次数突然变多了，好像想和他说什么，总是一副欲言又止的语气。

有一次宋天暮正在池明知家画画，陆凯扬的电话又打了过来，他接了，陆凯扬说："弟，你在哪儿？"

"在外面。"

"你——"陆凯扬吞吞吐吐的，"你最近课多不多啊？"

"还好，怎么了？"

"要不要和我回家一趟？"陆凯扬说，"阿姨好像生病了。"

他们两个一直都没改口，宋天暮管陆超英叫叔叔，陆凯扬管林子淑叫阿姨。

宋天暮心里一紧，陆凯扬赶紧解释："你别担心，不严重，就是我听我爸说她住院了，挺想你的，但是怕耽误你学习就没和你说。"

宋天暮起身往门口走："我知道了，今天回去。"

他挂了电话，池明知问："怎么了？"

"我妈住院了，回去看看。"

池明知回身从钱包里拿了钱递给他："去吧，路上注意安全，辅导员那边我帮你请假。"

池明知是团支书，和辅导员关系不错，宋天暮知道批假条要麻烦他帮忙，却不想拿他的钱。可宋天暮三番五次借钱给陆凯扬，兜里比脸都干净，池明知知道，也没和他废话，直接把钱塞进他兜里，准备和他一起出门。

下雨了。宋天暮想回去找伞，池明知说："你不是不想用我的破伞吗？"

"烦不烦？"宋天暮朝他伸手，"快给我。"

池明知转身去抽屉里拿了把新伞："给你，新买的，怎么连个伞都没有。"

宋天暮不知道说什么好，打着伞和池明知一起出了门，他之前还想着要给自己买一把质量很好的伞，可因为懒一直拖着。池明知还是很惦记他的，不是吗？池明知对朋友一向是很好的。

宋天暮连行李都没收拾，坐最近一班飞机回了家，没想到家里根本没人，陆心蕊大概是去了托儿所，客厅乱七八糟的，好像好几天都没收拾过。他给陆超英打了个电话，陆超英没接，他只好把雨伞整整齐齐地折好放在一边，洗了洗手开始收拾客厅。

收拾到一半，电话响了，宋天暮接起来，陆超英的声音有些疲倦："是天暮吗？"

宋天暮说："是，回来看看我妈。"

陆超英叹了口气："在中心医院，你来吧。"

医院里到处都是消毒液的味道，洗手间里有两个人在吵架，一个患者家属把尿壶里的尿直接倒在洗手池里，另一个家属骂他没素质，两个人吵得脸红脖子粗，周围的人纷纷回头看，宋天暮没回头，裹紧了外套往林子淑的病房走去。

林子淑看起来精神还好，就是没好好梳头发，头发有些乱了，看见宋天暮来了，她显然很意外，拍拍床说："儿子，快过来。"

宋天暮自幼和妈妈关系疏远，可在一起生活久了，过去的种种全都模糊了，他只记得妈妈给他做他喜欢吃的饭，他高三的时候伤了腿妈妈带他去医院，他发烧的时候妈妈急得掉眼泪，好像他从小就和妈妈很亲密似的。

在病床边坐了会儿，宋天暮没有问她到底怎么了，两个人聊了会儿家常话，过了会儿，宋天暮说出去接点热水，正巧看到了缴费回来的陆超英，他压低声音说："叔，我妈怎么了？"

陆超英把他拉到楼道里，告诉他："胰腺癌。"

宋天暮脑袋嗡的一声，陆超英赶紧说："别担心，发现得早，属于早期，能治，你妈心态挺好，医生也说了能治好。"

宋天暮说不出话，他回到病房，坐在床边削苹果。看他这样，林子淑反而挺积极地拍拍他的肩膀安慰他："儿子你别替妈担心，妈信大夫的，大夫说能治就能治，我肯定好好配合，是不是你哥给你打的电话？我就说别让他和你说，多耽误你学习。"

宋天暮很少哭，即使在这种情况下，他也一点想哭的意思都没有，好像他天生就不会掉眼泪似的。

"嗯。"他说，"你好好配合大夫，不要有太大压力。"

林子淑比他先哭出来，想必刚才的积极也是装的，也是，谁不怕死呢？她真死了，陆超英这么年轻，事业又好，想必还会再往前走一步，陆凯扬是他亲生的，陆心蕊也是他亲生的，宋天暮和他什么关系都没有，自己在，他们拿他当家人，自己不在了，他们对他不好怎么办？陆心蕊又是个柔柔弱弱的小女孩，那么小，后妈欺负孩子怎么办？林林总总，越想越多，这些天她已经不知道偷着哭了多少回。

她哭了，宋天暮还是哭不出来，只能抱着她拍拍她的后背。哭完了，林子淑看起来好了点，她催宋天暮赶紧回学校，别耽误学习，宋天暮说好，在医院陪护一晚。

池明知给他打了两个电话，他手机没电了没接到，第二天陆超英带了万能充电器来，他才开机，把电话拨回去，简单说了几句没事就挂了。

第二天临走前，林子淑偷偷摸摸地把他叫过去，给他塞了几百块钱。林子淑没工作，也不管家里的钱，虽然陆超英每个月都给她不少生活费，但她很少给自己添东西，大多花在了家里，不是给孩子们买衣服文具，就是给家里换个四件套或者桌布，能攒下这几百已经算很不容易。

"别让你叔知道。"林子淑说，"快回去吧，回家睡一觉然后赶紧回学校上课。"

宋天暮走了，躺在家里的沙发上睡了一觉，再醒来的时候正赶上日落，他迷茫地看向窗外，看了看地上的那把黑伞，又把兜里的钱掏出来看了看。

妈妈会有事吗，真的配合治疗就能痊愈吗？我不知道。上学期我拿了奖学金，她会开心吗？开心的话怎么还会得这种病呢……治病要花多少钱？陆超英大概负担得起吧，可万一负担不起怎么办？

他不断回忆林子淑的种种，最终把画面定格在他念小学的时候，林子淑带他去吃馄饨。其实那里的馄饨并不好吃，他只是不想让林子淑说他挑食才一直吃的。

眼看着夕阳落了下去，宋天暮慢慢地在沙发上翻了个身，看着墙上的全家福，他终于明白为什么林子淑要不远万里来找陆超英，因为人都是害怕一个人的，陆超英是个好男人，林子淑的选择没有错，想必比起自己，她看到陆超英的时候会更有安全感和归属感吧。

过了会儿，天黑透了，宋天暮把家里收拾了一遍，要洗的都扔进洗衣机里洗，洗衣机工作的声音回荡在房子里。

他坐在沙发上，给池明知拨了个电话，池明知接了，声音压得很低。

"等等，我在图书馆。"

电话里传来他的脚步声，过了半分钟，池明知用正常的音量说："阿姨怎么样？"

"没什么事。"宋天暮没说实话，纯粹是不想多说，他的声音听起来很疲倦，"你的钱晚几天还你。"

"少废话吧。"池明知最不喜欢计较钱，"你什么时候回来？"

"后天吧。"

"好。"

电话里出现了漫长的沉默，宋天暮好像一瞬间失去了语言功能，池明知说："怎么不说话了？信号不好吗？"

"嗯，不和你说了，我洗个澡睡觉去了。"

"好，有什么事儿给我打电话。"

宋天暮挂掉电话，突然觉得一股前所未有的孤独感笼罩了他。

首都总是那么干燥，秋天更是如此，秋老虎来了又走，宋天暮不知道自己在学校里要穿些什么，后来索性就固定穿一件短袖加厚外套，热了脱冷了穿，这样过了小半个月，冬天就来了。

他最讨厌冬天，上小学的时候，每天天不亮就要起床穿衣服吃饭，出门时天还黑着，上学路上堆着那么厚的雪没人扫，到了学校还要和同学们一起给学校扫雪，长起冻疮来就很难好，反反复复直到开春手才不会那么痒。

今年他没生冻疮，但多了一件让他心烦的事情，他隔三岔五就要给林子淑打个电话询问一下治疗进展，林子淑总在电话里对他哭，治疗方案已经定了下来，林子淑心里还是没有底。宋天暮不会安慰人，他怕说错话，只能和她说一说过去的事情，或者和她做一些约定，比如说等他放假了他们俩可以一起去给大舅舅扫墓，和她一起回老家看看亲戚之类的。

大二的课出奇地多，宋天暮常熬到后半夜，好在他不是唯一一个在卫生间门口看书的人，学习对他来说更像是一种安慰，可以让他不去想别的，另外的安慰便来自池明知。

他还欠着池明知的钱没还，不止之前借的一次，前几天他攒够了想一起还给池明知，池明知没要，看起来还挺不高兴的，好像觉得他和自己太见外，那副样子倒是和记忆里总是大方地请他和陆凯扬吃饭的池明知重叠了。

有时候宋天暮真的羡慕池明知能一边兼顾学业一边打理论坛，而自己根本就做不到，在宋天暮看来，他们的差距从根上就很明显。

跨年的时候学校论坛组织了线下快闪活动，点子是宋天暮想的，愿意参加活动的人找一张纸写上自己的新年祝福，在晚上六点半的时候出现在图书馆门口，把纸条随机送给路边经过的同学，然后大家一起离开。

参加人数比宋天暮预想得多很多，他本以为顶多两三百人，但当天大概有一千多人写了纸条，活动范围从图书馆扩大到教学楼，活动之后论坛活跃度再创新高，校园日常版块好几栋高楼晒自己收到的纸条：我祝你好运；新年快乐；前程似锦，没有烦恼；每天睡醒都能忘掉昨天的不开心……

宋天暮收到了另一个陌生女生的纸条，纸上写：我会坚定好好地活。陌生的同学，希望你也是。

后来宋天暮才知道前面那两句是歌词。

新的一年开始没多久，那个城市到处都弥漫着湿漉漉的空气，宋天暮宁愿待在首都忍耐干燥，他在这湿漉漉的空气里只觉得胸口发堵，医院里依然满是消毒水的味道，医生护士忙忙碌碌，林子淑躺在病床上几乎已经失去意识，她进入这种状态已经好几天了。

她的病不是早期，发现的时候已经是晚期了，陆超英怕林子淑不配合治疗，怕影响宋天暮学习，没有对他们说实话。林子淑的病情恶化得很快，医生找陆超英谈了两次话，陆超英一个人在楼道里站了很久，然后让宋天暮去托儿所把陆心蕊接过来看看妈妈。

宋天暮抱着陆心蕊来医院，她紧紧抱着宋天暮的脖子，小声说："哥哥，我想回家。"

"晚一点就带你回去。"宋天暮说，"你想吃果冻吗？等会儿哥哥给你买。"

陆心蕊说好的，然后她看到了妈妈，却搂着宋天暮不肯下来，她既害怕又难过，因为她没见过这么陌生的妈妈，也没想过妈妈会离开她。

"不哭了哦。"宋天暮只能低声哄她，"再看看妈妈吧。"

陆心蕊啜泣起来，一直摇头，宋天暮只好把她抱出去。他坐在医院的花坛边上，拿袖子给陆心蕊擦眼泪，不知道自己应该说什么。

过了会儿，他对陆心蕊说："心心。"

"嗯？"陆心蕊捧着果冻抬头，眼睛红红的，小声说，"干什么呀？"

"哥哥抱你回去，再看看妈妈好不好？"

陆心蕊又哭了起来，但没有表示反对，而是点了点头，于是宋天暮等她吃完果冻之后又带她回到病房。林子淑睁开眼睛看了看他们，这是她最后一次睁眼睛，三天之后她就去世了。

葬礼上，陆凯扬哭的声音都比宋天暮大，宋天暮哭的时候发不出声音来，他总是觉得很恍惚，不知道现在是真的还是在做梦。如果是真的，为什么这么没有真实感？如果是做梦，为什么他的心里会这么难受呢？为什么呢？

葬礼结束后，宋天暮收拾了林子淑的遗物，该扔的扔，该带走做纪念的就带走做纪念，那张全家福还在客厅挂着，可宋天暮知道总有一天全家福会被摘掉的。

池明知打车来接他们下飞机，车上陆凯扬一直在睡觉，宋天暮却无

论如何都睡不着，他没有和室友们说自己请假的理由，大家也就不知道他妈妈刚刚去世。他回去当天，宿舍照常有夜聊，有人和女朋友打电话到一点多，有人半夜爬起来呼噜呼噜地吃泡面，宋天暮失眠了大概两天，一回宿舍就脑袋疼。

池明知问他要不要来自己这里住，宋天暮答应了。池明知的家还是那么干净，宋天暮洗了个澡，躺在床上几乎马上就睡着了，他做了很多光怪陆离的梦，醒来之后却什么都不记得。池明知煮了方便面给他吃，宋天暮爬起来吃了一碗，然后躺在床上发呆。

"你在想什么呢？"池明知走过来，问他。

宋天暮说："不知道。"

池明知又问他："你妈带你去陆凯扬他们家，是什么时候来着？"

"90 年代末。"

"这么快啊。"池明知似乎有些感慨，"你好好的，别让她担心，钱不够了和我说就行。"

宋天暮嗯了一声，大脑里依然是混沌一片，但他不想动，只是呆滞地看着前方，沙发前面的电视坏了，他指了指电视问："怎么不换个新的呢？"

"换什么换，又不常用，我过两年就出国了。"

宋天暮的疲惫感突然达到了顶峰，他一直都很坚定地追着池明知往前跑，考上实验，改志愿，如果没有意外，下一步就是和他一起出国，无论这个过程会有多艰难。可此时此刻，他只感到无尽的疲惫，自己这样做，是想走到哪一步呢？是想得到什么结局呢？

池明知是个很好的人，他现在依然这样认为，他不在乎池明知让发烧的他过来做饭吃，就像陆凯扬不在乎自己累得半死，还要被他坑过来收拾房间一样，他们都不会真的计较这些。因为池明知作为一个朋友，是无可挑剔的，他们需要帮助的时候，他从来不会吝啬，无论是金钱还是精力，就像念高中的时候他帮陆凯扬补课，叫人阻止自己逃课上网吧……

宋天暮突然想起了陌生同学递给他的纸条，"我会坚定好好地活"。怎么样才是好好地活呢？

过了一会儿，宋天暮故作轻松地对池明知说："我回去了，还有好多书没看。"

"去吧。"池明知说，"寝室吵的话就来我这儿学习。"

宋天暮点了点头，出门的时候，他打了个哆嗦，池明知把自己的外套扔给他，宋天暮犹豫一下，还是穿着他的外套离开了。

剥离

大二上学期的期末考试对宋天暮来说就是折磨，他因为妈妈的葬礼耽误了复习时间，回学校之后状态也不好，一个小时里勉强能看进去半个小时的书已经算有效率的了，这种经常走神的状态直到考试前两天才勉强结束，然后就是暗无天日的期末。

寝室不断电，室友们也不再夜聊，开着灯彻夜复习，斜对床的室友一副焦头烂额的样子，宋天暮发现原来这个他以为很神的室友也没那么神，天才只是极少数，能来到这里的人只不过是比别人聪明一些且更加努力罢了。他也想这样看待池明知，希望自己也能觉得池明知"没什么特别"，可惜总是不成功。

熬过期末，宋天暮真是忍不住松了一大口气，奖学金也许拿不到了，但这已经不太重要，他去找陆凯扬和邢琳吃了顿饭，然后就开始准备收拾东西抢票回家过年。这个年注定过得不太高兴，家里少了一个人，谁又高兴得起来呢？但宋天暮必须要回去，那是他的家，虽然这个家里和他有血缘关系的人只剩下陆心蕊一个。

　　收拾行李的时候，池明知来寝室找他，鼻头看起来红红的，显然是被冻得不轻，池明知呵了口气暖暖手，径直走到宋天暮床边，伸手在他头顶拍了一下："给你发消息怎么不回？"

　　"什么？"宋天暮抬头，"你给我发什么消息了？"

　　"QQ消息。"

　　宋天暮把手机从一堆衣服里翻出来，发现手机没电了："我没看见。"

　　池明知在他的床上坐下，随手拎起他的衬衫看了看："这不是你初中时候的衣服吗，怎么还留着？"

　　"又不是不能穿。"宋天暮把衬衫拿回来叠好，"你来学校干什么？"

　　"去图书馆还书，过了今天就不能还了。"

　　"哦。"宋天暮一边应着，一边继续收拾行李。寝室里只剩下宋天暮，走廊里传来脚步声和笑声，一片轻松气氛。

　　池明知说："你买的几号的票？"

　　"大后天，你呢？"

　　"我不回去了。"池明知靠在宋天暮的枕头上，"你要不要留在这里和我一起过年？"

　　宋天暮故作平静地说："我当然要回去了。"

　　"好吧。"池明知耸了耸肩，"我还以为……"

　　"你以为什么？"

　　"我以为你不想回去了呢。"

　　"我干吗不想回去？"

　　池明知没有回答他的问题，而是帮他一起收拾行李。

　　"别烦。"宋天暮说，"我都快收拾好了。"

　　"这两天去我那儿住吗？离机场还近。"

　　"我买的火车票。"

　　池明知哦了一声，问他："我给你做饭，吃不吃？"

他是在安慰自己吗？宋天暮觉得无论如何，这对池明知来说都是一种进步，他就忍不住笑了出来。

"你笑什么啊？"池明知看他。

"你家离医院近不近？"

"我还能给你吃医院去？"

"我可不敢冒那个险。"

池明知没再啰唆什么："那我睡一觉，晚上一起吃饭吧。"

池明知躺在他的床上，很快就睡着了。好不容易收拾完行李，宋天暮把床铺和衣柜也收拾干净，伸手拍了拍池明知，让他起来吃饭。

"这么快？"池明知睁开眼睛，用那种还没完全清醒的声音说，"我还以为你妈不在了，你不想回去了呢。"

"你为什么这么想？"

"你不是说你不是他们家人吗？"

"我什么时候说了？"

"高中的时候。"池明知回忆着，"你在我们家住……"

宋天暮想起来了，他惊讶于池明知居然还记得这回事，更惊讶于自己和池明知居然已经认识这么久了。

宋天暮漫无目的地想了一会儿说："你想过自己以后是什么样的吗？"

"没想过，怎么突然焦虑起来了呢？"池明知从兜里摸出一包烟来，"你哥也是三天两头在 QQ 上和我说心烦。"

"他有什么好心烦的？"

"邢琳觉得你哥不求上进，上学期你哥不是挂了一科吗，邢琳差点把他折磨死，说这学期必须拿奖学金，你哥觉得比高三的时候压力还大，这不是活该吗？"

这还真像你能说得出来的话啊，宋天暮想，你就是不想被人管，你想干什么就干什么，没有人能对你的生活指手画脚，就算是你爸妈都不能，是不是？自己能和这个人一起和平相处这么久，恐怕主要原因是自己不爱管他的闲事吧。

晚上两个人在食堂吃了饭，池明知就离开学校回公寓了，这是寒假之前两个人的最后一次见面。

宋天暮和陆凯扬一起坐火车回家，路途遥远，陆凯扬本来想买机票，可是他花钱大手大脚，又谈了恋爱，囊中羞涩不是一天两天。宋天暮的钱被他借得差不多，这个节骨眼再向陆超英要额外的生活费似乎也不是那么一回事，只好纤尊降贵地和宋天暮一起坐火车回家。陆凯扬连个行李箱都没拎，只背了一背包的吃的，一会儿掏出来一个苹果，一会儿掏出来两盒牛奶，宋天暮本来想睡一会儿，三番五次被他打断，差点烦死。

"我真的什么都不想吃。"宋天暮说，"你能不能消停一会儿？"

"不识好人心！"陆凯扬拿着个苹果嘎嘣嘎嘣地啃着，"你期末考得怎么样？"

"不知道。"

"寒假有想去的地方吗？"

"没有。"

"弟。"陆凯扬拿胳膊肘撞他，"怎么不理我？"

"我这不是理你了吗。"

"你和池明知闹矛盾了？"

"什么？"宋天暮皱起眉来，"和他有什么关系？"

"你想妈妈了吗？"陆凯扬递给他一小盒蛋糕。

宋天暮靠在座位上，闭着眼睛说："嗯。"

陆凯扬便不再说话，拉着宋天暮让他往自己身边靠了靠。火车进入隧道，车厢瞬间陷入黑暗。

这个年过得不如以往热闹，之前都是林子淑忙前忙后，大年二十七就开始大扫除，炸丸子，大家听她指挥，帮忙干这个干那个，除了陆心蕊之外的所有人都一刻不得闲，直到大年三十守岁才能坐下来安安静静地吃顿饭。

今年陆超英显得很疲惫，这是自然的，林子淑的病花了他不少时间和精力，好在经济上没什么大负担，家里钱还够，钱够用，人就不会太窘迫。陆超英不想让这个年过得死气沉沉，早早就带着三个孩子出门采购过年要用的东西，陆心蕊走一会儿就说累，陆凯扬很有大哥风范，当仁不让地做了人肉代步车，可惜陆心蕊不领情，勉强被他抱了一会儿就说让宋天暮抱。

"你天暮哥哥都累死了。"陆凯扬说，"怎么我还不够格抱你吗？你这么嫌弃我啊？"

陆心蕊抓他的耳朵："放开我！放手！放开我！"

陆凯扬气得不行，把陆心蕊放下来，说："你自己走，谁也不抱你了。"

"拐卖小孩啦！"路过的人纷纷回头看，陆心蕊一屁股坐在地上不起来，像个大喇叭一样重复，"拐卖小孩啦！拐卖小孩啦！"

"陆心蕊。"宋天暮低头看她，"你再闹的话我就带你回家，什么都不给你买了。"

陆心蕊坐在原地不动，好像在和他们置气，宋天暮也不急，站在原地和她耗着。

"算了算了。"陆超英把小女儿抱起来，"心心，你乖乖听话，今天不是想买新衣服吗？"

"你还惯着她！"陆凯扬凶巴巴地说，"惯得没样，长大了要把咱们仨按在地上揍了。"

"哎，小女孩嘛……"陆超英知道自己理亏，抱着陆心蕊走在前面，低声和她说着什么，陆心蕊回头冲陆凯扬吐舌头。

"也不知道以后谁这么倒霉当她男朋友。"陆凯扬抱着手臂走在后面，气冲冲地说，"我要是生个女儿我才不惯着，惯坏了还不是把自己气死。"

"你才多大啊就想着生孩子。"宋天暮说，"这次期末不会挂科吧？"

"我再挂科我邢琳姐会杀了我的。"陆凯扬打了个哆嗦。

"那你想和她分手吗？"

"干吗分手啊！"陆凯扬吓了一跳，"你邢琳姐和你说什么了？"

"没有，我听池明知说，你三天两头在 QQ 上和他抱怨自己压力大。"

"我随便说说罢了，说说都不让啊？"陆凯扬看看他。

宋天暮说："不让。"

"弟，"陆凯扬忽然把声音放得很低，"你以后有什么打算？"

街上的人多得很，一片喜庆祥和的气氛，宋天暮裹紧了外套，说："和别人一样等死呗。"

"我答应过你妈会好好照顾你。"陆凯扬皱着眉毛，"你这样子，你妈不会放过我的。"

"我是我妈生的，她责任最大，和你有什么关系。"

陆凯扬被噎得说不出话，气呼呼地走在前面。

买完年货已经接近傍晚，就连陆心蕊手里都拎了两包糖，她骑在陆凯扬脖子上耀武扬威，进门的时候一不小心撞在门框上，疼得嗷嗷哭，陆凯扬手忙脚乱地揉她的脑袋，简直烦得头都要炸了："我不是让你低头了吗？"

"我就是低头了才撞上的啊！"陆心蕊要哭抽过去了，张开双臂找宋天暮抱。

宋天暮把她抱过来，憋着笑哄她，她把鼻涕眼泪全都蹭在宋天暮衣服上，抽抽搭搭地说："打陆凯扬。"

"关我什么事啊！"陆凯扬被弟弟妹妹轮番嫌弃，气得不轻，脱了外套往桌子上一扔，怒气冲冲道，"狼心狗肺，两个没良心的东西，别来烦我！"

陆凯扬跑去书房玩电脑，宋天暮给陆心蕊喂零食吃，喂了一会儿，宋天暮说："你去找你凯扬哥哥，说让他过来吃零食。"

陆心蕊："我不去。"

"快去。"

"不去。"

"快去。"宋天暮说，"你不去的话晚上就没零食吃了。"

"那就不吃。"

宋天暮觉得陆心蕊这个德行和自己颇有几分相似，心想原来自己有时候也很招人烦。

"你不去的话我就不和你好了。"宋天暮威胁她。

陆心蕊撇撇嘴，果然觉得这个威胁比不吃零食更可怕，宋天暮心想这一点他们两个也差不多。陆心蕊颠颠跑去书房求和，没一会儿又跑回来传话："陆凯扬说他不来。"

"真的假的？"宋天暮起身打开书房门，陆凯扬头也不回，继续玩自己的电脑，显然是被这一对"狼心狗肺"伤了心。

宋天暮说："你吃不吃巧克力？"

"不吃。"

"虾条呢？"

"不吃。"

"仙贝呢？"

"不吃。"

"喝饮料吗？"

"烦不烦！"陆凯扬咔咔咔地按鼠标。

"喊什么喊。"宋天暮喊了一声，转身去厨房帮忙了。

晚饭是干炸丸子和排骨玉米汤，还有番茄炒蛋和牛腩茄子煲，菜是宋天暮做的，陆超英焖了米饭，又站在一边看他做菜，一副虚心好学的样子，宋天暮心想自己妈妈看人的眼光倒是不错，只是运气不怎么好。

陆凯扬闹了两天的别扭，直到大年三十那天为了配合过年气氛才勉强搭理了一下陆心蕊。结果两个人好了没一会儿，陆凯扬就把虾条里面的果冻吃了，陆心蕊被他气哭，发誓一百年都不理陆凯扬，陆凯扬说："你最好说到做到。"

晚上十一点多，一家人在一起包饺子，陆超英照例给三个孩子发红包，宋天暮发现给自己的比去年还多了五百块。

"好好学习。"陆超英拍了拍他的肩膀，"你们俩要给心心做榜样，老爸以后还指望你们呢。"

宋天暮点头，陆凯扬一不小心又包破了一个饺子，他想趁人不注意再拿个饺子皮补上，宋天暮把饺子从他手里拿过来捏了两下，算是抢救成功。

过了十二点，宋天暮收到了池明知的短信，很简单的四个字：新年快乐。宋天暮回了一句：新年快乐。但池明知没有再发消息过来。

宋天暮把手机扔到一边，回到餐厅和大家一起吃了饺子，收拾厨房的时候他看到陆超英站在阳台上抽烟，眼眶红红的。在想妈妈吗？宋天暮把脸转到一边去，隐约能听到陆凯扬在卧室打电话，就连陆心蕊都自己趴在窗台上发呆，一副小大人的样子。好像全世界每个人都有心事。

两点多，外面的鞭炮声终于停了，陆心蕊早就睡着了，陆超英也熬不住先睡了，陆凯扬故意坐得离宋天暮很远，有一搭没一搭地看电视。

宋天暮说："哥。"

"干吗？"

宋天暮不知从哪儿翻出一包果冻递给他，陆凯扬板着脸，严肃不到十秒钟就破功，扑哧一声笑了，接过果冻说："你以为我是小孩啊。"

"睡觉去吧，别熬夜了。"两个人在床上躺好，宋天暮毫无困意，他翻了个身，问陆凯扬，"哥，你睡了吗？"

"废话，当然没有，怎么了？"

宋天暮不说话，陆凯扬大概是闲得无聊，掏出手机打了个电话。几秒钟后，池明知的声音从手机里传了出来："喂？"

陆凯扬打了个哈欠："新年快乐啊，干吗呢？"

"准备睡觉，大晚上的还能干吗？"

"我还以为你出去和别人玩了。"陆凯扬笑了两声，"大过年的，看你一个人在首都过年关心关心你，不让啊？"

池明知也笑了起来："我还以为你又要借钱呢，行了，我一个人过得挺开心的，回来请你吃饭，没事挂了，真困了。"

陆凯扬挂了电话，把手机放到一边，拍拍宋天暮的脑袋："赶紧睡吧，新年快乐。"

宋天暮把手搭在脸上，闷闷地说："新年快乐。"

这个寒假过得很轻松，以至于轻松到有些无聊，家里的阿姨从初三开始正常上班，宋天暮饭也不用做，在家里窝得快要发霉。

家里林子淑生活过的痕迹一点点在减少，陆超英半夜睡不着去阳台抽烟的次数也在慢慢减少，人都是懂得趋利避害的生物，不可能一直沉湎在悲伤和怀念中。但宋天暮每次想到妈妈不在了，他的心脏还是会如同被攥住般无法跳动。

开学前夕，陆凯扬拉着宋天暮出去逛街，宋天暮赖床不想起，陆凯扬就把陆心蕊抱了过来，指挥陆心蕊："去，踩你哥脸。"

陆心蕊趴在床边看了看，踮起脚，捧着宋天暮的脸亲了一下。陆凯扬大为光火，质问陆心蕊："怎么这时候让你踩你又不踩了！早上踩我不是踩得挺开心吗？"

"你承认她更喜欢我很难吗？"宋天暮抱着被子翻了个身，"你老是凶她，她当然踩你了。"

"你喜欢谁？"陆凯扬把陆心蕊揪过来面对自己。

陆心蕊说："你给我买仙贝，我就告诉你。"

"奸诈……"陆凯扬放开陆心蕊，把宋天暮从被窝里揪起来，"快点起床！别逼我揍你。"

宋天暮睡意全无，爬起来洗脸刷牙，从洗手间出来之后，他拉开窗帘看了看，天阴阴的。陆心蕊懒得搭理陆凯扬，回自己房间玩洋娃娃了。

宋天暮和陆凯扬出去转了一圈，回家之后，他把自己关在书房里玩电脑。他玩了会儿CS，陆凯扬过来敲门，问他吃不吃水果，宋天暮说不吃，陆凯扬让他别玩太晚就回去睡了。宋天暮也觉得很累，关电脑之前登录了一下QQ，发现有个小喇叭闪来闪去，点开一看是个新的好友申请。

他点了通过，刚想关机睡觉，对面就发来了新消息。

Y野：你好啊。

宋天暮：你好，请问你是哪位？

Y野：我是化院的。

化院的？宋天暮有些蒙，他不记得自己认识化院的人。

Y野：我还帮你骂过人呢，你忘了？

看他不说话，Y野又发消息过来：去年亚洲杯，你在论坛里和别人对着骂，我还帮你说过话呢。

宋天暮想起来了，他对Y野这个名字有印象，对方也常在论坛里发帖，但是亚洲杯那天他光顾着骂人，不记得这个Y野发过什么帖子。不过，宋天暮觉得奇怪，他微微皱着眉打字：你怎么知道那个人是我？

他明明披了马甲啊。

Y 野：你说话的语气太明显了，一看就是你啊。

宋天暮心想，打字也能看出来语气？他不知道这个 Y 野找自己干什么，想了想打字给他：请问你加我有什么事儿吗？

Y 野：没什么事儿，就是想交个朋友啊，在论坛里都聊过那么多次了，后来我要你 QQ 你也没回我，我和别人打听你 QQ，没想到加错了，我前两天才发现。

宋天暮：哦哦。

Y 野：之前那个快闪活动是你组织的吗？太有意思了，我们寝室都去参加了，我室友把自己 QQ 送出去了，还谈了个女朋友。

宋天暮：……

宋天暮：又不是让你们去找对象的。

Y 野：哈哈。

宋天暮心想有什么好哈哈的，无聊不无聊。他赶在对方说话之前飞速打字：明天再聊吧，我要去睡觉了，晚安。

Y 野：好的，晚安。

刚准备下线，QQ 又嘀嘀嘀地响起来，点开一看，是池明知。

池：你怎么还在线？

宋天暮：马上就去睡了。

池：睡不着。

宋天暮：白天睡多了晚上当然睡不着。

池：你几号到学校？

宋天暮：报到前一天吧。

池：几号报到？

宋天暮：你问我啊！！！

他打了一堆感叹号发过去，心想问什么问，几号报到你不会自己去查吗？

池：能视频吗？给你看看狗。

宋天暮没懂看狗是什么意思，过了会儿，池明知弹了个视频申请，宋天暮接了，画面卡顿一下，又变得流畅，宋天暮看到屏幕上的池明知和他怀里抱着的狗。

怎么真的有狗？宋天暮无语了。

"哪来的狗？"

池明知攥着狗爪子晃来晃去，说："捡的。"

这狗看起来虎头虎脑的，大眼睛圆溜溜，正在四处张望。

宋天暮："你准备自己养吗？"

"如果养不好就给朋友养。"池明知说。

那狗突然在键盘上乱踩，视频挂了，宋天暮瘫坐在椅子上，耳朵里出现了轻微的杂音。

过了会儿，池明知发来消息：你怎么还不下线？

宋天暮：马上下了。

寒假结束之前，陆心蕊生了场病，发烧反反复复，偶尔还会咳嗽到后半夜，陆超英忙得很，只剩陆凯扬和宋天暮两个人带着她跑医院。这下子陆凯扬在陆心蕊心里的形象彻底高大起来，因为陆凯扬相对来说比较惯孩子，零食什么的随便买，她去和宋天暮要，宋天暮的回答往往只是："不许吃。"

忙了几天，宋天暮连 QQ 都没登录，也没和池明知说几句话，他提前体会到了养孩子的辛苦：透支精力，透支时间。

直到返校前一天，他和陆凯扬收拾好行李，吃过还算丰盛的晚饭之后，才有心思登录 QQ 看看有没有人找自己，BBS 的管理群依然那么热闹，他打开扫了一眼，依稀看到了什么"实名制"，不过他没放在心上，把消息一一点开，几个窗口叠在一起，班级群、寝室群……私聊大多只是简短两句话，池明知并没有给他发消息，唯一一个给他发了很多消息的人是 Y 野。

宋天暮觉得很奇怪，他对这种莫名热情的人有些警惕，两个人在现实生活里没什么交集，只是在论坛里聊过，他不知道为什么对方对自己这么热情。简单扫了一眼，Y 野发来的消息无非是问他在忙什么，寒假过得怎么样，怎么这么久没上线，最近也没上论坛……宋天暮皱了皱眉，随手敲了一句：家里有点事。

没想到只过了不到半分钟，Y 野就回复了：怎么了啊？

宋天暮：我妹生病了。

Y 野：哦哦，现在没事儿了吧？

宋天暮：嗯，已经出院了。

Y 野：你几号返校？

宋天暮：明天。

Y 野：我也明天，一起吃个饭吗？

宋天暮觉得莫名其妙，他编了个理由拒了，谎称自己现在要去收拾行李，把 QQ 调成隐身状态开始打 CS。

玩没一会儿，陆凯扬跑过来说："弟，我袜子呢？黑的那双。"

"扔了。"

"干吗扔了？"

"早就说了你再不洗就扔了，说完了还不洗，我就扔了。"

"你！"陆凯扬气得要骂人了，"你怎么扔我东西啊？"

宋天暮不搭理他，陆凯扬气呼呼地走了，没一会儿又颠颠地跑过来求和："嘿嘿，你怎么帮我洗了，怪不好意思的。"

"因为我实在是看不过去了，而且我只是把它扔到洗衣机里而已，你不会真的以为我会拿手搓你的袜子吧？"

"哎哟，我弟还不好意思了。"陆凯扬在他脑袋上搓来搓去。

"别烦我。"

"我就烦你了怎么着？"

"别烦我！"宋天暮抬高了声音。

"你不高兴个什么劲儿啊？"陆凯扬凑过来，"池明知说明天请咱们俩吃饭。"

宋天暮："哦。"

第二天刚一落地，首都就下起了大雪，车异常难打，好在池明知叫了车来接他们，宋天暮和他一起坐在后排，听他和陆凯扬聊天，心里想着一些有的没的。下了出租车，池明知说要请他们去吃潮汕火锅，宋天暮拎着行李箱跟在最后，忽然有些烦躁，走了没几步就开口道："我不去了，你们去吃吧。"

池明知回头看他，宋天暮说："有个化院的朋友找我吃饭，前几天就说好了。"

"是吗？"池明知点点头，"那我们俩先吃了。"

宋天暮提着行李箱冒雪走回学校。学校里人来人往，大多数行色匆匆，裹着羽绒服和围巾忙着赶路，宋天暮抬头看了看天，一片雪花飘到他眼睛里。他伸手揉了揉眼睛，走进寝室楼。

室友们都回来了，寝室里乱糟糟的，行李箱带过来的泥水流了满地，宋天暮脱掉外套，把地拖了，连好网线，以隐身状态登录 QQ，想看看之前错过的群聊消息，他没弄明白实名制到底是怎么回事，是所有人都必须实名登录论坛吗？

没想到他又收到了 Y 野的消息，看时间是在昨天他下线之后，对方问他：那晚上有时间吗？

宋天暮几乎要怀疑是自己得罪过这个人，对方想找机会把他叫出来打一顿了。可看了看聊天记录，自己颇为冷淡的回应实在称不上礼貌，对方发来几句话，自己只回复几个字。

他犹豫一会儿，回复对方：晚上可以。

大概半小时之后，Y野的消息弹出来：好啊，你在几号公寓？我去找你吧。

宋天暮：……

他更加觉得不对劲起来，可已经答应了，再反悔也不是那么一回事，只好如实把自己的寝室号告知对方。

大概过了不到二十分钟，有人敲了敲门，宋天暮起身开门，一个穿着黑色外套的男生站在门口，他的头发有点长，松松地扎在脑后，与之形成对比的，是他脸上利落的线条。

"你好。"他笑起来的样子显得十分大气、开朗，"我还以为今天看不到你了呢。"

宋天暮跟不上他的步调，只好略显拘谨地说："你好。"同时也觉得奇怪，他是怎么知道自己是宋天暮的？也有可能是室友开的门啊。

对方站在门口，没有进来的意思："你没收拾好的话我等你一会儿。"

"我——"宋天暮回头看了看自己的床铺，"我没什么好收拾的。"

宋天暮穿好衣服，和对方一起下楼，对方侧过脸看看他，有些失望地说："你真不记得我了？"

宋天暮大感迷惑，他确定自己没见过这个人。

"咱们一起上过公共课。"对方说，"我的书落在教室了，回去找的时候正巧看到你把书放二楼消火栓上，我过去拿书的时候你还看了我一眼，然后你发帖说丢书的人去消火栓上拿，你不记得了？"

宋天暮倒是记得自己捡书和发帖的事儿，只是不记得自己什么时候"看了他一眼"，他经常在走路的时候发呆，可能只是无意识地瞥了一眼？

所以对方对自己这么热情只是为了表达感谢吗？之前在论坛里帮自己说话也是？可只是因为一本书的话，好像有点说不过去……

在路上，对方已经做完了自我介绍，名叫俞野，本地人，化院的，比宋天暮大一岁，他这么坦荡热情，反倒显得宋天暮之前的戒心有些多余。

饭是在学校附近吃的，饭菜整体偏清淡，倒是很符合宋天暮口味。本以为吃饭的时候会很尴尬，没想到完全没有，俞野的热情毫不做作，也不夸张，他约宋天暮有时间出去玩玩，好歹去逛逛首都博物院。宋天暮的兴趣不大，可要他当面拒绝人，他还真的有点做不出来，只好答应了。

"你老家是哪儿的？"俞野一边给他盛小吊梨汤一边问。

宋天暮如实相告，俞野哦了一声，点点头："是你爸妈去南方工作，你也跟过去了吗？"

这并不算一个刺探隐私的问题，宋天暮本可以糊弄过去，可他突然生出一股抗拒来，像是故意的一样，他说："不是，我爸爸进监狱了，我妈和他离婚之后一个人带我过去的。"

宋天暮本以为这个回答可以让俞野这莫名的热情消退一些，毕竟做朋友这事也有准入门槛，他这种的往往会不招待见一些。没想到俞野好像并没把这事儿放在心上，只啊了一声道："这样啊，那你以后找工作可能会受到限制，不过你们专业还挺好就业的，应该没什么问题。"

宋天暮无话可说，只得点了点头。吃完饭出来，外面的风雪更大，宋天暮几乎要被风吹得喘不过气。好在进学校没多久，风就停了，雪也小了，暮色四合，宋天暮只想赶紧回去把行李箱腾空，洗洗睡觉。

"你是不是坐车坐累了？"俞野回头看他，"怎么看着这么困呢？"

宋天暮嗯了一声，他是真的困了，这导致他的大脑都有点迟滞，不假思索地问了一个他早就想问的问题："你为什么要留长头发啊？"

问完了，他才觉得后悔，人家留长头发关他什么事呢？

俞野被他逗笑了，笑了会儿才说："你是不是早就想问了？"

"没有。"

"留着好玩的。我想参加一个竞赛项目，但是跨了专业，想找你帮忙。"

俞野指了指不远处的另一个寝室楼："我住那栋楼，609室，没事儿可以去找我玩。"

再往前走几步就是宋天暮的寝室楼，他往前走了几步，突然发现池明知站在门口。一时间，宋天暮不知道该往哪里走了，可在他做出决定之前，池明知已经看到了他，不紧不慢地朝他走过来。

池明知看了看俞野，点点头，算是打过招呼，而后对宋天暮说："怎么没带手机？"

"落在寝室了。"

"你哥有东西让我带给你。"

"什么东西？"

"明天再说吧。"

"啊？"

"那我先回去了。"池明知温和地说，"你快回寝室吧。"说完，他转身走了。

宋天暮觉得莫名其妙，只好对俞野说："再见。"

俞野回头看了看池明知，又看了看宋天暮，笑着说："嗯，再见。"

开学之后的课依然很满，为了和俞野一起参加竞赛项目，宋天暮过起了三点一线的日子，他觉得这种状态才是最适合自己的，什么都不用去想，只要学习就行，反正他本来也不擅长处理人际问题，暂时切断一些联系，好像身上背着的包袱都没了。

池明知叫过他去自己家玩，大概两三次的样子，宋天暮都因为准备竞赛拒绝了，池明知便没再提起这个话题。他会生气吗？宋天暮不知道，也许他根本不在乎，也许他身边很快就会有新的朋友代替自己的位置。

三月份开始没多久，校园论坛的实名制风声就传起来了，这个规定引发了不小的震荡。宋天暮知道最后的结果不会太好，如果规定真的被执行，论坛凋零或者关闭是逃不掉的结局，他不喜欢告别，因为每次告别的时候他都没有确定自己的前路。

竞赛之余，俞野问他想不想去首都博物院玩，宋天暮之前答应过对方，不好毁约，加上俞野一再邀请，他只好同意。

他们出发那天天气还不错，太阳很大，温度不低，街边的积雪都被映得反光。公交车上人不多，宋天暮和俞野在后门处站着，他突然想起了小学语文课本里的插图。太阳，雪堆，拿糖葫芦的小孩儿……这让他一直郁闷、紧绷的心放松了不少，并且再一次动了回家乡看看的念头。

"我还没去过首都博物院呢。"俞野说，"第一次去。"

"你不是本地人吗？"宋天暮大感意外。

"本地人就一定要去啊？"俞野笑了起来，"它就在那儿，又不能长腿跑了，什么时候去都一样。"

"也是……"宋天暮说，"那你爬过古城关吗？"

"爬过，我六七岁的时候，和我妈一起爬的，人特别多，我去过一次就不想再去第二次了，你想去吗？"

宋天暮赶紧摇头，他没那个兴趣感受人挤人。

"你要是想去的话我陪你一起去。"俞野说。

"你不是不想再去第二次了吗？"

"这不是陪你吗？"俞野拉着他下公交，阳光刺眼极了，这天是周末，游客很多，不远处有一队旅行团戴着小黄帽跟着导游走，俞野和宋天暮跟在人家后面蹭解说。

宋天暮觉得要么就不来，来了就好好玩，反倒是俞野，逛到后面就觉得有些无聊，一直在找机会和宋天暮讲话。俞野带了相机，但是宋天暮没让他给自己拍照，因为宋天暮觉得自己每次拍照的时候都看起来很傻，一副不知道摆出什么姿势和表情的状况外模样。

"就拍个合影还不行吗？"俞野举着相机，"让别人帮咱们拍一张。"

不等宋天暮同意，俞野就找了个阿姨帮忙拍照，然后他自然地搂着宋天暮的肩膀，宋天暮觉得很不自在。

"等我洗出来送你一张。"俞野把相机拿回来，回头问他，"你饿了没？"

宋天暮摇摇头，俞野看了他一会儿，扑哧一声笑了出来："你怎么看着老是这么紧张啊？"

宋天暮不知如何回答，逛完珍宝馆和书画馆，算是结束了今天的行程。

没过几天，俞野就信守承诺，把洗出来的照片送给了宋天暮，他不知道怎么打听到宋天暮的课程表，在下午第一节课开始之前找到他上课的教室，把照片递给他就离开了。宋天暮匆忙回到座位上，想把照片夹在书里，却不小心把照片掉在地上。

池明知弯腰帮他把照片捡起来，看了看，递给他。下课时，池明知在他起身离开之前把他叫住。

"不去我那里，是因为认识了新朋友吗？"池明知伸出手指，在他夹着照片的课本上点了点。

宋天暮感到了一瞬非常强烈的窒息，好像如果他给出肯定的回答，会因此失去池明知这个朋友，他听不到别的同学离开的脚步声，只着魔般地回忆起了他们第一次见面时的场景，大家都在笑话林子淑和陆超英的婚事，只有池明知没笑，而是友好地对自己说："你好。"

"你好。"

"饿了吗？"

"这是金枪鱼饭团，外面那层不用撕，直接吃就行。"

"我们八班在这边。"

"食堂在那边，算了，我还是带你去吧。"

"你得多喝牛奶，要不然长不高。"

"你就是个多愁善感的小孩儿……"

也许只过了几秒，也许过了很久，宋天暮终于点了点头。

"这样啊。"池明知笑了一下，"那我知道了。"

然后，池明知收拾好自己的书本，先宋天暮一步走出教室。

宋天暮看着他的背影，张了张嘴，突然觉得池明知好像早就看透了自己，池明知知道自己明明不认同他的理念还一直和他做朋友，可与此同时，池明知还是尽到了朋友的义务，真心实意地对自己好，可自己却选择主动疏远。

想到这里，宋天暮觉得心情更复杂了。

故辙

　　那年首都的雨下得很早，四月初就下了一场大的，学校排水做得不好，雨下完之后过了两天积水才下去，然后就是连续不断的大风天，早上刚洗好的头发，上完一天的课，跑几趟教学楼和食堂，晚上再回去的时候还是能把水洗得很脏，宋天暮觉得自己真是不适合待在这里。

　　他和池明知又进入了那种有些疏远的状态，但是这一次比高三那次好一点，也许是因为他们都长大了一点儿，也许是因为觉得没必要。在教室里遇见了，他们还会面色如常地打个招呼，有一次池明知帮宋天暮占了个座位，还有一次，池明知忘带饭卡，宋天暮帮他打了一份饭。但也仅仅是这样了，只不过是普通朋友而已，普通朋友，普通同学，普通熟人，人和人之间的关系就是这样，逆水行舟不进则退……宋天暮想起了这个不怎么恰当的比喻，但是他也没别的办法。

　　俞野为竞赛的事情常来找他，宋天暮不知道俞野哪来的这么多的热情，可他的热情对付宋天暮这种性格的人显然很有用，只要他多说几次，宋天暮就会觉得自己的拒绝很不礼貌。

时间久了，宋天暮最初的难受稍微减少了一点，没了池明知，更多的事情占据了他的生活，搜集资料，小组讨论，和熟悉的不熟悉的人社交，期待比赛结果……这些事占据了他的时间。

竞赛结束之后，他和俞野已经很熟了。俞野还会带他一起打游戏，这个游戏引起了宋天暮很大的兴趣，于是他很快就像高二那次一样网瘾复发，几乎把所有的课余时间都用在游戏上。

可宋天暮知道，就算他现在再逃课，池明知也不会管他了。他是班上为数不多一节课都没逃过的人，无论天气多糟，课多无聊他都没逃过，他不想打破这个纪录，就算熬夜打游戏之后还是坚持早起上课。以这样的状态去上课，效果自然不会太好，有一次他坚持到一半就睡着了，一直到下课，别的同学都走了他还在睡，还是池明知把他叫醒的。

被叫醒的前一秒，宋天暮在做梦，他梦到自己高二的时候逃课上网吧被池明知和陆凯扬抓包，陆凯扬痛心疾首地说："弟，你怎么能这样，我已经被保送到 YL 大学了，你可不能给我丢脸，好歹要上个 985 吧？什么？你考不上？高中学历就够了？天啊，你怎么能这么想呢？你一直玩下去是连高中学历都拿不到的呀！什么，你初中毕业证丢了？那你岂不是只有小学学历？"

不同于陆凯扬的唠唠叨叨，梦里的池明知一直是一副淡漠的表情，等陆凯扬唠叨完，他才说："我先走了。"

梦到这里就戛然而止，宋天暮被人推醒，抬头一看，梦里的池明知和眼前的池明知逐渐重叠了。

"没休息好吗？"池明知说，"下课了。"

宋天暮迟钝地点点头，把书本塞进书包起身往外走。他清醒过来，搜肠刮肚地想找点什么和池明知说说话，要不然就这样一直沉默着一起走到隔壁楼上第二节课实在是太尴尬了。可刚走出教室没几步，池明知就戴上了耳机，宋天暮松了一口气，跟在他后面去了新的教室。

"要坐我旁边吗？"池明知在进教室之后摘了耳机，回头问他。

宋天暮愣了一下，摇摇头："你不是要坐前面吗，我想坐后面。"

"嗯。"池明知点点头，自己走到了前排坐下。

忙了半个学期的竞赛，又玩了一段时间的游戏，宋天暮觉得再这样下去挂科是注定的事情，为了避免惨剧再次发生，他只好暂时退出游戏。

俞野天天在 QQ 上联系他：上不上游戏，几点上游戏，为什么不上游戏……宋天暮不堪其扰，把回复的字号调得很大，看上去很有气势地说：因为我不想挂科。

俞野：好吧，那我陪你一起去图书馆自习。

上半学期忙竞赛，下半学期泡图书馆，时间过得比流水还快，让宋天暮很欣慰的是，俞野终于不再缠着他打游戏了，偶尔还和他一起去图书馆。

期末来临，宋天暮庆幸自己觉悟得早，没像上个期末一样手忙脚乱，他这个暑假不打算回去，计划去快餐店做个暑期工。室友说他可以去找个家教做，赚得还多，宋天暮想起了陆心蕊坐在地上大喊拐卖小孩的场面，心想自己还是远离一切比自己小的生物吧。

陆凯扬打电话来劝过他好几次，问他干什么不回家，宋天暮说要去赚点零花钱，陆凯扬就怒了："又不缺你的零花钱！"

"那你先把借的钱还我。"

陆凯扬说："我没还吗？"

"你还了十分之一吧。"

"弟，我们之间就不要算得这么清楚，你这样子哥真的很伤心，还有你邢琳姐知道了肯定会揍我的，以后不要说这种话了，听到没？"

"十分之一。"

"我等会儿给你转过去还不行吗？！"陆凯扬恼羞成怒，"我有钱了好吧！"

"你哪儿来的钱？"

"我把游戏账号卖了，我要发愤图强拿奖学金，哎不说这个了，你不许留在这儿打工，听到了没有？和我一起买票回家。"

宋天暮最后还是没有回家，他送走了把脸拉得很长的陆凯扬，去快餐店打工，宋天暮心想自己上辈子是不是一只麦辣鸡翅，要不然怎么对快餐店这么有感情。然后他才想起来，他以前经常和池明知一起坐在快餐店写作业。那时候池明知常请客，他也会攒零花钱请池明知吃巨无霸套餐，他们写完作业出门之后池明知还会买个冰激凌给他。他好像很久都没吃过冰激凌了。

暑假过得很轻松，宋天暮仿佛回到老家似的如鱼得水，俞野偶尔来找他，宋天暮就会偷偷多给俞野弄点薯条。有一次他一不小心装太多了，盘子里都是，旁边的人盯着他看，宋天暮只好给那个人也装了一大把薯条。他本以为这个暑假自己不会再见到池明知，没想到暑假还未过半，陆凯扬就打电话喊他回家。

"弟，快回来啦，我给你买票。"陆凯扬好像刚从外面回来，咕咚咕咚地喝水，喝完了，大声说，"辉仔回国了！"

宋天暮愣了一下，才反应过来他说的辉仔是周文辉，初中毕业之后就跟着爸妈移民到国外去了，陆凯扬那时候还因为舍不得他哭了，这两个人的合影还在陆凯扬书桌上摆着。虽然记忆有些模糊，但宋天暮还是记得周文辉人很好，没什么坏心眼，最开始陆凯扬总欺负他，周文辉还拦过几次。

"他回来干什么？"

"他外婆生病了，回来看看啊，你快点回来吧，池明知买的明天的票，你们落地时间要是没隔太久我就可以一起接了。"

"好吧。"宋天暮说，"不用你给我买票，我自己买就好。"

"哎呀，和哥哥客气什么。"陆凯扬虚伪地说，"你哥这么疼你，还舍不得给你出一张机票钱了？"

"那你欠我的钱什么时候还？"

"我本来是想给你的！"陆凯扬拍了一下桌子，"但是我后来没忍住买了个新的游戏号，被人骗了，你不要告诉你邢琳姐，算我求你。"

宋天暮忍到挂电话之后才笑。临走之前，他和俞野打了个招呼，告诉对方最近别来蹭超大份薯条了，自己要回去见国外回来的朋友。俞野当即表示自己也想跟着去玩玩，宋天暮说："我们家没什么好玩的，再说我们吃饭也不好带你。"

"我又不用你照顾，你有事儿我就自己找地方玩去了。"俞野一副无所谓的语气，"天天在家待着也烦。"

"好吧。"宋天暮点点头。

出发之前，宋天暮买了份冰激凌在车上吃，俞野问他为什么不给自己买一份，宋天暮挺小心眼地说："你自己买。"

和首都的干燥炎热不同，家里的夏天要闷热许多。宋天暮买到了晚一点的机票，陆凯扬也许是嫌麻烦，不想一天之内接两次机，硬是拉着池明知在机场附近的快餐店等到他们落地。

于是回去的路上，宋天暮和池明知、俞野三个人一起坐在后面。陆凯扬友好地和俞野闲聊，两个人在游戏这个话题上倒是很有共同语言，池明知像是困了，一直靠在窗边闭眼假寐。坐到后来，宋天暮也有点困了，好在没过一会儿他们就到家了。

"那我们三个先回。"陆凯扬下车，对坐在里面的池明知说，"六点半在天虹集合。"

"好的。"池明知点点头，示意师傅开车。

"热死了！"陆凯扬不断掀起衣服扇风，额头上的汗珠滚落下来，他回头问俞野，"你晚上住这里可以吧？和我弟挤一下。"

"他已经订好酒店了。"

家里没人在，陆心蕊早就出门去儿童乐园快乐玩水了，陆超英也不在家，陆凯扬给俞野拿了水果冰激凌就去卧室补觉，只剩俞野和宋天暮坐在客厅。

"你家挺大的啊。"俞野瘫在沙发上吃冰激凌。

"还好吧，孩子多，房子再大也会显得挤。"

三间卧室分别被陆超英、陆心蕊还有兄弟两个住着，家里还有两卫一书一厨，虽然房子面积很大，但是人多东西多，无论怎么收拾看起来还是会有一些拥挤。其实等他们大学毕业之后可以把次卧给陆心蕊住，她现在住的那个小的就改成衣帽间吧，看她小小年纪就挺爱美的……宋天暮漫无目的地想着。

"晚上我可以蹭饭吗？"俞野问。

宋天暮面无表情地说："当然不行。"

为了尽一下地主之谊，宋天暮陪俞野去附近的公园逛了逛，又带他去了自己常去的餐厅，离开时为了显得更礼貌，他在前台预付了饭钱。这让宋天暮觉得内心疲惫，他不喜欢人与人之间的交往，这只让他感到负担，实际上他打心底里讨厌大多数人。

晚上四个人聚餐的地点是池明知订的，宋天暮到的时候已经有些迟了，他第一眼甚至没怎么认出周文辉。周文辉的变化太大了，可能比从前高了近二十厘米，长相也变了，但开口时那种特别的语气还是没变。

他们之间的共同话题多得很，从初中老师同学谈到各自的高中大学生活，周文辉还记得那时候宋天暮喜欢吃阳春面，陆凯扬总是从自己餐盘里夹肉吃，池明知喜欢喝学校卖的豆奶……他们本来是没打算喝酒的，吃到后来陆凯扬被搞得伤感起来，要了十几瓶啤酒摆在桌面。陆凯扬的酒量宋天暮再清楚不过，可拦也拦不住，索性随便他喝，反正喝一瓶也是吐，十瓶也是吐。

"辉仔。"已经露出醉意的陆凯扬搂着周文辉泪流满面，"我好想你啊。"

他真想把陆凯扬这副德行拍下来给邢琳看看。

周文辉也很快就醉了，好在池明知全程都很清醒。可是只剩他们两个清醒，气氛只会很尴尬。

宋天暮完全不知道要和他说点什么，饭也吃不下去，过了会儿，池明知开口说："怎么没叫你朋友一起来？"

"他说不想来。"

"嗯？"池明知拿修长的手指在玻璃杯上点了点，微微偏过头看他，"为什么？"

"他又不认识你们。"宋天暮道。

"弟，我对不起你。"陆凯扬搂着周文辉，看向宋天暮，口齿不清地说，"我那时候天天打你。"

宋天暮刚要开口让他安静一会儿，周文辉就说："是啊，我都拦不住，还好池明知带你玩，你哥真不是东西啊。"

"弟，你真的要好好谢谢池明知。"陆凯扬还在絮絮叨叨，"你要好好谢谢他……"

"我出去买点冰激凌回来。"宋天暮起身，"你们先吃着。"

说完，他下楼，推开门走了出去。宋天暮漫无目的地朝前走着，两条街之外才有超市，宋天暮一点也不急着回去，他大可以说自己没找到超市或者绕了远路，这么一想，紧绷的神经顿时松弛下来。他甚至真的故意绕了远路，在街边卖刨冰的小店门口坐了一会儿才起身往超市走。

他买完冰激凌，路过一个烧烤摊，一人高的大风扇把烧烤的烟味吹到路边，他被熏得眼睛发疼，刚准备加快脚步走开，就看见坐在路边吃烧烤的客人对着收钱的服务员破口大骂。那客人大概是喝了酒，非说人家账算得不对，黑了他的钱，服务员解释说都是按照单子算的，那客人也不听，越骂越凶。

服务员看上去比宋天暮还小，像是谁家的小孩出来打暑期工，她越着急越说不清楚，老板想着息事宁人，让她对单子，客人又说单子上的这个他没吃那个他没吃，借着酒劲发起疯来，甩了服务员两个耳光，看样子还要继续动手。

宋天暮是最没兴趣管闲事的人，可旁边站着那么多人，居然没一个拦着的，还都停下来看热闹，老板也是一副怕惹事的表情。他觉得很无语，把冰激凌放在一边，和老板一起拉开了发酒疯的客人。

客人嘴里不干不净地骂人，宋天暮只当没听见，他刚要离开，太阳穴就被人打了一拳，回头一看，那客人还挺不服气，涨红着脸非要和他打一架。这是宋天暮打过的最莫名其妙的一场架了，他庆幸自己这几年喝了不少牛奶，家里吃得又好，他不像初中时候似的又瘦又小，要不然他刚刚挨那一拳可能就倒了。

场面一片混乱，对方越来越激动，突然地，有人推开人群，一脚踹在那客人肚子上，客人跌倒在地，那人又拉着宋天暮想带他离开。宋天暮在一片呛人的烟味里闻到了熟悉的好闻的味道，池明知走在他前面，拨开人群，可还没等他们走出几步，那客人居然起身，拎着酒瓶子骂骂咧咧地冲过来。

宋天暮还没反应过来，池明知就把他拉到身后，毫不犹豫地挡在他前面。哗啦一声，啤酒瓶碎了，宋天暮迟钝地抬头，看到血从池明知额头流下来。人群发出惊呼，老板看闹大了，赶紧翻出手机报警。

两个人到医院时是晚上十点，池明知的检查结果没什么大问题，医生说最好观察一晚上。病房里只有他们两个，惨白的灯光打下来，宋天暮低头看着自己手心里已经干掉的血。他不知道为什么此刻会有一种失重的感觉，是因为差点就酿成大祸，还是因为池明知受伤了？他只是一次又一次地在脑内重复池明知挡在自己身前的画面。

七年前，在初中的走廊上，同班的几个男生想把他推进女厕所，拦下来的人也是池明知。过去的记忆没有模糊，反而越来越清晰。

"你不是去买冰激凌了吗？"池明知的语气很轻松，"怎么跑去和别人打架了？还好你哥让我去找你。"

宋天暮说不出话，他起身，又愣住，不知道自己现在应该做什么。

"把灯关了吧，晃眼睛。"池明知说。

宋天暮听话地关了灯，池明知躺好，对他说："你去看看你哥他们吧。"

宋天暮没动，池明知看了看他，没再说话。过了会儿，宋天暮的手机响了，他掏出来看，是俞野。

池明知侧过脸，看到了他的屏幕，宋天暮终于反应过来，刚要接，池明知就把他的手机拿过来关机，随手扔到隔壁病床上。宋天暮惊愕地看着他。

"和那种人玩有意思吗？"

宋天暮：……

"整天带着你打游戏、浪费时间，你不要前途了吗？"

宋天暮的耳鸣达到了极限，他好像身处激荡的海水中一样，过了会儿，这突如其来的耳鸣才消退。

宋天暮突然意识到，只要偏离了池明知在心中为朋友设定的轨道，他一次又一次的挣扎只会以失败告终。只要池明知伸出一根手指把他按住，他就动弹不得。

"我……"宋天暮说,"我还是先去看看我哥他们,把他们送回家再回来。"

池明知拍了拍宋天暮的背说:"去吧,回来的时候给我带盒冰激凌。"

宋天暮把两个醉鬼送回家费了不少力气,周文辉还好,陆凯扬实在是太烦人了,他也不知道怎么回事,一直对过去自己欺负弟弟的行为进行忏悔,拉着宋天暮不放。最后宋天暮烦得不行,给邢琳打了个电话,邢琳在电话那边说了几句话陆凯扬就老实了,乖乖闭嘴上床睡觉。

"再唠叨你把他一棍子敲晕就好啦。"邢琳对宋天暮说,"弟,以后少让他喝酒。"

宋天暮只能说好的。他先洗了个澡,把身上的汗冲掉才出门返回医院,池明知没睡觉,在等他的冰激凌。

"给你。"宋天暮把冰激凌递给他,"热死了。"

池明知靠在病床上,不紧不慢地吃冰激凌:"你吃饱了吗?"

"啊?"还在走神的宋天暮抬起头来,"你说什么?"

"我问你吃饱了没。"

宋天暮说吃饱了,随手拿过手机开机,俞野没再找他,想必也没什么事情,只是闲得无聊才打电话问他在干吗,邢琳给他发了个短信,问他陆凯扬睡着了没。

宋天暮:睡着了,让他侧躺的,叔叔也在家,半夜会去看看的,放心。

邢琳:好的,弟,你能不能吃辣?开学带兔头兔腿给你吃。

宋天暮:我吃不了太多,你带一点点我尝尝味道就行。

邢琳:没关系,多带点给你室友分一分,我先睡了,拜拜。

宋天暮:拜拜。

他刚打完这两个字,一个空的冰激凌盒子就飞了过来,正扔在他手机上,水珠渗进键盘里,宋天暮吓了一跳,抬头看池明知:"你有毛病吧？"

他找了纸巾把手机擦干净，随手把盒子丢进垃圾桶，池明知抱着枕头笑："我怎么有毛病了？"

宋天暮翻了个白眼，去他隔壁病床躺好。池明知去卫生间洗脸漱口，再回来的时候发现宋天暮已经睡着了。

后半夜来了个急诊，住隔壁床观察，宋天暮不得不爬起来找了个凳子坐。他一直在床边坐到天亮，池明知中途起来吐过一次，宋天暮心想不会真的脑震荡了吧，会失忆吗？不认识自己什么的？吐完了，池明知好像还是很不舒服，回病房的路上突然停下，宋天暮赶紧把他扶住，有些紧张地问他要不要叫大夫。池明知靠着他缓了一会儿才说没事。

好在天亮之后池明知又去做了个检查就被允许出院了，看上去也没什么不舒服，两人在医院附近找了个地方吃早饭，宋天暮抢在池明知前面付了钱。

"请我吃饭啊？"池明知说，"怎么了，你过意不去？"

"我有什么过意不去的。"

"你也太没良心了吧。"池明知指了指自己额前的纱布，"我肯定会破相的。"

宋天暮面无表情地看了他一眼："哦。"

"你送我回家，我怕死车上。"

"你能不能别瞎说？"

池明知慢悠悠地吃完早饭，拉着宋天暮站在路边打车，宋天暮一夜没睡，脑袋晕乎乎的，在出租车上就差点睡着。

"到家再睡。"池明知说。

宋天暮只好挺到下车。

到家之后，池明知去浴室洗澡，想必在医院住了一夜，觉得自己身上都是细菌，恨不得里里外外都洗干净才好。

池明知洗完澡出来，额头的纱布沾了点水，好在伤口没碰水，宋天暮强打精神帮他换好纱布，在阳光下近距离地观察他的伤口，虽然很不想承认，但他不得不承认，也许真的会留疤。

"看什么，你怕我讹你啊。"池明知直笑，"我是那种人吗？"

宋天暮失去了和他贫嘴的兴趣，把剩下的纱布收好回到床上准备睡觉。池明知把空调调得很低，拿了薄被给他盖。这一觉睡得很香，宋天暮没有做梦，他是被池明知打电话的声音吵醒的。

电话是陆凯扬打来的，他对昨晚发生的事情一无所知，池明知简单说了下事情经过，陆凯扬简直要气死了，说要去找人算账，池明知只好让他去派出所算账。

刚说到这里，宋天暮就醒了，他迷迷糊糊地睁开眼睛，池明知用口型说："饿不饿？"

宋天暮摇头，池明知对陆凯扬说："你弟在我家补觉，晚上再说。"

他挂了电话，宋天暮有些蒙地看了看时间，居然已经下午两点半了。

"你睡觉怎么还打小呼噜呢？以前也没发现啊。"池明知说，"早知道给你录下来了。"

"瞎说，我睡觉根本没声音。"宋天暮揉揉眼睛，"我手机呢？"

池明知把手机扔给他，他起身走到阳台给俞野打了个电话，俞野不知道在干吗，附近热闹得很，宋天暮说不好意思，昨晚有点事不方便接电话，明天中午有时间去找他吃饭，带他出去玩玩。俞野说没事儿，他查了景点自己出来玩了，这下子宋天暮反倒有些过意不去，虽然他早就说明自己没时间陪他，但毕竟是和自己一起来的。想了想，宋天暮把陆凯扬的手机号给了俞野，反正陆凯扬闲着也是闲着，出门晒晒太阳有益身心健康。

挂了电话，宋天暮回到卧室，他坐在床上，心想，自己真的打呼噜？不可能啊，室友和陆凯扬都没说过，只说自己睡觉很安静，还是因为昨天熬夜太累了？

周文辉回来的第三天，他外婆就去世了，办完丧事之后他们一家三口又在国内待了十天就走了，这下陆凯扬彻底闲下来，好好地替宋天暮尽了地主之谊，带俞野出去吃吃玩玩。两人很快处成了好哥们，俞野回首都之前，陆凯扬把大家叫到池明知家里吃火锅，他还和俞野约了又约，说开学之后再聚，俨然是当导游当出了感情。

宋天暮本来想拦着陆凯扬，毕竟陆凯扬要负责送俞野去机场，没想到一个不注意陆凯扬就喝多了，宋天暮心想你等着吧，我会和邢琳姐告状的。看来只好自己去送了，这么想着，宋天暮喝了一口鲜榨西瓜汁，几乎已经能感受到闷热到喘不过气的痛苦。

没想到，大家吃完饭之后，池明知按着宋天暮的肩膀没让他起身，说："我开车去送吧。"

池明知的驾照下来有段时间了，虽然上路次数不多，但开车很稳。可还没等宋天暮说什么，池明知就带着俞野出门了。

宋天暮把陆凯扬搬到客房，忍不住开始胡思乱想，他们会聊天吗？应该会吧？不聊天的话气氛岂不是很尴尬？聊天的话要聊什么？一般来说他们聊的话题会是自己，因为他们两个唯一的话题切入点就是自己，哦，也不一定，毕竟一个学校的，还可以聊聊宿舍食堂教学楼或者下水道井盖之类的。

胡思乱想很久，池明知才回来，他给宋天暮带了甜筒和水果，宋天暮舔了一口甜筒，微微眯起眼睛狐疑地看他。

"看我干吗？"池明知问，"你还不谢谢我啊？"

"谢你什么？"

"谢我送你朋友去机场啊。"

宋天暮不理他，起身想去看看喝醉的陆凯扬。

池明知把他的手机拿过来，从通讯录里翻到了俞野的联系方式："我删了？"

宋天暮感到一阵无语，他越是了解池明知越是觉得无语。池明知虽然不在意自己，但觉得自己很重要，是可以依赖的朋友。说不定还在心里想，你哥不是也把你堵在厕所揍过吗，一直以来对你好的人只有我罢了。

"早点订票吧，你不是还要收拾东西？"

"我没什么东西好收拾的啊。"

"你的旧衣服都扔了吧，明天出去逛街买几件新的。"

"我穿旧衣服不配当你朋友吗？"

池明知笑得不行，好像听到了什么超级好笑的笑话一样，宋天暮无语道："你是不是疯了？"

"你知不知道你每次损人的时候都会这样啊？"池明知把两根手指放在眉头，往中间挤，"看到了吗，这样，好像咱们初中物理老师似的。"

宋天暮看他笑，自己也忍不住有点想笑，憋又憋不住，池明知看他这样笑得更厉害了，好像气都要喘不过来，宋天暮也忍不住笑倒在沙发上。

"去看看你哥。"池明知拉他起身，"他要是吐了的话你收拾。"

"你收拾。"

"你收拾。"

宋天暮伸手要和他猜拳，池明知认输，说："好吧，我收拾。"

"算了，还是我收拾吧，你去收拾厨房。"

说完，宋天暮一个人上楼了。陆凯扬很争气，没吐在床上，而是吐在了马桶里，他抱着马桶发晕，毫无形象可言。

"哥。"宋天暮拍拍他的脸，"你去床上睡。"

陆凯扬迷迷糊糊地说："弟啊。"

"干吗？"

陆凯扬醉醺醺地过来抱他："我弟太可怜了……"

宋天暮只觉得莫名其妙。

"跟着妈妈来的，妈妈也不在了……"陆凯扬把脑袋搭在他肩膀上，"等我买房子了留个卧室给你，你不要哭了啊。"

"我什么时候哭了？"宋天暮哭笑不得，扶着他回床躺好。陆凯扬还是不放心，絮絮叨叨地说放心不下他。

"嘘嘘嘘。"宋天暮拍他的肩膀，"我现在挺好的，你不是知道吗？"

也不知道陆凯扬听没听懂。

暑假很快结束，八月底，三个人一起买票回学校，邢琳来接他们，还拿了麻辣兔头兔腿给宋天暮。宋天暮不能吃辣，只尝了一点，最后这些好吃的全都被池明知吃了。

有次宋天暮在池明知家画画，画到很晚就直接留下睡这儿了。

睡觉前，池明知问他："明天早上吃什么？"

"小米粥，水煮蛋，煎馒头片。"

"我不喜欢吃煎馒头片。"

"你怎么这么多事儿呢？爱吃不吃。"

"冰箱里有牛排，等会儿拿出来化一下，明早煎着吃。"

"你是王子吗？"宋天暮受不了地说，"在这儿点餐呢？"

"你说你每次都喜欢和我顶嘴，顶完了还不是要听我的，顶嘴有意义吗？快去把牛排拿出来。"池明知支使他干活。

"想吃就自己去拿啊！"

"我头晕。"池明知捂着早就结痂的伤口呻吟，"脑震荡后遗症。"

宋天暮拿完牛排之后打开台灯，观察池明知的伤口，真的留疤了。

池明知："看什么啊？我都说了不讹你。"

"我还以为不会留疤呢……"

有风吹过，窗帘扬起来又落下，池明知微微偏过头看他，好看的眉眼被台灯映得像一幅古典油画。

"无所谓啊。"池明知笑了一下，"这不是为了朋友嘛。"

开学之后没多久，BBS被收编的消息终于被证实，学校下了命令，校领导也叫人来和他们谈过几次。无论是管理员还是用户都万分不舍，宋天暮更舍不得，他还记得自己之前看过的互联网精神，开放、平等、协作、快速、分享，他们的论坛就是这样一个存在，从小半年前开始，论坛的影响力逐渐从校内扩大到校外，甚至超越了某些小规模商业论坛。

一起创办论坛的学长忙着实习，论坛的负责人现在是池明知，宋天暮很好奇池明知会选择消极对抗还是干脆关掉算了，可他万万没想到，池明知做了个最不池明知的选择。

他没有让论坛进入维护状态或者关闭，而是让它像之前一样照常运行。校方找过他很多次，当然也找过别的管理员很多次，唯一采取不合作态度的人是池明知。

当时别的学校的论坛已经陆续进入了维护或实名制状态，只有他们学校的论坛还在正常运行。宋天暮好像能理解池明知的坚持，但又不是很理解，论坛被收编，强制实名制，并不代表它不能继续用，只是会流失一些用户。

没过几天，物理系有学生在论坛发文举报副教授学术不端，在一片哗然中，爆料者一楼一楼贴出证据，发帖时间是晚上十点。凌晨一点多，池明知接到了学校的电话让他回学校。

池明知答应了，临走之前还抽空上论坛看了一下。

"要删吗？"宋天暮问。

"我还和朋友一起上过他的课呢。"池明知没有回答，而是饶有兴致地把帖子拉到底，仔细看最新一楼贴出来的证据。

于是宋天暮知道他的意思是不删，不删就意味着惹麻烦。

池明知被学校叫去谈话，主要还是两个事情：第一是学校会根据举报进行调查，并做好后续调查结果的公示；第二就是配合实名制，这次的举报让学校更确信论坛实名制势在必行，需要每个发帖人为自己的言行负责。劝池明知配合收编的老师苦口婆心，但看起来也是一副没睡醒的样子。

第二天，被爆料的副教授报警，当事人以及池明知都被警方叫去问话，没过多久，学校发出公告表示会配合警方进行彻查。

池明知的电话是这个时候打过来的，他刚从警局出来，没过一会儿，池明知也回了学校。两个人坐在明亮的教室里相对无言，池明知盯着窗外看了会儿。

"我们要做一个开放的地方，这个地方会用来帮助他人。"池明知说，"所以我们的版规第一条是，希望大家让倾听变得更美好。"

"让表达变得更和谐。"宋天暮无精打采地补充，他看着池明知，鬼使神差地问，"你认识爆料的人吗？"

池明知静静地看着他："你觉得呢？"

"我……"宋天暮想到了那支录音笔，他违心地说，"我觉得，不认识吧。"

池明知笑起来，没有掩饰："坐以待毙是你的风格。"

宋天暮顿住。他再次认清自己与池明知之间的不同，这种不同让他想去追逐，他觉得这会让他不那么软弱，可同时他却忍不住想逃避，有那么一瞬间，他几乎认定，自己做不成池明知那样的人。

可这又有什么关系呢？宋天暮自我安慰似的想，池明知是他这一边的，不是吗？

"你打算怎么办？"宋天暮换了话题。

池明知没有回答。

最后的结果是，学校把论坛保留了，但池明知不想做了，别的管理员也不想做了，管理员集体辞职，论坛进入了漫长的、无休止的维护期。好消息是副教授因学术不端被学校处理，那个发帖学生的身份后来被查出来了，但是他也没被怎么样。

论坛关闭那天宋天暮试着登录了一下，自然登录不上去，他满脸不舍地坐在电脑前，池明知说："不要怀有渺小的梦想，它们无法打动人心。"

"啊？"

"歌德说的。"池明知关了他的电脑，"所以你还有机会当大论坛的管理员，当然我会给你发工资的。"

学校的论坛对他来说只是微不足道的渺小梦想吗？

想到这里，宋天暮突然明白自己为什么那么喜欢追着池明知跑了。

他们学校选课自由度比较高，宋天暮把难度比较大的课都留到了大三大四，于是大三上学期两个人只有三分之二的课重合。有的同学已经去了很出名的大企业实习，更多人还是留在学校安安心心上课刷绩点，当然，还有人像池明知一样已经开始为了留学做准备。

池明知问过他的打算，鼓励他出国，还表示如果钱不够的话自己可以支持。宋天暮之前倒是想出国来着，但他现在突然觉得很迷茫。学计算机，他不讨厌，也不喜欢，他们同学为了参加一个程序设计大赛可以做到废寝忘食，而且感受不到一点痛苦，只有专注于喜欢事物的满足感，两天睡四个小时还一个个精力充沛。宋天暮很少能从学业上体会到这种满足感，让他熬夜看书，他恨不得把书扔学校水池里去再捞出来踩两脚。

说实在的，他画油画的时候都开心得多。宋天暮觉得自己真是后知后觉，人不能投身于热爱的事物只会感到越发痛苦，但是大部分孩子在成年之前都不知道自己到底热爱什么东西。

为了证明自己不是唯一一只迷途的羔羊，他还查过那些出名的艺术家在搞艺术之前都做过些什么，查了才知道，有给人家当保姆的，有当酒保的，有在华尔街搞金融的，有当老师的……宋天暮这下放了心，心想自己还是有无限可能。

这一年年底国内上映了一部东方奇幻电影，宋天暮买了票叫池明知去看，从电影院出来池明知沉默了一路，到家之后才问他："这演的是什么？"

宋天暮："我也没看懂。"

这是谎话，他当然看懂了，他还觉得女主角很可怜，所有男人都喜欢她，但是她永远都得不到真爱，既然这样被人喜欢又有什么意义呢？饿死鬼吃东西的时候只会觉得腹中像火在灼烧，男人的爱对女主角来说就是饿死鬼手里的食物，看似宝贵，却只会平添痛苦。

池明知向来欣赏不来这种弯弯绕绕的东西，之前知名歌手主演的赛车电影上映的时候他倒是去看了两次，还买了光盘。但是宋天暮没想到池明知居然要再看一遍赛车电影，以此治愈看今天这部电影带来的伤痛。

看完电影，宋天暮跑去 QQ 上问陆凯扬：你和我嫂子具体是怎么在一起的？

陆凯扬看着电脑 QQ 上的消息摸不着头脑，他不知道为什么宋天暮要问自己这个问题，想了想，他打字回复：就是那么在一起的呗。

宋天暮又问：那么在一起的，是怎么在一起的？

陆凯扬啧了一声，干脆给宋天暮打了个电话："你问这个干吗？"

"问问不让啊。"

"倒不是不让……"陆凯扬琢磨了一下,"不是她先对我有意思的吗?"

"她对你有意思也得有个理由吧,你们俩在一起之前你和她怎么相处的?"

陆凯扬:"这都多长时间的事儿了,我哪记得!你哥这人你还不了解,人格魅力懂不懂?"

宋天暮无语地挂了电话。他早该知道,这种事情问陆凯扬还不如去问学校里的流浪猫。

大三下学期,两个人都忙得不行,池明知在准备申请 S 大的暑期研学,宋天暮忙着上课和准备托福,他跑去报了个英语班,每天上课上得头昏脑涨。大班的老师讲课都要拿话筒,头顶的风扇转个不停,教室里还是热,上课的人太多了,好在宋天暮视力好,要不然黑板上的字都看不清。

考试在八月底,宋天暮的时间很宝贵,尽管他每天都手痒痒,想回池明知住的地方拿画笔画点东西。因为时差,池明知很少和他聊天,不过他经常会收到池明知的 QQ 留言,问他托福准备得怎么样了,宋天暮烦躁地敲字:不知道!!!

然后他又把三个感叹号删掉换成波浪号,一会儿又全都删掉,糊弄着说:还行。

池明知:不行的话回来就收拾你。

这句话让宋天暮压力很大,池明知托福成绩 113,他感觉自己能考100 就是奇迹了。考完试没几天,池明知就回来了,他在 S 大的暑期研学课程拿了全 A,宋天暮盯着他的结业证书艳羡不已,池明知躺在沙发上吃冰激凌,貌似不经意地问他:"还有几天出成绩?"

"不到一个礼拜吧。"

"你感觉你考得怎么样？"

"还行。"

"怎么又在这儿拿还行糊弄我？你不是说你能考 100 吗？"

"我什么时候说我能考 100 了！"

池明知撸起袖子，挺有气势地说："你考得不好还挺有理是吧？是不是又欠收拾了？"

没过几天，成绩出来，宋天暮考了 101，池明知觉得挺好的，他则觉得怅然若失，确实还行，但是和池明知比还是差了很多。

大四开学以后，池明知递交了 S 大的研究生的申请，宋天暮还是觉得迷茫、犹豫，他知道自己这个人被逼一逼还是能发挥出一些潜力的，但 S 大是个太难太难的目标，对自己来说有些不切实际。他留在国内的话或许也可以先在行业里累积经验，但其实相比之下，他宁愿学点他喜欢的东西，比如说画画，可画画好像又没办法养活他。

看看周围，就连陆凯扬的目标都比他清晰很多，陆凯扬已经开始实习了，实习的公司名气很大，如果陆凯扬毕业之后能正式入职，前途非常可观。邢琳进了学长的创业公司，每天都能学到很多新东西。

宋天暮犹豫过很多次，要不要和池明知谈谈，他实在是很迷茫。可是，在这个时间点谈未来的事，好像总让人觉得惆怅。他们注定会分开，走不同的路，虽然只是短短的两年，但已经足够让两个人的差距越来越大。

没想到池明知比他先谈起了这个话题："想没想好去哪个学校？还不准备就来不及了。"

"我……"宋天暮犹豫不决，"我也不知道要不要继续读。"

"为什么？"池明知很意外。

宋天暮觉得这会儿说不想继续学习之类的话实在是太丢脸了，想了想，他说："不想花家里的钱了。"

其实这也算是一部分理由，陆超英当然愿意供他出国，但是他觉得陆超英没那个义务。年初的时候家里换了套大房子，陆超英又没有印钞机，就算能供他出国也肯定会有压力，他不想给别人带来压力。

池明知："那花我的呗。"

宋天暮：……

他知道池明知从来都没缺过钱，他爸似乎非常后悔因为出轨这事儿失去了大儿子的亲近，毕竟和这个极其优秀的大儿子相比，那个不成器的小儿子实在是有点拿不出手，听说小儿子考高中都花了不少钱，在学校里也不好好学习，被劝退好几次了。池明知和他爸联络得很频繁，他爸在去年首都房价刚涨起来的时候给他买了套房子，不过池明知没去住过。

池明知的妈妈离婚之后转行出版业，也赚了不少，两口子像是比赛谁更爱儿子似的，从不吝啬给池明知打钱，知道他要出国，更是争相支持，出国费用在池明知看来并不算什么。但宋天暮不想要池明知的钱，他觉得池明知对自己已经够好了，他不可能平白无故接受池明知一大笔钱。而且他也不想继续学计算机或者别的相关专业，要是出国学画画他倒是很有兴趣。

刚想把这个打算和池明知谈谈，池明知就说："你是不是不想念书了啊？"

宋天暮："呃。"

池明知："你不会真的这么想吧？"

宋天暮："也不是，我就是——"

"你就是不想继续读了吧？你在想什么？"像是高中的时候抓到他逃课上网吧一样，池明知很显然认为这也是一种厌学的表现。

"我已经要本科毕业了啊！"宋天暮心虚地抬高了声音，"就让我安安心心毕业不好吗！"

池明知彻底无语，抱着胳膊坐在沙发上想了半天。宋天暮时不时偷偷看他一眼，可惜猜不出来他到底在想什么。过了会儿，池明知问："那你想好之后去哪里实习了吗？"

"正在想。"其实他根本没想。

池明知微微皱着眉头说："你要是想好了的话，就按照你自己的计划来吧。"

"其实我的计划是想找个地方学画画"，宋天暮刚想说这句话，池明知就说："找个互联网公司实习吧，反正以后我也想做这方面的。"

宋天暮把还没说出来的话咽了回去，实际上这确实是现阶段最好的选择，他毕业之后可以有份工作养活自己，以后还可以和池明知一起工作。至于放弃向往的东西嘛……这没什么。

宋天暮凭借漂亮的绩点和名校出身成功在一家大公司找了一份实习工作，公司离学校很远，宋天暮又不想出去住。毕业仿佛分开的倒计时，但比起他来说，池明知对分别这件事看得似乎没有那么重，池明知一向不是什么多愁善感的人。

三月初，池明知凭借之前暑期课程全 A 的经历和亮眼的个人履历成功获得了 S 大的录取信。宋天暮毫不意外，池明知的课不是白上的，比赛也不是白参加的，说实话，宋天暮身边努力的人很多，聪明的人更多，但像池明知一样聪明又努力，同时目标明确、执行力超强的人很少。宋天暮不禁怀疑这是不是因为池明知没有什么浪漫细胞，不会像自己一样浪费精力想东想西。

毕业前一天，宋天暮请假回来和池明知一起吃了顿还算丰盛的午饭，又把自己的东西简单收拾了一下。他问池明知："你行李都收拾好了吗？"

"没什么好收拾的。"池明知说，"我这两年可能都不回国了。"

"放假也不回了吗？"

"回来也没什么事儿，想早点把学分修完。"

毕业典礼那天下了小雨，天阴阴的，毕业生们站在礼堂里挨个和校长握手，宋天暮低头看看自己的毕业证，仿佛还能闻到报到那天宿舍楼里浓重的消毒液味道。学校周围的餐馆以后可能没机会再吃了，前天大概也是自己最后一次进图书馆。时间过得好快，一转眼就消失了，想抓也抓不住。

分岐

/ CHAPTER 07 /

　　池明知走了，宋天暮在科技园重新租了个房子。他应聘的是社区运营岗，带他的是个戴圆眼镜的男生，宋天暮管他叫涛哥。他怎么看那副眼镜怎么觉得熟悉，后来才知道人家是哈迷，特意买的哈利·波特同款。

　　和他同期来的六个实习生只留下两个，宋天暮就是其中之一，他签了合同顺利入职，带他的涛哥对他很看好，夸他思路清晰执行力强，宋天暮觉得很迷惑，这两个词和自己有关系吗？

　　宋天暮上大学的时候，有段时间天天登他们公司的论坛，签到差不多六百天的时候忘记续签，断了纪录之后一气之下就没再登过了。

　　论坛商业化是去年的事儿，前期一直在烧钱，但是凭借庞大的用户群，公司融到了不少钱，处处透着一股财大气粗的架势。自然，宋天暮的工资也还可以，吃饭就在公司食堂，除去房租之外根本没什么花销，他把工资的一半攒起来，另一半大多用来接济陆凯扬，或者给家里买东西，尽管陆超英一再强调不用，还给他打过几次钱。

陆凯扬则一边说不要不要，一边接受了他的救济，没办法，陆凯扬花钱实在是太没节制了，他根本就对钱没什么概念，看到喜欢的东西不管有用没用都要买。和邢琳在一起，也是出去下馆子的时候比自己在家做饭多，邢琳和他谈过，他不当一回事，反正还年轻，瞎祸害呗。祸害来祸害去，还是祸害到宋天暮头上，好在宋天暮从来不和他计较。

池明知出国之后，陆凯扬私下里问过宋天暮，他想知道，自己弟弟要不要也出国读书，实际上宋天暮心里也没什么数。

那段时间他们社区请了一些大神来做内容，但是效果不怎么好。毕竟社区最辉煌的时候已经过去了，用户多了帖子质量就会下降，下降了就不能吸引到更多新用户，要是一直像现在这样，只是等着被替代而已。

涛哥一开会就擦眼镜，一擦就要擦十来分钟，要怎么搞呢？要怎么搞才能拉来很多人，让他们持续输出优质内容，然后再靠着这些优质内容拉来更多的用户，然后卖很多很多广告让老板发家致富呢？

当然现在也能卖很多广告，老板也已经发家致富了，但老板觉得不够，老板不满意，涛哥就上火，涛哥一上火，就回办公桌拿"魔杖"到处挥舞，宋天暮每次看到都觉得很搞笑。

宋天暮觉得与其花钱请大神还不如搞造星运动，他一直在想办法提高用户输出意愿，还特意去研究了游戏心理学。涛哥很认可他的方向，论坛对精品帖的奖励机制一直在优化，曾经把宋天暮恨得牙痒痒的断签，现在只需要消耗一定数额的虚拟币就可以补签了，如果帖子被加精就可以获得额外的虚拟币。他们还开了个线上商城，卖一些论坛周边，个能花钱买，只能用虚拟币买。这些举措一定程度上扭转了论坛的颓势，比起宋天暮，另一个同期进来的同事只能算得上表现平平。

涛哥说明年想给他升职，宋天暮问涛哥升职会涨工资吗，涛哥说当然会啊，租房补助也会涨，于是宋天暮提前买了一套好画具奖励自己。

尽管买回来也只是在床边堆着，他很少有时间碰。

十二月底，宋天暮飞了趟加州，这里阳光充足，宋天暮很喜欢这里的天气。池明知开车去接他，开车的时候他们互相交流彼此最近的生活，看不出有什么生疏，宋天暮说自己只能在这儿待两天，他是过来出差的。

宋天暮问他学习忙不忙，池明知说："如果不浪费时间的话就不忙。"

"你的意思是接待我算浪费时间吗？"

"我的意思是让你不要总是想着玩儿，好好工作，时间挤一挤就有了。"池明知总是担心宋天暮不求上进。

宋天暮从池明知淡淡的黑眼圈里能看出他肯定很忙，回到池明知离学校二十分钟左右车程的公寓，宋天暮更加确认了这个想法。这里还算干净，但沙发上堆着几件换下来没洗的脏衣服，过去这种情况是不可能发生在池明知家里的，除非他实在忙到没时间收拾。

池明知去冰箱里拿水给他喝，两个人一起靠在沙发上聊一些有的没的，宋天暮提起他们公司有个同事喜欢《哈利·波特》，池明知说有时间的话他们俩可以去 E 城玩玩，罗琳就是在那儿写的《哈利·波特》。过了会儿，池明知没了声音，竟是睡着了。

第二天，宋天暮在池明知的陪伴下逛了逛他的学校，他和池明知说自己明年可能会升职，池明知就夸他"挺厉害的啊"。

晚上池明知带他和自己朋友一起去吃饭，宋天暮庆幸自己没把英语落下，不至于听不懂他们说什么。他突然想起自己初中的时候在池明知家里读英语课文，池明知一脸痛苦的表情，耐着性子纠正他的发音，一遍又一遍。

两天时间很快就过去，宋天暮离开，加上转机一共坐了二十多个小时的飞机。倒时差倒得一团乱，他在飞机上睡了几个小时，下飞机之后收拾一下换身衣服就要挤地铁上班了。

　　涛哥溜达到他的工位，问他请假干什么去了，宋天暮强忍困意说私事，涛哥问他怎么困成这样，宋天暮摆摆手，困倦到一个字都不想多说。

　　年底的时候宋天暮他们策划了一个活动，那段时间整个首页都飘着有关异地恋的帖子，病毒一样扩散，好像全世界都经历过异地恋。有个用户说虽然已经分手了，但还是留着去见她的火车票，因为每次去见她都会让她在火车票上签个名，自己也签一个，然后在中间画个心。扔了车票，就好像把两个人的心也扔了似的。

　　这个活动是和一个票务公司联动的，效果很好，全组结束了小半个月的加班，一起去喝酒吃饭，宋天暮喝多了，打车回家之后跪坐在马桶边上吐了一通又一通。那个季度宋天暮绩效考核拿了 A+，存款也稍微多了些。

　　毕业后的 1 月初，宋天暮接到了他爸的电话。

　　十年，父子俩只见过一面。他爸不知从哪儿打听到他的电话，宋天暮接起来，只听他爸磕磕巴巴地说了很多，似乎怕宋天暮误会什么。他爸说自己出狱了，现在挺好的，在宋天暮姑姑家住着呢，让宋天暮注意身体，有空了可以回家来看看。

　　宋天暮说："嗯，我今年过年回去。"

　　一转眼年假来了，宋天暮拿了优秀新员工奖，他和陆凯扬一起回家过年，两个人手里都拎了不少东西。到家之后，陆凯扬神秘兮兮地把宋天暮叫到房间里，掏出一个大红包。

　　宋天暮愣了一下。

　　陆凯扬很酷地说："给你你就拿着。"

　　宋天暮："你还钱的态度还挺横。"

　　陆凯扬："什么！什么还钱！这是给你的红包！哥哥给弟弟包红包，

弟弟就是这个态度吗？"

宋天暮把红包收下，掏出给陆凯扬和邢琳买的情侣表，让他回去当作情人节礼物补给邢琳。陆凯扬嘿嘿地笑着，把自己的那块先戴上："这怎么好意思，哎呀，这个多少钱啊？"

宋天暮学他的语气："哎呀，我看你挺好意思的啊。"

晚饭时，宋天暮把大年初二想回家一趟的事说了，陆超英说好，还拿了些钱给宋天暮："和你爸爸说是你给的，听到没？"

宋天暮自然不肯要，陆超英看拗不过他，也就算了，叹了口气说："你爸爸要是真的改过自新了，你也不要和他太生疏。"

陆凯扬搞不懂为什么宋天暮还要回去，宋天暮他爸之前对他也没有多好，又坐了牢，搞得他以后干什么都很麻烦，现在出狱了，知道找儿子了，宋天暮还答应回去，很显然，这种行为不被陆凯扬理解。

"你弟弟这么做是对的。"陆超英说，"对身边的人别太苛刻，要懂得包容和理解别人，给别人机会，你尤其要注意这一点，听到没？"

陆凯扬不情不愿地说："哎呀，听见了。"

吃完饭，陆凯扬和宋天暮一起刷碗，他放低了声音问："你干吗回去看你爸啊？"

宋天暮把碗上的泡沫冲掉，想了想，说："感觉他挺想我的。"

大年初二，宋天暮回到了老家，大雪漫天飞舞，宋天暮下了飞机又转火车，没想到他爸早早就来到火车站的天桥处等他，也不知道等了多久。两个人一起回了姑姑家，宋天暮把礼物放好，给了家里的小孩子红包，大家坐在一起吃迟来的团圆饭。

父子再见，他爸很激动，但是因为缺席儿子的生活太久，他不知道要说点什么，宋天暮就给他说说转学之后上了哪所初中、高中、大学，现在在干什么。他爸听不太懂，但是一直在点头附和。两人去祭拜了爷爷奶奶，宋天暮又在家里待了两天就准备回首都了。

离开之前，他给了他爸一笔钱，这笔钱是他存款的三分之二，他希望他爸能自己做点什么小生意，可他爸坚决没要。最后在宋天暮的坚持下，他爸只拿了一千块，说自己已经找好了工作，年后搬出去，总住在这儿他表哥表嫂也有意见，这一千块拿来租房子，等发了工资会还给宋天暮的。

"不用还了。"宋天暮说，"想我了可以给我打个电话。"

他爸张开胳膊抱住宋天暮，用力拍他的后背，眼圈红红的。

回去的车上，宋天暮拿出手机给自己写备忘录，他写了很多字：比如，我爸出狱了，我觉得他老了很多，我初中时候吃的那家馄饨店居然还开着，又比如，我在去给爷爷奶奶扫墓的路上看到了一只兔子。写完了，他又觉得很无聊，一句一句地删除掉。

"年底拿奖的时候近距离观看老板，我发现他好像咱们高中德育主任"，他打下这行字，发给池明知，然后把手机收好，靠在窗边假寐。旁边有个小孩在哭，他妈妈掏出手机放歌给他听，是热热闹闹的一首粤语歌，宋天暮没听懂歌词。后来他才知道那首歌叫《祝福你》。

再开工又是忙忙碌碌，老板给每个人的工位上都放了开工红包，宋天暮打开一看只有一百块，他心想要是自己当老板了肯定不会这么抠门，但是也不一定……不一定吧。

宋天暮也要带实习生了，是老乡，还是他学妹，机灵又努力，宋天暮带着她熟悉业务，很希望她能留下。最后那个小姑娘果然留下了，部门聚餐的时候灌翻了一桌人，宋天暮连胆汁都差点吐出来，他搞不懂怎么酒量好的人这么多。

开工之后没多久，涛哥找到他，夸了半天他去年的成绩，宋天暮嗯嗯啊啊地应付着，等着他的下文。涛哥说上级想让宋天暮负责新的版块。

"新的版块？"

涛哥说了很多，比如说这个新的版块你来做肯定会给你很高的自由度，你想怎么做就怎么做，做出来成绩就是你的等等。

宋天暮知道这是一件不公平的事，要是真的对自己有益，涛哥就不会这么心虚，不会说这么多。不过宋天暮没有废话，他最不喜欢和别人争论，不能改变的事，除了接受还有什么办法呢？

"多给我批几天假。"宋天暮提出了唯一的要求，涛哥忙不迭答应下来。

于是整个部门都知道宋天暮明升暗降，上面让他去把半死不活的版块盘活，干好了是应该的，干不好是能力不行，一起去的还有学妹。

宋天暮去新版块做了一个多月，新版块的日活①明显上升，但是还达不到上面的要求。宋天暮压力很大，天天加班到很晚，加烦了就玩一会儿《跑跑卡丁车》，他最喜欢玩夺旗模式，有他在的队一般都会赢。

别的同事工作之后都胖了，只有宋天暮瘦了，因为他心情不好的时候就没食欲，他一看到老板那张脸就心情不好，老板天天来公司，他天天都没食欲。

事情终于在五月底有了转机，因为一次精心策划的炒作事件，版块流量迎来一波暴涨，他总算能松一口气，处理好手头的工作后把自己没休的假休了，买了票去加州找池明知。

池明知的家比几个月之前更乱了一点，看来他真的忙到了一定程度。

"你要看国家体育场吗？"

"啊？"

宋天暮拿出手机给池明知看他拍的国家体育场。

池明知微微皱着眉头说："真的很像……很像鸟巢。"

宋天暮因为这句话笑了很久，他还以为池明知这么一本正经的，要

① 日活跃用户量，常用于反映网站和互联网应用的运营情况。

说出点什么意见呢。带着借口匆忙地来，再带着借口匆忙地走，经历漫长的旅途，令人混乱的倒时差，宋天暮在这次的机票上画了个简笔鸟巢。

回首都之后没多久，陆凯扬约他周末聚餐，来的人除了陆凯扬、邢琳之外还有一个熟人，邢琳的闺密小雪。那姑娘看上去还是一副乖乖女的样子，在 J 国读书，这次回来是因为身份证到期了要办新的。她回 J 国之前特意来首都找邢琳玩，陆凯扬想着反正也是聚，人多热闹，就把宋天暮叫上了。

他们一起吃铜锅涮肉，邢琳和小雪闲聊着，宋天暮这才知道小雪是学油画的，读的学校叫 TAU，是很多著名设计师和导演的校友。

宋天暮下意识问："你们学校好申请上吗？"

"哎？"小雪想了想，"说实话，不是很好申。"

这是比较委婉的说法，作为御三家之一的 TAU 申请难度自然不会低，不过那几年去 J 国留学的人不算太多，竞争还没那么激烈。

陆凯扬看看他："弟，你问这个干吗啊？"

宋天暮说："帮朋友问的……不是艺术生也能申请吗？"

"可以的啊，这个没限制，但是可能会学得很难，毕竟很多美术生都不敢考。"小雪说，"不过也不一定，万事皆有可能嘛，因为录取什么的其实有一点看运气。可能你觉得自己准备得很好，但面试的时候莫名其妙就被拒绝了，也可能他们觉得你很适合学校所以就会让你留下来，被录取的话这边的老师和助教人都还不错，不过最重要的还是作品吧，作品集很重要。"

宋天暮点点头，话题转向别处。

铜锅里咕嘟咕嘟地冒泡，三个职场人聊起了上班的事，无非是骂老板，吐苦水。

"不知道我毕业之后可以做什么。"小雪也很惆怅。

"你可以卖画啊。"陆凯扬说，"你们艺术家不是都很有钱的吗？"

小雪把自己身上的帆布包举起来给大家看，包沾了洗不掉的油画颜料，还破了个洞。宋天暮早就注意到了，他还以为是什么特别的设计。

"我的体形好几年都没变化了，胖一点就马上减肥，因为我舍不得买新衣服……"小雪叹了口气，一副丧到无边无际的样子，"你们知道凡·高很穷很穷吗？"

剩下的三个人赶紧说这顿饭他们请，纷纷鼓励小雪一定要坚持下去。最后那顿饭是宋天暮请的，大家吃完了之后出去遛弯，首都的夜燥热又拥挤，陆凯扬和邢琳挽着手臂走在前面，宋天暮和小雪在后面闲聊。宋天暮劝她放平心态，不要给自己太大压力。

"还好吧，毕竟是因为喜欢才学的。"小雪说，"我家里也很支持，但是我已经花了他们好多钱了。"

陆凯扬叫他们快点跟上，小雪抱着自己的破洞包跑了过去。

下半年，宋天暮又挤出时间飞了几次加州，路上的各种票据加起来也有薄薄的一沓。他还考了驾照，买了辆便宜的车，存款有了点又花出去，但终归还是增加了。

跨年这天，宋天暮和同事们一起组织线下活动，大家忙到晚上十一点多才有时间吃饭。别的同事都走了，只剩涛哥、宋天暮，还有学妹等着收尾，不远处是搭建好的舞台，好多出来玩的年轻男女聚在一起合影。

涛哥买了盒饭给他们，学妹无语了："不是说去店里吃吗？这么冷的天就让我们在外面吃啊？疯了吧。"

宋天暮打开盒饭要吃，学妹把盒饭抢过来放到一边，拉宋天暮起身说："走了，找个地方吃一口再回来。"

涛哥说："'有理'，你能不能别这么无组织无纪律的？"

学妹叫文尤里，但是因为她的行事作风，大家都管她叫"有理"。

文尤里翻了个白眼，一副要和他好好理论理论的样子。涛哥赶紧举白旗投降，带着他们历经千难万险才找了个小店，要了点馄饨炒饭拌菜。吃完了，涛哥和文尤里走在前面，因为晚饭的安排问题打嘴仗，宋天暮走在后面，突然听到不远处传来的欢呼声。

文尤里呜呼一声跳起来说："新年快乐！"

一月开始，一场大范围雪灾就持续在南方蔓延，宋天暮接到陆超英的电话，陆超英说家这边的雪下得很大，电视台一直在播报相关情况。

宋天暮觉得新奇，上次他们那边下雪还是在好几年前。但很快新奇就转变成了担忧，几十年难遇一次的大雪给南方带来了很大的麻烦，南方的水管根本禁不住这样的低温，冻裂是常有的事，更别提对交通的影响。雪灾造成了很大的影响，网站开了专题，帮大家互通消息，祈福，发布募捐信息。

忙到天昏地暗时，他接到了池明知的越洋电话。池明知如他所言，提前修完学分回来了。算一算，两个人分开差不多一年半，说话的时候却并没有多么生疏，宋天暮知道池明知前段时间成功拉到了投资，找到了自己的研究生同学当合伙人，还联络好了本科的一个学长入伙，当然一起的人还有宋天暮。

池明知让宋天暮来接自己，宋天暮硬是请下来半天假回去好好洗了个澡，剪了头发，换了新衣服，冒着大雪开车去接人。雪太大了，只走了下车到机场的短短一点路，宋天暮的肩膀上都堆了一些雪。他看到池明知，有些笨拙地挥手，池明知拎着行李走过来，笑着说："你等多久了？"

宋天暮："没多久。"

宋天暮提前找保洁收拾了池明知他爸给他在首都买的房子，这会儿把池明知送到楼下就要回去加班，池明知很惊讶："不是到下班时间了吗？"

"我们没有下班时间。"

"这么惨。"池明知许诺他，"到我那儿就有了。"

宋天暮嗯了一声，开车回去了。早上涛哥还和他谈升职的事情呢。回去之后，又是忙到快九点才下班，同事们都走得差不多了，宋天暮玩了一把《跑跑卡丁车》，关掉电脑，转过椅子打量着这个地方。

还挺舍不得的。虽然老板很讨厌，但是工资给得多，分红奖金也给了不少。食堂的饭好吃，打饭阿姨每次都会给他多盛一些。同事们人也很好，他从大家身上学到了很多东西。之前觉得不公平的事情，现在看看其实也不算什么，毕竟老板说的都是真的，真的给了他很高的自由度，真的给了他很大支持，做出来的成绩也真的算他的。

不过没办法，还是再见吧，反正早晚要再见的。他给人事递交了辞呈，老板和涛哥都来找他谈话，给他开了很诱人的条件，但宋天暮拒绝了。

一个月之后，宋天暮成功离职，加入了池明知的团队。

池明知想做的是社交，好像那个时期创业者们都对 SNS[1] 产品很感兴趣，他带着自己的第一笔投资，以一种锐不可当的气势进入了市场。一个"城市出逃"的概念像病毒一样四处蔓延，他们的产品白鸽靠着这场营销打开了局面，然后，推广活动接连上线，这款主要面向大城市年轻白领的 SNS 产品很快就流行开来。

宋天暮依然负责运营方面，几乎每场重要的线下活动他都要到场，他想起之前池明知承诺过的"让他有下班时间"，不禁认为这就是一句哄骗的话，半夜十二点下班算有下班时间吗？

但他没什么好说的，池明知也很忙，可能睡觉的时间还没他多，而且池明知给他开了很高的工资，高得让他有点不好意思，不过转念一想这是投资人的钱，又不是池明知自己上街捡瓶子挣的，便心安理得地接受了。

团队里每个人的学历都比他高，宋天暮觉得和这群人共事倒是不累，

① 社交网络服务。

学到的东西比他之前那个公司还多，只是压力很大。也不知道是忙还是压力大，他铁打的胃第一次出现了问题，有一天他早上起来喝水的时候突然觉得胸口一阵剧痛，他有些发蒙地喝了剩下的水，又是一阵剧痛。反反复复了几天，他抽时间去医院一看，被诊断为反流性食管炎，开了药吃，好了又犯，犯了又好，烦人得很。

宋天暮想推广的方法想到头疼，他说："我们可以学那个谁发鸡腿。"

池明知："哦，发鸡腿，炸鸡腿还是烤鸡腿？炸鸡腿的话去快餐店拿货。"

宋天暮忍不住笑了起来，好像被"发鸡腿"这三个字戳到了笑点。虽然发鸡腿没什么好笑的，但他就是很想笑。

办公室里只有他们两个，这会儿已经是晚上九点，宋天暮笑着笑着就觉得胸口和胃疼，池明知看他表情不对，问："怎么了？"

宋天暮若无其事地说："没事，想吃鸡腿了。"

池明知开车带他出去转了一圈，没找到卖鸡腿的，只好打道回府。宋天暮在池明知家住下，他本来都觉得好点了，躺了一会儿，又胃疼得睡不着，他想让池明知下去给自己买点药，一看池明知已经睡着了，只好作罢。宋天暮睡不着的时候就会想很多，想来想去的，也没在脑子里留下些什么。

第二天是周一，宋天暮照常去公司上班，下午两点多，他还在电脑前写方案，今天他的胃还算给力，吃完午饭也没什么异常。也不知过了多久，公司里的气氛突然变了，池明知让他赶紧上网看看，宋天暮随手打开浏览器，门户网站的头条全都是有关地震的消息。

宋天暮错愕地看着突如其来的新闻，八点零级地震，他过了会儿才想起来给邢琳打电话，邢琳在电话那边哭得不行，她说她爸爸妈妈在山城，暂时没什么事，但她舅舅外婆一家离地震中心地很近，一直联系不上。

一直到下班，公司的气氛都很低沉，隔壁公司有个女孩子在楼梯间哭了很久，宋天暮下楼的时候看那女孩子蹲在地上看手机，哭得头发都乱了。他想说点什么，又觉得说什么都不合时宜，把兜里的面巾纸放在楼梯台阶上就离开了。

宋天暮回到家打开电视，各大电视台都在播救灾消息，他看了一会儿就觉得胸口发闷，可又不想关掉电视。公司组织捐款，大家都没吝啬，倾尽所能。

一个礼拜之后是全国哀悼日，下午两点二十八分，街边的汽车停下鸣笛，同事们站起来默哀，白鸽的界面变成了黑白色，输入框的下方多了一朵小小的雏菊。

万幸的是，邢琳的舅舅一家后来联系上了。

那一年发生了很多大事，几个月之后，国际体育赛事在首都开幕，陆凯扬托人弄到了票，和邢琳一起去看开幕式，他终于实现了自己高中时的愿望，也没让陆超英砸锅卖铁。

对宋天暮来说，这一年在他身上发生的大事，就是他竭尽全力供养的白鸽在年底的时候拥有了超过三百五十万注册用户。池明知拉来了第二轮融资，新功能上线，注册用户突破四百万。

庆功宴上宋天暮本来没想喝酒，但是池明知对大家说，今天的成绩离不开宋天暮，感谢他的 COO（首席运营官）。然后宋天暮喝了池明知敬的酒，又喝了大家敬的酒，很快就喝多了。

庆功宴结束前，宋天暮跑去卫生间吐到想死，他真的有一种灵魂出窍、轻飘飘的感觉，长期的睡眠不足让他的身体出现了很大的问题。他做得太多了，因为怕自己能力不如别人，只好多做一些，大家都说他很好，和他合作很舒服，可他只觉得每天都过得很紧绷，他不想成为团队里的闲人。

池明知没有亏待他，给他在公司附近租了很好的房子，换了车。他也从来都没有过这么多存款，所以他没有任何抱怨的理由，没有任何不平的理由，没有任何不满的理由。这句话颠三倒四地在脑子里转来转去，他又忍不住弯腰吐了出来。他忘记自己那天是被谁送回家的，第二天醒过来之后只觉得浑身疼到爆炸，躺在床上缓了好久才缓过来。

好不容易等来年假，宋天暮只觉得疲惫不堪。陆凯扬在过年的时候对大家宣布，他准备结婚了。陆超英没想到儿子会这么快敲定人生大事，宋天暮也没想到。

"我们早点结晚点结都无所谓，又不急着买房子，先在首都租房住嘛，到时候回家办个酒就好了。"

陆心蕊捧着脸尖叫起来，她觉得结婚就是穿着漂亮的大裙子走来走去。

陆超英说："怎么这么着急？结婚了没房子怎么行？"

"首都房价六万多一平，买套房还了房贷就喝西北风去了，我们俩的打算是先在这里干几年，以后有可能回老家发展。"陆凯扬一副心里有数的样子，又放出了一个重磅消息，"邢琳怀孕了。"

宋天暮：……

"胡闹！"陆超英差点被他气死，"人家女孩怀孕了还跟着你租房住？你要是想在首都买房的话——"

"这是我们两个人的决定，我不会亏待我老婆孩子的，好吧？你儿子我挣得也挺多的，现在钱全都给她管，我们存钱的速度很快。"

可宋天暮和陆超英都觉得不太好，主要是怕邢琳家里人不满意，他们家的旧房子重新装修一下倒是可以当婚房，可邢琳总不能怀孕了还住出租屋，再说回来发展未必能有在首都发展好。宋天暮劝他在首都买房，还说要赞助一部分首付，陆凯扬严词拒绝。

婚礼定在五月份，陆超英忙着装修旧房子，准备去山城见邢琳父母。

可是过完年之后没多久，邢琳就自然流产了，宋天暮请了假去看她，她的状态倒是还好，觉得大概是和这个孩子没缘分，已经发生了的事情，不接受还能怎么样呢，反倒是陆凯扬一副失魂落魄、缓不过来的样子。

孩子没了，邢琳想取消婚礼，可陆凯扬觉得不管孩子有没有留住，只要有过，他就是孩子爸爸，做了爸爸，自然是要结婚的，结了婚不着急要孩子，什么时候邢琳想要了再说。于是婚礼最终定在十月。

可能总是觉得对邢琳有所亏欠，陆凯扬改变主意，决定在首都买房，陆超英卖了旧房子给他拿了首付。宋天暮想着他们以后总会要孩子，买太小的住着也不方便，就资助了一笔钱让他买了套面积大的，陆凯扬还写了个欠条，搞得宋天暮很无语。

"我都要结婚了，你有什么打算吗？"陆凯扬问他。

宋天暮说："没有。"

长久的沉默。

"你胃好点没有？"

"嗯。"

"弟。"陆凯扬微微皱着眉看他，"为什么老是不开心？"

宋天暮不知如何回答，找了个理由离开了。

年后他忙碌的程度和年前差不多，但适应了这种节奏也还好。

四月的时候池明知飞了趟A国，他走的第二天，宋天暮去他电脑里找东西，可一时之间不知道他的开机密码，池明知的电话打不通，宋天暮只好试了试池明知的生日。没想到一下子就猜中了，宋天暮心想是谁说的只有笨蛋才会拿自己生日当密码。

池明知的电脑基本上24小时不关机，所以他的QQ还登着。宋天暮突然很好奇他给自己的备注是什么，点开一看，只是普通的"宋天暮"而已。

刚准备把QQ最小化，他就看到了联络人栏里的一条消息。

"别闹。"

那个联络人是公司的一个同事，叫陈硕，是和池明知从美国一起回来的校友。他点开看，那条"别闹"是池明知发的。

再往上翻，两个人的聊天记录很多，大多数都在聊工作，只有最近的聊天记录有一些私人的事情。

陈硕：你和宋认识很久了吗？

池明知：是。

陈硕：有时间的话协调一下，减少我们俩直接工作接触吧。

池明知：为什么？

陈硕：他不够专业，和他合不来。

池明知：但是他很努力。

陈硕：努力不代表什么，只代表会努力，你不能因为他是你朋友就让他干那么多重要的事，很影响我。

池明知：有时间再说。

陈硕说自己要过生日了，想让他送自己个礼物，池明知问喜欢什么，陈硕说送幅画挂家里吧，池明知说好。

宋天暮拿了资料之后离开他的办公室，坐在电脑前发了半天的呆。

三天之后，池明知回来了，宋天暮胃病发作，实在是爬不起来，就请了一天假，晚上的时候，池明知下班顺路来看他。

"怎么搞的，还生病了。"池明知坐在他床边，"去医院了吗？"

宋天暮说："去了。"

池明知看了看他墙上挂着的画，问："也是你画的吗？"

宋天暮点点头。

池明知说："有时间给我画一幅。"

"啊？"

"送人。"池明知说。

宋天暮觉得自己幻听了："送人？"

"陈硕管我要的。"

宋天暮失笑。

外面开始下雨，路上的积水映出世界的影子，天地倒转。

"怎么了？"池明知也看向他。

宋天暮摇摇头说："没怎么。"

雨下大了点儿，池明知走了，宋天暮躺在床上，目光呆滞地看着天花板。胃里一阵抽搐，他伸手按住。雨滴打在水洼里，虚幻的倒影破碎变形，被银月映出错乱的影子。

为什么？

晚上十点多，陆凯扬给宋天暮打电话："弟，跑不跑啊？"

他说的是《跑跑卡丁车》，这个游戏他玩得也很上瘾，经常找宋天暮一起玩。

宋天暮："不了。"

过了会儿，宋天暮从床上起身，穿衣服下楼。雨好大，路上很堵。他漫无目的地开了一会儿，路过一个珠宝店，停下。

店员过来接待，宋天暮问："有对戒吗？"

店员拿了很多给他挑，最后宋天暮挑了一对，十二万八。

他回到车上给陆凯扬打电话，问他在家没有，陆凯扬说："这个时候当然在家啊。"

于是宋天暮开车去了陆凯扬家，陆凯扬和邢琳都很惊讶，问他怎么这么晚还出门。宋天暮拿出礼物盒。拆开，上面的钻石在灯光下发出璀璨的流光。

"我来给你们送结婚礼物。"

陆凯扬愣了："这么晚送什么结婚礼物，你怎么了？"

宋天暮慢慢地说："我可能没办法参加你们的婚礼了。"

陆凯扬和邢琳对视一眼，拉他坐在沙发上。邢琳去厨房泡姜茶给他，陆凯扬蹲在他身前问："你到底怎么了？"

"我只是……"宋天暮低下头，指甲把掌心掐得很疼，"我只是觉得自己……太愚蠢了。"

宋天暮压抑许久的困惑喷薄而出，他觉得自己愚蠢到一定境界，一直以来，他为了追逐池明知，为了成为自己那个幻想中的影子，无视爱好理想准则，把能舍弃的全部舍弃，可最后在池明知心里自己仍然不被认可。他活成了自己意想不到的样子，他真的没想过自己会走到这一步，最后一无所得。

十一年，四千多天，时间给我留下的只有这个。

不顾及我的感受，一丝一毫也没有。但是现在这个局面由我亲手造成，是我自作自受，自食苦果，所以我只能说一句，我觉得自己太愚蠢了。除此之外，我没有资格说其他。

过了很久，宋天暮终于抬起头来，精疲力竭地说："我先回去了。"

陆凯扬哪里肯让，把他的外套脱了扔在一边，带他到卧室让他躺下。宋天暮突然觉得胃疼到难以忍受，十二点多，邢琳开车带他们去医院，两个人陪宋天暮输液。

熬了一夜，大家都在沉默，五点多的时候天亮了，陆凯扬突然问："为什么不能来参加我们婚礼？"

宋天暮沉默一会儿，说："我不想再看到他了。"

邢琳显然也知道这个"他"是谁，在陆凯扬开口之前，邢琳说："那我们可以不请他。"

宋天暮摇了摇头："我可能过段时间就要走了。"

邢琳问："去哪儿？"

"想出去学点自己喜欢的东西。"宋天暮的声音又变得若无其事。

宋天暮和公司说自己最近身体情况不好，已经到了去医院的地步，所以想找人交接一下手头的工作，暂时休息休息，公司同意了。池明知打电话问他怎么了，说想去看看他，宋天暮说自己在陆凯扬家住，不太方便，改天再说。

他找了中介，报了语言班，准备在最短的时间内通过语言考试，然后申请 J 国的语言学校把语言学好，再继续申请想去的大学。其实去哪里都无所谓，他只是想赶紧走，离首都，离现在糟糕的情况越远越好。

他也没想到自己对这件事反应这么大，甚至不是一件大事，但他就是没办法接受。

过了一段时间，公司收到了宋天暮的辞职信。辞职信很简单，只有两句话：我觉得自己并不适合这里的工作，希望离开。

池明知打来电话问他在哪里，宋天暮说在家，于是没过多久，池明知就过来了。宋天暮给他开门，池明知站在门口，还是那样挺拔、英俊，仿佛一辈子都不会改变。

池明知进来，带上门，问的第一句话是："为什么辞职？"

"邮件里写了理由。"

"如果你觉得太累的话……"

"我的理由已经写得很清楚了，我不适合公司的工作，我也不喜欢在公司工作。"

池明知微微皱起眉来："不喜欢？"

宋天暮安静地打量池明知，仿佛第一次见他一样："是的，不喜欢。"

"你对哪里不满意？"池明知仍然保持着那副不解的表情。

"为什么要这么自以为是呢？"宋天暮真的想笑了，"我都说了我的理由，为什么你还要相信自己的那套说辞？"

本来什么都不想说，看到池明知又涌起了强烈的反感，为什么在池明知那里一切都理所应当啊？

"我来这里只是因为你而已，想让人肯定我，不是很好理解吗，你真的以为我特别愿意干这些啊？"

砰的一声，隔壁邻居开门，小孩子吵吵闹闹的声音在房间里回荡。池明知愣在原地，脸上只有愕然。

"为什么这副表情啊？"宋天暮说，"你觉得很不可思议吗？"

"我念实验是因为你觉得我能上实验，改志愿是为了追上你的脚步，辞职是为了帮你创业，你不会觉得这一切都是理所应当吧？"

本以为说这些话的时候会很难过，但他现在觉得很好笑，只是单纯觉得好笑。

"到现在你还在不理解些什么？"宋天暮不解地说，"你一点都没有在意过身为你好朋友的我的感受，不是吗？"

池明知张了张嘴，似乎想说什么。池明知只是用那种不可置信的眼神看他，没有回答，漫长的沉默。干涸水洼里的泥鳅扑腾了一下，然后在更加剧烈的阳光到来之后彻底不动了。

宋天暮的心仿佛气球一样，轻飘飘，他觉得自己实在是好笑到一定程度。他顺手从鞋柜上拿了幅装裱好的画扔给池明知："你要的东西，给你，再见吧。"

他把池明知推出去，砰的一声关上门，转身往卧室里走去。

门口传来了拍门声，越来越大的拍门声。

"宋天暮！"

宋天暮曾经以为自己到死也不会有勇气说出这些话，但是真的说出来了，他发现也没什么，很普通、很平常地说了出来。他知道池明知很

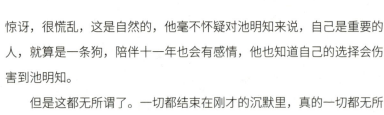

惊讶，很慌乱，这是自然的，他毫不怀疑对池明知来说，自己是重要的人，就算是一条狗，陪伴十一年也会有感情，他也知道自己的选择会伤害到池明知。

但是这都无所谓了。一切都结束在刚才的沉默里，真的一切都无所谓了，所有的不甘啊，都死得干干净净。拍门声响了很久，宋天暮报了警，一直都没出去。

当天晚上，他收拾东西搬家，离开之前，他把两个人初中的合影撕碎了扔进垃圾桶。还有一些之前觉得很重要的东西，他也全都扔掉了。

搬家之后，他换了手机号，注销了能注销的一切，觉得自己整个人都轻松了不少。新的手机号只有家里人知道，陆凯扬每天都给他打个电话聊聊天。

八月底，宋天暮终于搞定了手续，成功通过考试，被语言学校录取，买好票准备走人。

记住动词的变形、区分意志形和非意志形动词很难，但也只是难而已，只要去学就可以得到知识，只要付出就可以得到回报，多么明晰、轻松。

离开之前，他去了趟老家，给他爸留了一笔钱，说自己可能会很久都不回来了，他爸不知所措，宋天暮又说到了J国之后会常和他联络的。

走的那天，陆超英特意赶来首都送他。大家一起开车去机场，天气好得不得了。他知道自己应该有对家人的不舍，但那些不舍全都被想赶紧逃离的迫切压制了。离机场越近，他就越是忍不住心想，再也、再也不要靠近这里，靠近那些事，一眼都不想再看到。

取票、托运，一家人在安检前分开。陆超英拍了拍宋天暮的肩膀，似乎有很多话想说，却又不知如何开口。

就在此时，陆凯扬的手机响了，他接起来，有些不自在地说："喂？"

"我在外面，怎么了？"

"我不知道。"

"我还有事，晚点和你说吧。"仓促地挂了电话，陆凯扬和宋天暮说，"是——"

"我走了。"宋天暮打断了他，"你们回去的路上注意安全。"

然后，他转身走向安检队伍，一直看着前方，没有回头。前面有人穿着"我爱你首都"的文化衫，宋天暮突然想到了申会成功的那一夜。

我爱你，首都。

宋天暮选的语言学校在 J 国的大城市，他们这一期有将近百分之六十的学生都是和宋天暮一样的留学生。选这里主要是因为这里除了学基础语言还可以做美术辅导，学校的教学楼是新建的，学习环境不错，老师也很负责。

他没有住学生宿舍，而是选择搬出去自己住，新租的房子大概三十平，有两层，他东西很少，自己住完全足够了，总体来说没什么不满的。

当然，在发现书本上的语言知识和实际生活中有差距，最开始连去便利店买东西都不能很好地和店员沟通的时候，他还是会忍不住有挫败感，以及无法融入周围的孤独感，但这并不在不满的范围之内。

人就是会不断遇到新的问题，并不是选择抛弃旧生活，新生活就会一帆风顺，他相信这些都是时间问题，时间久了自然会解决、适应。总比过去那种不管做出什么努力都看不到尽头的感觉好太多了。

宋天暮本以为来到这里之后还会忍不住纠结之前的事，还怕自己会因此无法投入学习，没想到仿佛大脑有自我保护机制一样，自然地就不愿意去想了。

语言学校只上半天课，除了语言之外，学校还会安排学生学文化课，熟悉当地文化，也会在之后的课程安排里加入考试辅导，帮他们熟悉、模拟考试流程。

最开始来的时候他觉得很新奇，会在没课的时候出去玩，但慢慢适应了新的生活之后，便每天按部就班地上学、放学、吃饭、看书和学习。

他觉得自己整个人都好像重获新生了一样，潜意识里知道这是自己喜欢的事，只觉得前所未有地轻松。也许是因为轻松又专注的状态，他的学习很顺利，只是一直都没交到什么新朋友，语言班的同学们好像也大都是独来独往的样子，最开始大家还会一起聚餐，出去玩玩，后来就逐渐以普通同学的模式相处了。

好像大多数来这边留学的人都会有一种无法排解的孤独感，有些同学还因为经济压力、对未来的不确定性产生了情绪问题，他们奔波在学校和打工场所之间，为了省钱不敢吃什么好东西，甚至导致身体也有各种各样的小毛病。相比之下，没什么经济压力的宋天暮已经幸运很多了。

他和陆凯扬两三天聊一次 QQ，其实没什么好说的，他本来也不是那种很喜欢和别人聊天的人，但为了不让陆凯扬担心自己，他重新申请了一个 QQ 专门用来和陆凯扬联络。陆凯扬是一个十足的话痨，就连最近《跑跑卡丁车》技术飞涨这种事都要和他说一说。

陆凯扬总是问他胃好点没，担心他在那边一个人，去医院不方便，有时候看他长时间不回 QQ 都很紧张，但很神奇的是，来这边之后他一次药都没吃过，胃突然之间就好了。好像只要离开了，就什么都好起来了。对此，宋天暮已经不觉得感慨，他甚至连感慨的余味都不愿意去回想，更愿意把这些细枝末节都忽略掉。

虽然没交到什么新朋友，但宋天暮在邢琳的帮助下联系上了小雪。小雪没想到宋天暮会辞职过来学习，在得知宋天暮有意向报考 TAU 的时候就更意外了，她非常支持，拿她自己的话来说："我就是很容易被不靠谱的事物打动。"

他去过小雪住的房子，如果说他的房子是简约，那么这里就是简陋，小雪好像把这里当成画室了。在看到小雪的作品的时候，宋天暮受到了强烈的吸引，他感受到对方的才华，也感受到两个人的差距，但并不因此退却，他希望自己也能画出让人感受到被强烈吸引的画。

陆凯扬结婚的时候给他发来几张和邢琳的合照，宋天暮在 QQ 上说了对不起，他真的不想缺席这么重要的事，可陆凯扬体贴地说没什么，你开心就行，在那边好好的，结婚累死了，这辈子结一次就够了。

宋天暮又问他多要点现场照片，但陆凯扬说没有了。宋天暮心想怎么可能没有，过了会儿反应过来，大概是现场照有那个人，陆凯扬不想发过来影响他的心情，便不再提这件事了。

没过多久，宋天暮又找到了一个新爱好，就是逛画材店。他之前从没觉得自己是一个有物欲的人，但是有一天他偶然发现离自己公寓不远处有一家不起眼的画材店，进去之后才发现别有洞天。

毫不夸张地说，宋天暮当时整个人都处在一种"这是哪里，好幸福，这是什么，这又是什么，可以全都买吗"的状态里，晕头晕脑地逛了一圈。

回到家之后他发现自己买了一堆水彩，各种各样的铅笔和钢笔，乱七八糟的便签和纸艺品，甚至还买了一套马克笔，天知道他买马克笔干什么，他甚至都没用马克笔画过画啊！这套马克笔居然还是 192 色的，他买这个干什么？为了不浪费这套马克笔，他找出纸笔趴在窗台上画了一幅速写，看上去也有模有样的。在这方面实在是没什么自控力，宋天暮隔三岔五就会想去逛达溜达，很快本来空旷的公寓堆满了画材。

他甚至开始提前犯愁搬家的时候这堆东西怎么弄。思来想去，他只好请小雪来家里吃饭，顺便让她看上什么东西就拿走，毕竟腾出地方来才好买新的。

小雪本来还觉得从自己家到宋天暮这里来很麻烦，来了两趟之后发现有好吃的还有免费画材拿，自然很高兴，为了投桃报李，她更加热心地对宋天暮进行指导。

她说："其实在学校里学到的最宝贵的东西是思考，因为画只是一个载体，你去写小说也好，拍电影也好，都只是表达的不同形式而已，技巧并不是最重要的，一定要多多地思考、感受，才有可能创造出优秀的作品。"

宋天暮听完这番话，发现自己好像很少静下心来去思考什么。他总是喜欢盲目地生活，明知道做某件事不好，但因为无法舍弃眼前需要的东西，故意不去想那么远。总是在逃避，能思考些什么呢？

小雪来了几次之后，宋天暮带她去了那家画材店，小雪也沦陷了，为了报复，小雪又带宋天暮去了非常有名的画材店，搞到最后宋天暮真的想把自己的手给剁了算了，他为什么要买网点纸？

小雪安慰他："你不是想学插画吗，买网点纸也不算太离谱。"

宋天暮点头，心里却觉得即使自己想学的是插画专业，买网点纸也很离谱。

十一月底，宋天暮为了根治自己这个爱随便买的毛病，做了一个重大决定，他不去画材店了。画材店关门很早，所以他经常在学校的自习室学习，拖到画材店关门才回家。

从学校走路回家大概是二十分钟，他一边听歌一边走，觉得很快就到了，这几乎是他一天之中最放松的时候，就连真正的学生时代都没这么放松过。

这天依然是在学校拖到画材店关门的时间，宋天暮收拾好书本，戴上耳机，走路回家。他一点都不饿，但是为了保护胃，他决定还是吃点东西，就在他琢磨着是去楼下的中华料理店吃麻婆豆腐盖浇饭，还是自己回家做一点的时候，他突然看到了一个熟悉的人影站在公寓楼下。

短暂地耳鸣了一秒，宋天暮停住脚步。那个人朝他走过来。他下意识就要转身离开，却又决定不走了。凭什么又要因为你受到打扰呢？

宋天暮把书包往上提了提，继续往前走，两个人碰面的时候，宋天暮突然被拦住。先开口的人是池明知："为什么要走？"

宋天暮不懂他为什么要这么问，本来想说一句关你什么事，却又觉得这样显得自己很没品。已经是二十五岁的大人了，他可以把这个场面处理好。想了想，他说："因为想学画画，换个环境换换心情，干点自己喜欢的事情。"

他觉得这个答案已经足够明白、坦诚了。

"有那么生我的气吗？"

没想到会听到这句话，宋天暮思考了一会儿才说："生气倒谈不上，就是不想看见你了。"

"为什么这么多年……"池明知的声音很低，似乎是很难把这句话说出口，"这么多年，你从来没和我说过？"

"换你你会说吗？"宋天暮惊讶于自己的冷静，好像这个答案自然而然就冒了出来。

长久的沉默，宋天暮又说："那你呢？为什么你觉得一切都是理所应当啊？为什么没有考虑过我在想什么呢？这些问题你问过自己了吗？为什么要来问我？我想说的那天都说完了，我不知道你来找我是想干什么，但我觉得咱们俩真的没有见面的意义了。"

说完，他甩开池明知，往前走了一步，就听到池明知说："如果哪天我能做到了呢？"

"啊？"

宋天暮忽然觉得很可悲，因为他发现，无非是没办法突然接受自己离开而已。朋友，伙伴，十一年的青春，池明知要是真的能坦然接受才不正常。

"那是你自己的事吧。"宋天暮说，"我也不懂你是觉得一下子缺了我这个人很不适应，还是因为别的什么，都是你自己的事了，我不想再纠结了，这么说你能懂吗？"

好像怕池明知有一点点的误会一样，他又补充："我在这里过得很开心，这个开心的基础就是我在做自己喜欢的事情，并且不想见到你了，你可以不要破坏它吗？"

"在你眼里，我是一个自私又冷漠的人吗？"

"不啊，你不自私，也不冷漠。"

"我——"池明知又是长久的沉默，"我不明白。"

宋天暮搞不懂池明知不明白什么，自己已经说得很清楚了，可能池明知真的是觉得很难过，一时之间无法接受吧。不是不理解池明知的心情，也不想看池明知这么难过，毕竟自己记忆里的他一直都是一副从容冷静的样子。

"一直都是我在理解你，为你考虑，也希望你想想我的处境，为我考虑一下吧，我不清楚你是怎么弄到我地址的，但是希望你不要再来了，我现在有我自己的压力，不想再因为过去的事情浪费精力，给彼此留点体面不好吗？"

嗖的一声，远处放起了烟花，绚烂的烟花炸开，天空里多了很多一闪即逝的美丽星星。

池明知的脸上没什么表情，眼里却夹杂着从未有过的痛苦，可宋天暮不想假惺惺地安慰、劝解。他以前最喜欢体谅和理解别人，希望能以此换眼前的一点东西，又总是含含糊糊犹豫不决，现在才明白这种行为很恶心，恶心自己也恶心别人。

夜幕四合，路灯把两个人的影子拉得很长，池明知的影子一直都没有动过。宋天暮转身进了公寓，白色的棒球服被公寓门口的灯映出柔和的橙黄，就连有些长长了的头发也被映成温柔的棕色。

烟花不断炸开。好像整个世界都被这梦幻又美丽的易碎星星包裹住了。

重塑

/ CHAPTER 08 /

　　回到家里，宋天暮打开冰箱，发现里面还挺满的，蔬菜水果什么都有。翻了一圈，感觉什么都不想吃，最后只拿了个无菌蛋，又把剩的米饭热了一下，把鸡蛋打进去搅和搅和，倒了点酱油。

　　他小时候看电视剧，有个主角喜欢往杯子里打生鸡蛋喝下去，这个画面把他恶心得不行，导致他连炒鸡蛋都不怎么吃，但来这边之后偶然试了试，发现生鸡蛋口感居然还不错，拌饭吃方便省时，还会给自己一种吃得很有营养的感觉，可今天没吃两口就觉得饱了。

　　他换睡衣上床，找了个电影看。电影演了十多分钟，他一直在走神。倒没有什么激烈的情绪，但猝不及防看到池明知还是觉得有些生气。

　　但都无所谓了，就这样吧，事到如今真的没什么好说。

　　反正也睡不着，他爬起来做家务，把喜欢的画材分门别类摆好，蹲在地上拿抹布把地板擦了一遍，换了床上四件套，把衣服按照颜色和季节摆放好。忙完了，他把剩下的饭吃掉，却又开始胃疼，好在早有准备，把药找出来吃掉，又吞了两片褪黑素强迫自己入睡。

一月份之后，他的压力陡然大了起来，之前一直在语言上花费时间，在美术上的进度却一直都没赶上来。宋天暮确实有美术天赋，但天赋并不能替代他单薄的美术功底，这么多年，他把时间都花在学习和工作上，从来没经过系统的学习，连很多别人觉得很基础的概念都不知道。

语言学校的美术指导还算靠谱，会教基础课程，分析美术大学的考卷，对优秀作品进行赏析，组织户外写生采风，还会有 TAU 的教授过来办讲座。宋天暮没有经历过国内的美术集训，但想来这边的压力应该比国内小，老师并不会因为你落后了就态度强硬地说你，或者逼你把落下的东西补回来。

虽然知道这种宽松自由的气氛可以帮助思考，但总是觉得不适合自己。他在学习这方面的感悟就是必须要付出很多才能有一点收获，如果你想考 170 分，那么你就应该付出 200 分的努力，不能一直给自己找借口，今天身体不舒服就打乱计划休息一会儿，明天突然想去做别的就去做了，这样的话根本就什么都做不成。

可能这种态度会被认为是愚钝笨拙的人才会有的，但现实就是根本没那么多天才，有才华又努力的人倒是一抓一大把，如果一直怕被人说愚笨而不去付出，就只能眼睁睁看机会错过。

为了更快地巩固基础，宋天暮重新规划了自己的时间。早起预习语言课程，然后去上课，下课了之后画到画室关闭，回到家之后复习一下今天的语言课程，再画到入睡。突然抓紧时间之后就会发现好多事等着你去做，想去了解的东西也多了起来。

买回来的画材消耗起来没想象中慢，至少纸用得很快，他发现自己很会削铅笔。虽然说会削铅笔好像根本谈不上什么才能，但他观察了一下周围的人，很少有人能把铅笔削得像他一样顺滑完美，露出来的铅芯不长不短，从来都没在用的时候断过，好多人的铅笔都削得丑丑的。

新的生活节奏自然会让他觉得累，但这和之前工作的累不一样，在第一家公司的时候他整天都想骂人，老板给的任务太多，加班多，休假少。在池明知那里的时候更是搞得整个人都透支了，现在想想甚至有一种"为了钱把灵魂卖给魔鬼"的感觉。不过，现在能做自己喜欢的事情，也是因为魔鬼给了钱……

每每想到这里他都想到了一句很俗的话——一切都是最好的安排。虽然有的时候还是会质疑自己，觉得自己画得不好，觉得自己的努力得不到回报，但出去跑几圈，找个地方坐一会儿听听歌，休息一下，就没那么沮丧了。

学习语言倒是进展的顺利，主要是因为他克服了之前很喜欢当边缘人的毛病，会主动去和老师交流沟通，进步很快。二月份的时候老师建议他升班，从之前的中级班升到了高级班，这代表老师觉得他的水平已经可以跟上高级班的学习了。

为了庆祝这件事，宋天暮给自己放了个假，和小雪约好了时间去找她吃饭。小雪毕业之后一直没有回国，可能是不想让爸妈知道自己过得很窘迫，一边打工一边画画，不过她年初拿了一个奖，画也可以卖出去了，听说还有机会举办画展，看上去状态好多了。

宋天暮打电话过去约小雪，小雪挺开心地说："我还想打给你呢，这个周末来呀，我过生日，不过还有几个别的朋友一起吃饭，可以吗？"

宋天暮说好的，去画材店买了些东西包好当作礼物。但是买回去的当天他没忍住拆开，把里面的笔都试了一次，本子什么的也撕开包装翻了翻，还把颜料挤出来调色玩，只好在第二天一大早又买了一份一样的带去。

他们去了烤肉店，宋天暮还以为来的都会是自己国家的留学生，去了之后才发现自己有点想当然了，小雪当然也会认识外国朋友。加上小雪和自己，四男三女，只有他们两个是一个地方的。

本来还觉得有点尴尬，但转念一想也算是个很好的机会，当练口语了，就算说得不好也没什么，假如一个外国人对他说中文，就算发音不标准，他也会觉得"挺厉害的"，在这边应该也是一样的吧。一开口就觉得自然了很多，无论如何，比起最开始来的时候，他的口语提升了不是一星半点。

小雪和朋友们说他辞职出来留学，还让宋天暮给他们看作品，虽然觉得很不好意思，但宋天暮还是把自己手机里拍的图给大家看了。大家就一片"厉害了厉害了"，也不知道是J国人说话都很夸张，还是真的对他能画出这种程度的作品感到意外，可能一半一半吧。

提起自己想报考插画专业，一个女生给他推荐了一位教授，因为想报考的话就要提前了解自己想跟着学习的教授的喜好，比如说有的教授对个人风格很看重，希望看到你表达出来的和别人不一样的东西，有的教授就很注重学生的语言水平，还有的教授喜欢思维开阔跳跃的学生。那个女生推荐的教授就很看重个人风格，作为学姐她给的建议是可以学习别人的作品，但是不要模仿，一定要找到属于自己的风格，这一点甚至比作品的完成度更重要。

宋天暮觉得这番话对自己相当有帮助，但又忍不住有些挫败感，他确实不知道什么才是他的风格，学习的过程中临摹过很多作品，也能从别人的作品里感受到生命力，可他自己的作品好像没有很强烈的生命力。

回去的路上他一直在想这件事。思来想去，他不得不承认，根源还是在自己的性格上。已经尽量在改了，但还是喜欢逃避。每次一想到能触动他神经的事情，就下意识地逃避，但创造作品不就是要触动神经吗？不管是好的还是坏的，只要能把情绪传达出去就是有诚意的作品了。

回到家之后，他没有像平时一样忙着学习或者画画，而是躺在地上发了会儿呆。可让自己去想，反而想不出什么来了。只觉得今天的烤肉还挺好吃的，就是分量好少。大家光顾着聊天也没把肉翻面，都烤煳了，好可惜，本来就没几片肉。

刚想到这里，小雪的电话就打过来了。

宋天暮问她有什么事，小雪说有妹子要他手机号。

宋天暮沉默一会儿说："还是算了。"

他发现自己对这种事毫无兴趣，可能他这个人天生就有点冷淡。让陌生人进入自己的生活，让对方知道自己的过去、喜好、弱点，想想就觉得不寒而栗。越亲密的人越容易伤害到你。

发了会儿呆，他起身走到画板前，放好纸，贴好胶带，拿铅笔在上面画了两下。他也不知道自己想画什么。过了会儿，混乱的线条逐渐显出轮廓。一个没有脸的人在巨大的花园里狂奔，花朵疯长，把天都遮住了。这幅画用了将近二十天才画完，盛开的花朵挤满了画面，差点把狂奔的人吞噬，虽然画面很美，但看了很压抑。

总觉得那个小人在喊："救命啊，不要杀掉我！"

六月份，雨水多了起来，宋天暮最憎恨的雨季来了。

在老家和首都的时候，就算下雨空气也不会湿漉漉的，只要雨停就会觉得干爽，去了陆凯扬家之后才知道原来雨季是这种感觉，楼道墙壁居然还会发霉。J国这边的雨季比陆凯扬家那边的还讨厌，虽然墙还没发霉，但天总是阴阴的，水汽很重，搞得他的画纸都变软了。

这边蚊子很多，公寓的纱窗坏了，宋天暮一直拖着没叫人来安。关窗睡又太闷，只好天天点蚊香。为了洗掉蚊香的味道还要多冲一会儿澡，感觉每天花在洗澡上的时间都多了，总之就是很不爽。

还有一个让他很烦的事情就是，他好像突然变得受欢迎了。搭讪他的人多了起来，有语言学校的同学，也有出去吃饭买东西的时候遇到的路人，有时候和小雪出去玩，认识新朋友也会被要联系方式。最开始还会很客气地解释半天，说一大堆敬语，后来就直接敷衍两句赶紧离开算了。

虽然这么说很欠揍，但他真的不知道自己为什么会受欢迎，从小到大他都没觉得自己长得有多好看，顶多算"五官端正"。在他心里池明知那种长相才算好看，直到小雪的朋友找他当模特拍作品，他终于忍不住把这个问题问了出来。

小雪："就是感觉吧。"

宋天暮："什么感觉？"

"想搭讪的感觉吧……"小雪说，"我也说不清楚，你要是想听我夸你帅就直说。"

"我没那个意思！"宋天暮无语了，决定憋到死也不会再问别人这个问题。

本来宋天暮怕耽误时间，不想去帮忙拍摄，又觉得多点体验也挺好，还是挤出时间去了。成品出来之后摄影师特意发邮件感谢宋天暮，说感谢他的帮助什么的。宋天暮还觉得挺不好意思，他也不知道自己有没有很好地配合。

直到八月份，那个摄影师又发来邮件说作品获奖了，宋天暮觉得很意外。那是他第一次看到成品，穿着浅蓝色衬衫的少年躺在镜子上，天空和大海被分割得支离破碎，直面镜头的眼睛流露出孤独感。

但是因为被困在定格的时空里，少年没办法表达出来，只好一直看着镜头，一直说着：好孤单啊。宋天暮不知道他当时是那样的，他还觉得自己的表情很呆滞呢。

那时候他已经顺利从语言学校提前毕业，开始准备报考 TAU 的研究生。小论文什么的已经背过、练习过很多篇了，作品集准备得差不多，语言也学得像模像样了，唯一需要担心的是面试。

之前去 TAU 参观的时候他特意去拜访了他想跟的教授，给教授看了自己的一部分作品和研究计划书，虽然说很忐忑，怕自己准备得不充分，但小雪说这样做是有帮助的，可以让对方看到你的诚意。教授人很好，认真看了他的作品和计划书，和他聊了聊，指出了一些问题，还说他"很有想法，作品很真诚"。

很真诚是什么意思啊……觉得好还是不好呢？宋天暮很想问明白，但他当然不能这么直接问。看到在花园里逃跑的那幅，教授问他这幅画叫什么，他脑袋一抽，说叫《别杀掉我》。

教授就笑了，说："很有趣啊。"

为什么都是一些似是而非的评价啊！宋天暮更加忐忑了。不过忐忑也没用，该准备的还是要继续准备。

准备期间，陆凯扬会经常和他聊天，嘘寒问暖的，还说要给他寄东西。宋天暮什么都不缺，主要是他对生活品质根本就不注重，吃什么都行，穿什么都行，用什么都行，他也不知道陆凯扬会给他寄什么。

包裹转运过来，宋天暮才发现这个大箱子居然到他大腿那么高，拆开一看，里面什么都有，各种吃的和保健品，陆心蕊写的"祝哥哥考试顺利"的贺卡，还有一张陆凯扬的照片，背后写着：给你看看帅哥。

宋天暮觉得很感动又很好笑，他想自己做过最正确的决定，就是给陆凯扬买那个生日蛋糕。这些吃的一看就是陆凯扬买的，因为陆凯扬很了解他爱吃什么，还往里面塞了一些小零食，保健品大概是邢琳准备的吧……反正陆凯扬不会这么细心。

他把东西拿出来收好，看到最下面还有一个挺大的包裹。这个包裹被包得很严实，宋天暮坐在地上拆了半天才拆开，打开一看，他发现里面居然有好厚的一本作品集。都是 TAU 历届毕业生的优秀作品，虽然语言学校也给大家赏析过一部分，但是没有这本这么全。因为人难找了，除了作品集之外还有一些很难买的画集。

宋天暮发消息给陆凯扬说自己收到包裹了，陆凯扬回复：嘿嘿主要是想给你看看我的帅照。

宋天暮：作品集是哪儿弄的啊？太棒了。

陆凯扬：你嫂子托朋友搞的，我也不清楚，不和你说了！刷碗去了，再不走你嫂子要弑夫了。

宋天暮还想多和他聊几句，看他下了，心里顿时空落落的。抱着作品集看了好久，宋天暮爬起来，翻出刚刚收到的吃的，随便拆开吃了一点。

就这样他带着忐忑又期待的心情开始递交资料，准备报考。递交资料之后收到了学校的回信，通知他哪天去考试。在收到学校回信的时候他就开始紧张，好像又回到了高考前夕，毕竟这对他来说真的是很重要很重要的大事了。

紧张到一定程度就开始有睡眠问题，宋天暮也对自己很无语。他很想找点助眠的药吃，又怕吃多了影响大脑，吃傻了怎么办。只好想各种办法好好睡觉，还吃了一些陆凯扬寄过来的保健品，也不知道是哪个保健品管用了，他的睡眠真的改善了很多。

就这样到了一月底，开始考试。

说来也怪，考试之前的每一秒他都紧张得不行，怕自己突然就不会画了，怕小论文写得词不达意，怕面试的时候自己表现很糟糕，但是真的开始考试，突然就冷静了下来。

面试的时候是十个考官面试一个人，每个考官都问了他问题，都是和他交上去的研究计划书有关的。宋天暮的表现很好，他自己都没想到表现得那么好，毫无迟疑地回答了每一个问题，写小论文的时候思路非常清晰，介绍作品集的时候语言也非常流畅。

因为一直想着"真诚"很重要，他尽量发自本心地回答每个问题，希望能多加一点印象分，最后那个他想跟的教授还和他说表现得不错。

考完之后他放空了很久，心里想，这就结束了吗？怎么这么快？准备了很久这么快就结束了吗？然后就是漫长的等待，他终于有时间把家里大扫除一遍，出去买了几件新衣服。

算一算，出来已经一年了，时间过得好快。他整天在 QQ 上骚扰陆凯扬，陆凯扬不堪其扰，不过陆凯扬也很关心他到底考没考上。

没过几天陆凯扬还说因为太担心他，都出车祸了，右腿骨折，这下要在家办公了。宋天暮最开始还不信，后来陆凯扬发照片给他看，果然，一条腿包得像个粽子。宋天暮让他安心养伤，还让他不要把什么锅都往自己身上甩。

过了段时间，他终于收到了 TAU 的信件。拆开之前紧张到呼吸困难，直到他看到上面的"合格通知书"几个字，一下子就被抽空了力气似的躺在家里的地板上，突然觉得这里也难受那里也难受，胳膊疼手腕疼，肚子饿得咕咕叫。

他想赶紧给陆凯扬报喜，却又不想动，抱着自己的录取通知书躺在地上发呆。

三月份，宋天暮开始准备找房子了，学校四月份开学，他想提前去学校那边租房子。就好像做梦一样，没想到短短的一年多自己的人生就有这么大的改变。

他闲下来就去画材店逛逛，虽然在搬家之前不好买东西，但他在这方面一向没什么自控力，只能每次少买一点。十一号这天下午，他吃完午饭之后又去了画材店，那个画材店离他家有点远，他还坐错了车，到的时候已经快两点了。

逛了会儿，他突然发现架子上的商品不断在震，而且是那种上下震的样子，愣了几秒才反应过来是地震了。

店员马上喊着让大家紧急避难，旁边的客人都赶紧避开货架，找了合适的地方蹲下。宋天暮在语言学校也参加过几次地震训练，但毕竟还是第一次亲身经历，不可能一点都不慌张。尤其是在震感越来越强的情况下，周围的 J 国人本来还挺镇定，过了会儿也有些慌乱。

宋天暮往窗外看去，震惊地发现对面的大楼居然都在摇晃，而且还是非常明显的晃动。他心想，不会吧？这么高的楼会倒吗？刺耳的警报一直在响，也不知过了多久，地震小了一些，又过了会儿，店员才带大家出去。

宋天暮惊魂未定，想坐电车回家，却发现电车都停了。他还有点蒙，但总不能一直在外面待着，只好走路回家，路上都是走路或者骑自行车的人，快到家的时候已经天黑了。

他什么都没准备，想喝水，去楼下便利店看了看，水和便当什么的早就卖没了。到家之后坐了会儿，发现燃气也停了。余震一直在持续，到后来他都有点晕了，不知道是自己的错觉还是真的在震。

本来想吃点陆凯扬寄过来的吃的就睡觉，但是他看了看自己的通知书，感觉要是今天就死了岂不是很可惜，还是惜命一点下楼去公园坐会儿吧，至少坐到十一点再回去。

下去之前还带上了自己的宝贝通知书，出去之后才发现自己忘了联系陆凯扬，试着打了一下电话，电话完全打不通。但是手机可以接收数字电视信号，他看了会儿电视频道，发现地震还引起了巨大的海啸，震撼到没有真实感。

外边人好多，公园学校医院几乎都是人。坐到十一点多，宋天暮实在是困得不行，抱着通知书回去睡觉。他醒了两次，第二天一早才猛地想起来，可以试试看上网联系一下陆凯扬。

结果 QQ 还真的能登录，一上 QQ 就发现陆凯扬发来的消息特别多。他还没来得及看清消息，又一条消息发了过来，也许是看他上线，陆凯扬直接弹了视频过来。

宋天暮接通，陆凯扬不知道摔了什么东西，骂他："你是不是有毛病啊！不知道联系我一下吗？"

宋天暮也没想到他这么大反应，吓得坐直了身体："电话打不通啊。"

"电话打不通你不知道发个 QQ 消息吗？小雪都能联系上家里你怎

么联系不上？你是没长心还是没长大脑啊？"陆凯扬的声音更大了，"我真想扇死你！"

宋天暮觉得自己这事儿办得确实有点没长大脑，没敢反驳。

"电话怎么打都打不通，QQ也不在线，你不知道我都要担心死了吗？电话不通你就不会试试别的方法吗？你故意的？"

宋天暮：……

过了会儿，陆凯扬挂了视频，宋天暮给他发消息：干吗呢，还生气呢？

陆凯扬不回。

宋天暮：唉，我家没水了，楼下也没卖的了。

陆凯扬回了：平时怎么不存点水喝？

宋天暮：忘了。

陆凯扬：你就是傻，渴死你吧。

宋天暮：……

陆凯扬：我还没办签证，过都过不去，急死我了。

宋天暮：你开轮椅来吗？

陆凯扬：你滚吧，我真的早晚让你气死。

过了会儿陆凯扬又发了一条：我睡觉去了，有事QQ找我。

宋天暮觉得自己有点冤，但又没那么冤。听说超市大米断货，自行车店也售空了，到处都乱糟糟的，毕竟是九点零级的大地震。

宋天暮心想自己抢也抢不过人家，还是老老实实在家待着吧，陆凯扬之前寄过来的东西还剩一些。不过一些保质期短的肉都吃完了，就剩点零食。他吃了一点，零食这种东西又不太经吃，没一会儿就吃完了。

晚上的时候，有人敲门，打开门一看是邻居老太太，老太太问他是不是没吃的了，给他带了两盒猪肉罐头，一大碗煎饺。宋天暮赶紧和人家说谢谢，实在是渴得慌，又厚着脸皮问她有没有水。老太太让他跟自己回家，给他拿了一大瓶饮用水。

宋天暮之前把陆凯扬寄来的吃的给老太太送过去了一点，当时没想太多，就是怕自己吃不完浪费，没想到搞好邻里关系这么重要。

回到家，他喝完了水反倒不饿了，只好把煎饺先放进冰箱。没过多久，又有人敲门，宋天暮以为是老太太，赶紧跑过去开门。

池明知的脸猝不及防出现在外面，空气凝固，宋天暮不知道要说什么，他也不懂池明知的眼神。是在担心吗？

情绪没那么激动的时候偶尔会想，其实池明知也没什么大错，毕竟都是自己的选择，但自己是人不是神，难免有情绪，所以那时候才会闹得那么难看。

以后大家各有路要走，各有自己的生活，闹掰的时候说一辈子不见面，说得再咬牙切齿，现在看好像也不太现实，那一次又一次撕破脸也没什么意义。

只是在这种时候，宋天暮依旧觉得"怎么是他，为什么是他呢"。但同时又想"果然是他，这种时候好像也只有他和陆凯扬会想着来找自己"。

"你没事吧？"池明知的声音听起来还算平静。

"没什么事。"宋天暮说，"直接进来就行，不用换鞋了。"

因为在准备搬家，宋天暮家里有些乱，部分东西已经被打包好堆在沙发上。只好把沙发上的东西搬下来腾出地方让池明知坐。

"我家没什么吃的了，就冰箱里还有点饺子，你要是饿的话等会儿拿出来吃吧。"宋天暮一边收拾一边说。

"好，你准备搬家了吗？"

"是啊，我考上想去的学校了，再在这边住的话就太不方便了。"

宋天暮也没想过自己还能和这个人这么平静地说话，但除此之外也没什么更好的选择。

难道要再说什么和好不和好的话吗？

二十五岁的时候做这些没什么，二十七岁还是这样的话就不行了，人不能越活越回去。

"你想回国吗？"池明知说，"我想办法帮你弄票。"

地震以后好多外国人都想赶紧离开 J 国，宋天暮还不了解情况，不知道票价被炒成什么样了。

"啊？"他回头看了看池明知，"为什么要回去啊？我都要开学了。"

都付出这么多了，天上下刀子他也要去上学。

池明知过了会儿才说："嗯，也是。"

宋天暮一直在收拾屋子，倒不是他突然有这个闲情逸致，而是觉得两个人一起坐在沙发上很尴尬。但没一会儿就收拾好了，他只能在池明知身边坐下。

"你想吃饺子吗？"

"不了。"池明知把目光转向别处，"你哥很担心你，他腿伤了又没办签证，我签证还没过期，就想着来看看你。"

"他早上还在 QQ 上骂我来着，我昨天忘了可以上网找他了。"

说完这两句话，两个人都不知道说什么好，一起陷入了沉默。电视里发出刺耳的播报，又是一阵余震。宋天暮这两天已经被晃得有点麻木了，他都没感觉出来，但池明知下意识地拉住了他。

"没事的，昨天到现在一直有余震。"宋天暮说，"感觉待在外面也没多安全，在家里待着也没什么事儿。"

池明知慢慢松开他："你报了 TAU 的插画专业吗？"

"是啊，我哥和你说的吗，他一直管那个学校叫 TAO 来着。"实在是没什么好说的，宋天暮把煎饺和罐头拿出来，用微波炉热了一下，两个人分着吃。但是沙发前面的茶几很小，两个人并排坐就会有一个人碰不到碗，他只好坐在地上吃。

吃了几口，池明知说："你嫂子好像怀孕了。"

"真的假的？"宋天暮惊讶地抬头，"我哥怎么没和我说？"

"好像是想等月份大一点再说吧。"

"可能是吧，之前那个小孩没留住，我哥挺自责的，还和我说不该那么早就公布。"

吃完晚饭，宋天暮心想明天早上没什么吃的了。又不能顿顿管邻居老太太要，再说他们俩干坐着，气氛大概会尴尬得要死。

"要不咱俩出去买点吃的吧。"

池明知说好，和他一起出了门。

他们这边受灾不严重，秩序还可以，就是超市里的东西基本上都卖空了。走了半天才在一个中型超市买了两大包泡面，还买了一些应急食品和矿泉水。池明知拎着比较重的水和罐头，宋天暮抱着泡面走在他后面。

有雪飘了下来。

"国内到这儿的机票好买吗？"宋天暮问。

"好买。"

当然好买了，这会儿谁会主动往这儿跑？

"你公司怎么样了？"

"还行，在做移动端。"

实在是不知道问什么了。

过了会儿，池明知说："你钱还够吗？"

"够啊。"

宋天暮走了一大圈，回到家之后又饿了，试着拿微波炉煮泡面。池明知说不饿，宋天暮只好自己坐在地上抱着碗吃。

"住这里不觉得小吗？"

"不小啊，最近搬家东西乱七八糟的显得挤，平时挺空的。"

"你的胃好点了吗？"

"好多了，可能我这人不适合上班，辞职了之后就没什么毛病了。"

池明知笑了："是不适合上班，还是不适合在我那儿上班啊？"

"你这话说的，你让我怎么回答？"宋天暮也笑了，"反正我在哪上班都浑身难受。"

吃完了饭，两个人先后洗漱过，宋天暮让池明知去楼上睡床，他睡沙发。池明知不同意，宋天暮觉得再怎么也不能让大老远跑过来的池明知睡沙发，最后去睡沙发的人是宋天暮。

第二天池明知起得比他早，两个人一起煮了泡面当早饭，宋天暮吃得牙龈出血。池明知说陪他出去走走，买点新鲜蔬菜回来。

超市在补货，一群老头老太太进进出出，像平时似的挑菜。他们买了点绿叶菜、鸡蛋、牛排，还有几个西红柿，又逛了逛，买点水果才回家。

宋天暮心想自己总要尽一下主人的义务，池明知大老远来一趟，别让人家觉得好像多不受待见似的。他把家里剩下的最后一点米煮了，又炒了两个菜，煎了牛排，切了水果，算是用来招待池明知的午饭。

吃了两口，宋天暮说："完了，盐放多了。"

池明知："还好，你一直都口轻。"

宋天暮也不知道池明知会在这边待几天，他决定每天都和他一起出去买菜，回来做饭，尽量把时间都浪费在周围有人的地方，这样他们就可以不用面面相觑，不知道说什么好了。

池明知应该也是这么想的，不干点什么就很尴尬，宋天暮闲下来的时候他就帮宋天暮收拾东西。宋天暮的衣服都叠得乱糟糟的，他翻出来重新叠了一下，还把宋天暮叫过来让他看怎么叠。

"这样就会少一点褶。"池明知说。

"怎么叠的？"

池明知又教了他一次。

"我学不会，就这么堆着呗。"

"东西都乱七八糟的，可能会影响思路。"

"真的吗？"

"真的啊。"

行李被一点点地收拾打包好，池明知把他的画留到了最后。草稿纸和成品分开，一些未完的记录灵感的图单独放在一边，按照上面的时间一张张放在文件夹里，或者是拿和纸胶带在外面粘一圈。

"这是你的作品集吗？"

"是啊，你想看吗？"

池明知点头，宋天暮把作品集打开给他看。池明知把作品集一张张看完，把它放在那沓纸的最顶端，宋天暮把之前陆凯扬寄过来的优秀毕业生作品集也放在了上面。

"我哥之前给我寄的。"

"有帮助吗？"

"当然有啊。"

刺耳的警报好像背景音，听久了也就没一开始那么恐慌了。

外面开始下雪。

"听说中心商业区这边挺乱的。"池明知说。

"还好吧，反正我平时也很少出去，再说马上就要搬了。"

雪突然下大了，池明知回头看，宋天暮也把脑袋压在胳膊上看向窗外，飘飘洒洒的雪花落在地上。

"今年首都的雪好大，有一次我下班出来，发现车都要开不出去了。"

"这么大的雪啊……公司还在之前的位置吗？"

"还在，把楼上也租了。"

实在是想不到有什么好说，只好一直看着窗外的雪。宋天暮突然想起高中的时候，自己和池明知闹别扭又和好，好不容易下雪了也没叫他起来看。那时候觉得很遗憾，现在还是觉得遗憾。虽然现在也可以一起看雪，但那时候的心情，和现在的心情是不一样的。

"你想要画吗？可以拿一张带走，说不定以后我出名了还能卖钱。"宋天暮没话找话。

"我已经有一张了，在我家挂着呢。"

过了会儿宋天暮才想起来，应该是给陈硕画的那张。

"你没给他啊？"

"你说呢？"

宋天暮还能说什么？

池明知看着他："你在这边过得好吗？"

"还行吧，也没什么好不好的，反正自己能照顾好自己，也不缺钱，就是学画的时候手一直疼没时间去医院，那段时间心情不太好，老是胡思乱想手坏了不能画了怎么办，后来一直贴膏药贴好了，别的就没什么了……你呢？"

"就那样吧。"池明知说，"前段时间开大会还看到你们以前的老板，和我打听你去哪儿了。"

"你怎么说的？"

"我说你出国学习了。"

漫长的沉默。

"其实……"宋天暮慢慢地说，"当时和你说了很多过激的话，现在想想挺没必要的，可能那时候就那样吧，太容易冲动了。"

"真的不生气了吗？"

"不啊。"

宋天暮看着他，他也看着宋天暮。

"嗯。"池明知笑着说，"那就好。"

雪越下越大，房间里温度低了下来。宋天暮突然之间觉得很窒息，很想说一句我觉得咱们以后还是不要再见面了吧，挺没意思的，却又说不出口。

可能命运留给我很多会对我嘘寒问暖的朋友，但是会毫不犹豫地给我挡酒瓶子，会在这种时候来找我的人只有你。

你那天说你不明白，其实我也不明白，我不明白为什么会变成这样。但是已经这样了……

已经这样了。

宋天暮起身，说："睡觉吧，今天应该没什么事儿，警报都少了，你要是能弄到票的话早点回去，别耽误工作。"

池明知在这里待了四天才回去。宋天暮想打车送他去机场，池明知没让。

"你在家老老实实待着吧，外面这么乱。"池明知说，"再把东西好好清点一下，省得搬家的时候手忙脚乱的。"

"好吧。"

池明知转身往门口走了一步，又停下，转身，好像有什么话想说，但最后他只是伸手拍了拍宋天暮的肩膀。

"以后有什么事儿及时和你哥说，你哥真的……真的很担心你。"

"嗯。"宋天暮点点头，"我知道了。"

池明知把手收回去，关门离开。宋天暮在原地站了会儿，觉得眼前一片模糊，他疑惑地抹了一把眼睛，才发现手心里都是眼泪。

四月份，宋天暮正式进入 TAU 学习。

　　他对这里的印象就是氛围好，当然也有一些很难相处的人，但大多数老师和同学人都很好。还有就是周围的同学都非常非常厉害，看到大家的作品会有一种被震撼到的感觉，会觉得"这就是自己想表达的，但自己好像没办法画出这种程度的东西"。

　　当然，也受到过他觉得很厉害的同学的夸奖和教授的肯定，这是他为数不多的开心时刻，总之就是一边失落一边满足。

　　虽然和同学们相处得不错，但还是没有交到能称之为朋友的人，可能也和他把大量时间花在学习上有关，不过这种状态对他来说已经很好了。

　　学校的图书馆非常大，藏书很丰富，宋天暮本来不是一个爱看书的人，他更喜欢看电影，感觉更加鲜活一些，但为了不浪费这么好的环境，他还是会每天抽出时间去图书馆随便找本书看一会儿。

　　邢琳确实怀孕了，陆凯扬等他开学之后才告诉他。

　　陆凯扬说："哎呀，是女儿怎么办？万一生出来像陆心蕊就完了，但是他们说酸儿辣女，你嫂子整天吃麻辣兔头，好像真的是个女儿啊。"

　　"你为什么要用那种嘚瑟的语气说话啊……"宋天暮很无语，"我看你很喜欢女儿吧。"

　　"真是个女儿可完了，小时候还行，长大了就不和我亲了，千万不能是女儿。"

　　"嗯嗯嗯。"宋天暮敷衍着，"肯定不生女儿。"

　　"你才不生女儿呢！"陆凯扬立马炸毛了。

　　宋天暮："我也生不出来啊。"

　　"我不和你说了，给你嫂子买鸭脖吃去了。"陆凯扬说，"对了，你大侄女办满月酒你能不能回来？"

　　"几月预产期啊？"

　　"七月吧。"

　　"那应该八月可以回去，那时候正好是暑假。"

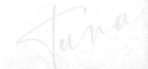

"回来吧，你哥给你报销机票。"陆凯扬说，"我给你汇的钱你怎么又给我汇回来了？"

"我嫂子生孩子不要钱吗？"

"一码归一码，这不是还你的钱吗，又没还完，再说你嫂子生孩子的钱我还没有啊？"

"别给我转了，就当我给大侄女包红包了。"怕陆凯扬还要啰唆，他又补充一句，"我真不缺钱。"

"你给你大侄女包这么多红包，是指望她以后帮你拔氧气管啊？"陆凯扬不怀好意地笑了起来。

"嗯，先拔你的，再拔我的。"宋天暮挂了电话，心情又变得复杂起来，回去的话还会见到池明知吧。肯定会见到的，不可能避开，好朋友小孩的满月酒他怎么可能不去？但是自己又不想错过，已经错过陆凯扬的婚礼了。

七月份，邢琳顺利生下一个小女孩，陆凯扬给宋天暮发来了他们一家三口的合照，邢琳靠在陆凯扬怀里，小小的宝宝躺在妈妈身上，被爸爸妈妈一人握着一只手。

说不羡慕是不可能的，虽然自己丝毫没有组建家庭的欲望，但真心实意地觉得陆凯扬好幸福。邢琳也很幸福，陆凯扬非常爱她，关心她，总觉得结婚了就要做负责的男人，几乎把自己的一切都奉献给了家庭，之前花钱大手大脚的，现在什么都不给自己买了，发工资了先给邢琳买礼物再攒钱，过去洗个锅都能搞得厨房乱七八糟，现在也能有模有样地做出一桌菜，还很懂似的告诉自己不同材质的衣服要怎么洗。

不过，可能人生就是有失必有得吧，他们也许也会有觉得辛苦后悔的时刻。思绪到这里戛然而止，宋天暮晃晃脑袋，继续画画。

八月初，宋天暮回国了。一落地就有一种莫名的踏实，听到周围熟悉的中文也很心安。

陆凯扬开车来接他，宋天暮发现陆凯扬一点没变，就算当了爸爸还是有种少年感，身材也保持得不错。

"你哥我天天健身的好吧。"陆凯扬说，"你嫂子哪天看我不顺眼把我踹了怎么办，男人得有点危机感。"

一见面就有好多话可聊，陆凯扬说陆超英本来想多住几天的，生意忙就先回去了，又巴拉巴拉地说了一大堆，天南地北什么都扯。陆凯扬兑现了自己酒后的诺言，真的在自己家里给宋天暮留了一间卧室，平时就算来了客人也让他们住客房，那间房还没人住过。

"挺好。"宋天暮说，"那你就别琢磨还钱的事儿了。"

邢琳和阿姨还有宝宝在家里等他们，宋天暮挺有小孩缘，大侄女本来在哭，看见他就不哭了，宋天暮只好抱着孩子在房间里走来走去。邢琳切了水果让宋天暮吃，坐在沙发上和宋天暮说话。他向邢琳道谢，为了之前的作品集和保健品，邢琳愣了一下。

"啊，没什么。"邢琳说，"快去洗洗手吃饭吧。"

满月宴在第二天，酒店到处都装饰得粉嫩嫩的，宝宝穿着可爱的小衣服，脑袋上戴了一个大大的蝴蝶结发箍，想都不用想，这是陆凯扬打扮出来的。陆凯扬还想给宝宝脖子上系个蝴蝶结，邢琳说你什么毛病，当给宠物戴项圈呢。陆凯扬不敢反抗老婆，忍痛把蝴蝶结系在自己手上，凑了个蝴蝶结父女装。

宋天暮的斜对面就是池明知，周围都是同龄人，有陆凯扬的大学同学、同事什么的，大家都穿得挺正式，只有宋天暮随便穿了身衬衫短裤就来了。

菜很好吃，但是宋天暮没什么胃口，喝了点酒，主要是有点不知道怎么拒绝劝酒。结果大家都没吃完他就醉了，虽然没耍酒疯，但一直昏昏沉沉的，只想找个地方睡一觉。

　　陆凯扬今天忙得很，感觉比结婚那天还忙，主要是多了个小孩要分神照顾，等他发现自己弟弟好像喝醉了的时候，客人已经快要走得差不多了。

　　把孩子交给邢琳，陆凯扬往宋天暮那边走。与此同时，池明知起身，走到宋天暮身边，把他扶了起来。陆凯扬在他们身边站定，沉默地看着池明知。

　　池明知说："我没喝酒，等会儿把他送回去吧，你们大概几点走？"

　　"一起走吧，晚上在我家吃。"陆凯扬说，"池明知。"

　　"嗯？"

　　陆凯扬顿了顿："没什么。"

　　宋天暮感觉自己被人扶着往外走，他不想吐，但是站不稳。被带着坐上副驾，系上安全带，有人轻轻扶正他的脑袋，问他想不想吐，宋天暮摇头。

　　车里的味道很好闻，开车的人技术也很好，即便是喝多了也没什么太难受的感觉，就这样一直平稳地到了陆凯扬家楼下。

　　陆凯扬叫了几个关系亲近的朋友晚上去家里吃饭，所以回家的时候电梯里站了很多人。宋天暮几乎靠在池明知身上，池明知怕他倒下去，只好拽着他。

　　到家之后，家里顿时热闹起来，陆凯扬和阿姨在厨房忙活，邢琳在主卧和小宝宝一起休息。会做饭的朋友去厨房帮忙，不会做饭的就在客厅聊天看电视。

　　池明知带宋天暮进了那间空的卧室，把他扶到床上，又给他倒了水。宋天暮觉得清醒了一点，但是眼皮很沉，池明知让他侧着躺，他就一动不动地躺着。

过了会儿，池明知在床边坐下，门外是大家聊天的声音。

"难受吗？"池明知问。

宋天暮发出一点含糊的声音，不知道是不是回答。

窗外的知了一直在叫，窗边的树叶子碧绿碧绿的。天一下子就阴了，雨滴落下来，树叶子抖来抖去。

"前段时间……我开车从咱们学校到你之前那个公司，我发现好远啊，开车都要将近一个半小时，那年我还在想，为什么你不去公司附近租房子住呢，是懒得折腾吗，后来才知道，你可能就是怕我学习压力大想多陪陪我吧，其实很明显的事情，是不是？但我当时就是不愿意多为你想想。

"有时候我也很奇怪，为什么之前一直都没发现呢？可能我觉得一切都是理所应当的吧，你在我身边，我一直都觉得我对你挺好的，所以你陪着我也是应该的，其他的，我觉得不重要，总觉得还有很多更重要的事情要去做。"

电视里不知道在演什么，大家一起笑了起来。

"你去留学之后，我有很久都不明白为什么会这样，我就在想咱们俩过去的事情，越想越觉得，哦，原来我做了那么多过分的事，为什么我要让你画画给陈硕呢？我有很多次都想去和你说对不起，但是你说你在那边很开心，这个开心的基础就是看不见我，我就觉得……我觉得我做了这么过分的事情，怎么好意思就说一句对不起呢？说了你也不可能原谅我，只会更讨厌我吧。

"地震的时候我给你哥打电话，问你怎么样了，你哥说联系不上你，我当时就在想，要是你真的出事了怎么办呢？你去那里是因为我，你要是死了就是我害死的，我怎么能把你害死呢？为什么我要那么对你？为什么我要害死你啊？我真的……"

好像再说什么都是词不达意，池明知用力掐着掌心，闭着眼睛，垂头坐了很久。陆凯扬喊人帮忙择菜，池明知帮宋天暮盖好薄毯子，起身关好门走了出去。

"跑哪儿去了你？"陆凯扬说，"逃避劳动啊。"

池明知没说什么。

菜做得差不多，就差一锅汤。天都快黑了，雨越下越大。池明知怕宋天暮不舒服，洗了洗手，回卧室去看他。

宋天暮不在了。池明知把他躺过的床收拾了一下，门被打开，宋天暮走进来，好像刚洗过脸，眼睛还有些红，看到池明知之后站在原地不动了。

谁也没有先开口，感觉说什么都不对。陆凯扬过来叫人吃饭，宋天暮转身走了，陆凯扬回头看了看他。池明知把枕头放好，想往外走。

"池明知。"陆凯扬拦着他。

"怎么了？"

"你知道吗，我当初一直和我弟说，不来参加我婚礼无所谓的，我不介意，就是个仪式。其实我很介意，这么重要的仪式我弟弟不在，我怎么可能不介意啊？"

"嗯。"池明知点了点头。

"这么长时间我一直都没和你说什么，因为我觉得没必要，我结婚之前，我弟大半夜过来找我们，我从来没看他那么可怜过。第二天早上在医院，他说我不能参加你们婚礼了，因为我不想再看见他了。为什么啊？我真的就特别想知道，到底是为什么啊？他没做过什么对不起你的事儿吧，为什么老是因为你整天不开心呢？"

池明知不知如何回答他的问题，只是自己慢慢明白的事情越来越多。比如说自己做了很多伤害别人的事，比如说时间不是帮自己梦想成真的万能药。

待了大半个月，宋天暮准备回去了。

那几天小宝宝一直咳嗽发烧，两个新手爸妈忙得不行，宋天暮自然没让他们去送，准备自己打车去机场。没想到下楼的时候发现池明知的车，池明知坐在里面等他。

一时之间不知道说点什么，还是宋天暮先开口："你来找我哥吗？"

"我听说你今天走，想来送送你。"

"哦。"

池明知给他开了车门，他只好坐上了副驾驶位。

车里是熟悉的香味，宋天暮按下车窗往外面看，突然想到自己刚离开老家那年，跟着陆凯扬一起坐出租车去天虹玩，路上也是这样一直往外看，当时在想"好多楼啊"，现在也不知道在想什么。

路上有点堵，时不时就要停下来等一会儿。

"你怎么不放歌听啊？"宋天暮说。

"你想听什么？"

"不知道啊，还能点歌吗？"

"我可以给你唱。"

宋天暮莫名其妙地觉得很好笑，他还没听池明知唱过歌呢。

池明知问："新租的房子怎么样？"

"和之前那个差不多。"

"你的衣服还是那么乱七八糟堆着吗？我发现你现在怎么变邋遢了。"

"我邋遢？我多爱干净啊。就你不邋遢……"

过了会儿，池明知说："你侄女叫什么来着？"

"陆珍，我哥本来想叫陆珍珠，我嫂子坚决不干，最后就叫陆珍了。"

又陷入无话可说的境地，宋天暮低头看着自己的手指头。前面堵了，池明知停车，扭头看他。宋天暮本来想问一句看什么，又觉得还是沉默到底算了。

"三月份从 J 国回来之后我心情很好，你知道为什么吗？"池明知说。

"为什么？"

"因为你说你不生气了。"

终于到了，池明知停好车，拉着他的行李箱和他一起进机场。

"你先回去吧，路上注意安全。"宋天暮冲他摆摆手。

池明知拿出一个小便签本和一支笔递给他。

"嗯？"宋天暮不明白他想干什么。

"你的新地址可以给我一个吗？"池明知说，"我过段时间可能要去一趟 J 国，离你那儿不远的话想去看看你。"

宋天暮看着他的手，突然想起了很多年前，他拿着一个金枪鱼饭团递给自己的样子。鬼使神差地，宋天暮接过便签本，一笔一画地写下了自己的新地址。

池明知把它接过来放好："那我回去了。"

宋天暮点点头，走了两步，回头发现池明知也在回头看他，只好转开脸，继续去安检排队。

回到学校之后依然是忙忙碌碌，这学期理论课的比重降低，但在实际创作中需要思考的好像比之前更多了，没想到过去觉得是负担的感性反而变得珍贵了起来，心胸和眼界也随之开阔，他希望能不断拉伸自己，突破之前觉得很难跨越的边界。

他有了新的感想，想去做新的作品，看了大量的电影和书，揣摩别人作品的意图，希望能以此填补空白的时光。

池明知是在一月初来找他的，国外的新年，学校放假，宋天暮趴在床上看书，突然听到了敲门声。没想到他真的来了，庆幸这次家里没上次那么凌乱。

不过家里还是有一点点乱，吃了午饭之后，池明知说要帮自己收拾。

宋天暮只好说好的，心想可能这就是洁癖吧，看到别人的房间乱了就手痒痒。收拾了一会儿，池明知又把他最近的画整理了一下。在整理到某一张的时候多看了一会儿，好像很喜欢。

"你之前说可以送我一张，还算数吗？"

"算啊。"

"那我拿走了。"池明知把那张画抽出来，仔细地卷好。

画上有个西装小人，好像站在信号很差的电视机里一样，身体错位，眼神冰冷，没有嘴巴，脑门前有一缕奇怪的刘海，脑袋后面是电视无信号的彩屏。这次池明知只待了两天就走了，虽然他没说，但宋天暮能看出来他应该没怎么休息好。可能真的很忙吧。

池明知走之前，宋天暮实在是懒得做饭送行，就问他吃生鸡蛋拌饭加酱油可不可以。池明知说可以，宋天暮做了两碗。池明知尝了尝，脸上露出了微妙的表情。

"不好吃啊？"

"还好。"池明知把剩下的饭吃完了，然后他起身烧了点开水，找个大碗，打了个生鸡蛋进去，又把开水倒进去，一点点搅散，最后放了点盐，"你要是不知道吃什么的话可以弄点这个汤，方便，没胃口的时候也能喝得下去。"

宋天暮一脸"这玩意能喝吗"的表情，试着喝了一口，没想到还挺好喝。

"在外面要照顾好自己，别让你哥担心。"

宋天暮点点头，池明知拿着他的画走了。宋天暮把剩下的汤喝掉，坐在地上发呆。

池明知没说还会来，宋天暮就以为他不会再来。

没想到再见面是三月份，学校放春假，宋天暮每天都有很多事情要做。池明知来的时候他正趴在阳台上抽烟。也许是因为太忙了，压力有点大，他在便利店买水的时候忍不住拿了一盒，回家之后试着抽了抽，虽然被呛得直咳嗽，但好像真的有一种"没那么心烦了"的感觉。不过不想变成浑身烟味的人，每次抽完之后他都要洗澡漱口，为了避免麻烦只好晚上抽。

他给池明知开门的时候手里的烟还没来得及按灭，不知道为什么有点慌乱，赶紧把烟头丢到马桶里冲掉了，好在池明知没多问。宋天暮没想到他会突然过来，家里没准备什么，只好泡了点红茶招待他。

"你家怎么这么冷？"池明知端着茶说。

"还好吧。"宋天暮去冰箱里拿了一盒牛奶，想往他的茶里倒。

"这能喝吗？"

"当然能喝了。"

池明知躲了一下，牛奶洒在他的黑衬衫上。

宋天暮：……

"没事。"池明知起身去开自己的登机箱，"我带了换的衣服。"

池明知换上新的衬衫，说："我上次来就想问你了，我拿走的那幅画里，为什么你画的西装小人前面那缕头发特别像一道疤啊，是故意拿头发盖住了吗？"

宋天暮愣住，没有说话。

"他也给别人挡过酒瓶子吗？"

宋天暮想说点什么，却在开口的时候顿住了，他不想池明知再道歉了，因为真的不知道再要怎么回答。

"我知道你现在有自己的事情要做，我也不想破坏你的生活，但是能不能不要说什么再也不见了啊？我只是想弥补你。"

不经意

❄

虽然宋天暮没感觉到，但是池明知坚持认为他家很冷，宋天暮只好把暖气开大一点。

抽完烟，池明知打开宋天暮的冰箱整理一下，拿出点食材开始做饭。

"你会做饭了啊？"宋天暮很惊讶，"什么时候学的？"

"去年吧。"池明知拿筷子打鸡蛋，"有天晚上特别饿，家里没什么吃的了，就冰箱里还有点鸡蛋，试着炒了炒，感觉还能吃，后来慢慢就会了。"

宋天暮靠在冰箱上看他做饭，想挑挑毛病，但看了一会儿，池明知做饭的步骤还真的挑不出来什么毛病，搞得宋天暮挺失望的。

池明知回头看看他："你是不是在这儿等着批评我呢？"

"你把人想得也太坏了吧⋯⋯"宋天暮有些心虚，"我这不是想指导指导你吗，我发现你这人挺阴暗的。"

池明知走过来拍拍他："行，我阴暗，你去那边站着。"

宋天暮心想好像谁乐意看似的。

宋天暮知道池明知有很多话没说，因为道歉也是需要资格的，这个资格就是你要做好不被原谅的准备。

　　宋天暮看了会儿电影，池明知叫他去吃饭，宋天暮心想你喊个什么啊。越想越烦，胃开始不舒服。

　　吃了没两口就疼得吃不下去，宋天暮脸色难看地捂着胃说吃饱了。好在池明知发现他不对劲，给他找药拿水，宋天暮吃完没多久忍不住把药吐了出来，只好又吃了一次。

　　"明天早点起来去医院吧。"

　　"去了好几次了，都给开一样的药。"

　　"是因为在我那儿的时候吃饭不及时吗？"

　　宋天暮忍了半天，还是没忍住："你觉得在你那儿天天半夜十二点半下班怎么吃饭及时啊？我能吃上饭就不错了吧。"

　　沉默很久，宋天暮又说："不过和你没关系，是我自己的问题。"

　　池明知又不是没给他吃饭的时间，也没逼着他干什么，是他自己为了得到肯定才那么拼，本来就是他的问题。

　　池明知没有说话。

　　宋天暮转移话题："我前老板怎么样了？"

　　"挺好的，那次开完会我们还一起吃饭了呢，和我说感谢我给他培养好员工，我当时心想这人怎么嘴这么贱。"

　　"这人本来就很嘴贱——他说我啊？"

　　"他说陈硕。"

　　"陈硕跳槽了吗？"宋天暮有点意外。

　　"早就走了。"

　　"为什么走啊？"

　　"你走之后我和陈硕闹了点矛盾，现在看主要还是我的问题，其实他也没说什么，我反应很大，闹得不太愉快，后来他被你以前的老板挖走了。"

"哦⋯⋯"

这是美化了很多倍的说法。事实是，陈硕在开会的时候抱怨宋天暮留下很多工作没做完就走了，池明知说他不是做好交接了吗，陈硕说那也叫做好交接了吗，能力不行态度也有问题。陈硕不知道他们俩吵架的事情，纯粹是之前在工作上和宋天暮不对付在找碴儿。

客观来说陈硕的评价并不准确，宋天暮的能力和态度都没什么问题，工作也全部交接好了，确定不会给别人造成麻烦才离开，这些别的高管都知道，但是大家都觉得犯不着为了一个已经离开的人说什么。

没想到池明知当着很多人的面说"和你有什么关系吗，他怎么样轮不到你来评价"，然后就摔门走了。那件事之后没多久陈硕就带着手底下的人跳槽了，估计是接受不了自己老板说翻脸就翻脸。

也是那之后池明知才发现，哦，原来宋天暮这么重要，别人说他不好我会这么生气。可是已经错过了的时机，此时此刻，再说出来也只是给宋天暮增添负担。

宋天暮爬起来洗漱，然后躺回床上很久都没出声，池明知还以为他睡着了。过了会儿外面开始下雪，宋天暮爬起来看雪。池明知问他怎么还不睡，宋天暮说："你困了就睡你的啊，别吵。"

"其实我去年遇到了很多麻烦。"池明知说，"我也不知道为什么那么倒霉，一件接一件的。"

"后来呢。"

"后来想了想就咬牙挺过来了。"

"想什么呢？"

"我不想再见面的时候让你觉得⋯⋯哦，原来我之前崇拜的就是这样的人啊，这么没用。"池明知说，"可能你会觉得这个理由很好笑吧，但我真的就是这么想的。"

宋天暮呆呆地看着外面的雪，没想到会听到他这么说。

窗帘被拉上，房间里只剩台灯发出的微光。

"胃还难受吗？"池明知问。

宋天暮摇摇头，池明知就不说话了。宋天暮本来还想去把晒的衣服收了，但是没多久就觉得困，很快就睡着了。

第二天池明知带他去医院，陪他做完检查，开了新的药。宋天暮心想也不知道这个药管不管用。

如果不提吵架的事，他们俩也不是没话可聊，宋天暮发现自己这人其实很八卦，听池明知聊起他们圈子里之前的谁谁谁听得还挺来劲，比如说某个大佬非常迷信，被风水先生骗了150万，把公司重装一遍之后就折戟IPO（首次公开募股）了。比如说另外一个大佬沉迷网游，最后把公司便宜卖了。

他不知道这次池明知要在自己家住几天，以为住个三四天就会走，没想到已经五天了对方还是没有走的意思。本来还想委婉点儿，但是一想好像也没什么好委婉的。

"你什么时候走啊？"

"明天。"

"哦。"

过了会儿宋天暮看到池明知在网上订票，觉得很奇怪，看他说得那么自然还以为早就订好票了呢。

"你没买好票吗？"

"刚刚买好。"

"我还以为你早就买好了。"

"因为我也不知道你什么时候会烦我啊。"池明知笑了一下。

宋天暮：……

　　第二天，池明知收拾行李的时候宋天暮坐在床上看书，看了半天又翻回中间重新看。行李很快就收拾好，池明知坐在他身边，问可不可以一起看。

　　宋天暮说："是日语书。"

　　没想到池明知用日语把他在看的那一页的第一行读了出来。

　　"我们也希望孩子们能充分理解母亲的心情，健康地成长。"池明知说，"挺有意思的，这是讨论亲子关系的书吗？"

　　宋天暮："你会日语吗？"

　　"我本科的时候选修过日语课啊，当时让你选，你不是说不想选吗？"

　　宋天暮彻底无语了。所以人和人的大脑果然还是不一样的吗，宋天暮也不懂为什么只是选修过日语，就能这么流利地念出没看过的书里的话。突然之间觉得很沮丧，本来就因为学业压力心情不太好，这么一对比觉得心情更不好了。

　　"你怎么了？"池明知凑过来，"突然就不高兴了。"

　　"没怎么。"

　　"那怎么脸都耷拉下来了？好像京巴。"

　　"你才像京巴呢！"

　　"逗你的，我日语学了很久了。"

　　"啊？"

　　"因为一直都不放心你，怕你一个人在这边出什么事，到时候来了也帮不上忙，所以就学了日语。"

　　"哦。"

　　池明知带着笑看他，眼神却有些难过："可以说吗？"

　　"说什么？"

　　"我真的很担心你。"池明知说，"我知道你现在很讨厌我，但是没有什么比你的健康和安全还重要，如果你出了什么事情，需要帮助，一定不要想那么多，第一时间联系我，我的手机号一直都没变，不管什么时候打过来我都会接的。"

知道池明知不是在胡乱许诺，就算是地震他也会冒着危险来，余震了第一反应是拉着自己，可越是这样越觉得很难过。

"一直都没机会说，我非常高兴你能考上这么好的学校，虽然没什么资格，但我真的觉得很骄傲，就算我是外行也能看得出来你的画很棒，这条路很适合你，以后不管遇到什么困难都要坚持下去。"池明知说，"你走之后公司来过很多人，可是我觉得没有人比你优秀。"

宋天暮只能点头，因为一个字都说不出来。

"那我先走了，过段时间等你不这么忙了再来看你，新开的药要按时吃，烟一定要少抽，好不好？"

宋天暮再点头。

门被关上，宋天暮看着门把手，发了半天的呆才走到沙发前，趴在上面不动了。

四月份开学，宋天暮更忙了，如果说过去是痛并快乐的，现在的痛明显比快乐要多一些。为数不多的快乐就是参加学校举行的各类展览、演出。

池明知来找他的频率并不算高，也许是怕影响他的学习，也许是实在很难抽出时间，两个人大概一个月可以见一面，池明知在这里会待三五天，两个人会出去吃他想吃的馆子，或者去他想去的地方转转。也许是因为在这边没有太亲近的朋友，宋天暮的内心一直很孤单，有一个熟悉的人在身边，好像内心的孤单都减少了。

可正是因为如此，宋天暮更加觉得心情复杂，好像一切都回到了原点，池明知的陪伴好像什么符咒一样把他牢牢锁住，他无论如何也不能逃出生天。

第二学年的上学期在焦灼和忙碌中过去了，宋天暮的插画设计作品被挂在了设计栋的墙上，也只有在类似的时刻他才会暂时减少一些对自己的厌恶，他没有亵渎他喜欢的东西。

放暑假之前，池明知来见他，那几天宋天暮除了去学校都没出门，一直在家里躺着补觉，他已经好久没睡过懒觉了。

池明知给他收拾了房间，做了饭，整理了乱七八糟的作品和画材，宋天暮中间爬起来帮忙整理了一次，可池明知看他实在是太困，叫他回去睡觉，宋天暮就又睡了过去。

晚上的时候，宋天暮被叫醒吃饭，厨房暖黄色的灯光打在池明知身上，还有些迷糊的宋天暮居然看出了一些温馨，那一刻他觉得要是失忆了也很好，从这一刻开始重新认识或者当陌生人，可惜过去的种种依然牢牢刻在他的大脑里，想忘都忘不掉。

池明知问他，要不要和自己回国过暑假，宋天暮觉得回去看看陆凯扬他们也好，便和池明知一起回了国。

宋天暮能看出来陆凯扬有些不高兴，一回到家，陆凯扬就问宋天暮："你怎么会和他一起回来？"

"他去找我，问我想不想回国过暑假。"

陆凯扬熟练地给宋天暮换了新的四件套，从冰箱里拿了自己做的水果冰棍，宋天暮觉得有些好笑："你怎么自己做冰棍吃？"

"这不是你嫂子喜欢吗？人家嫌外面卖的太甜了。"

在陆凯扬家里住着自然是很开心的，他也不会觉得有什么不自在，只是他的小孩缘未免太好了些。陆珍特别喜欢让他抱着，搞得陆凯扬吃醋不已，还信誓旦旦地说肯定是宋天暮喷的香水陆珍很喜欢，可宋天暮说自己没喷香水，陆凯扬只好说："我闺女就是看你面生觉得新鲜。"

回去没几天，陆凯扬接到了池明知的电话，池明知说朋友送了些新鲜海产，请他们去家里吃饭。那天天气非常热，陆珍被留在家里交给阿姨照顾，他们三个开车去了池明知家。宋天暮发现池明知换了房子，这里离公司很近。

席间气氛还算和谐，陆凯扬和池明知有话聊，毕竟是这么多年的朋友，邢琳也在互联网公司工作，好像还和池明知的公司有业务交集，他们俩偶尔也会聊两句，只有宋天暮无话可说，闷头吃饭。

陆凯扬的酒量还是一如既往地不行，他和池明知喝了差不多的量，池明知看上去没事人一样，他却醉了。池明知怕陆凯扬路上不舒服，让他去休息一会儿，晚点再走，于是宋天暮把陆凯扬扶到了床上，看他抱着邢琳的胳膊睡觉。

池明知轻轻敲了敲门，问宋天暮要不要也去休息一下，宋天暮说好。宋天暮躺在床上，觉得外面树叶子哗啦哗啦的声音很吵，他问池明知："你有耳塞吗？我等会儿想睡一觉。"

池明知说："有，中间那个抽屉。"

宋天暮爬起来拉开中间的抽屉，一不小心力气大了点，把最上面的抽屉也带出来一些，可还没等他看清缝隙里的东西，池明知就快步走过来，把最上面的抽屉推回去，拿出耳塞递给他。

宋天暮抬头看池明知。

"想吃水果吗？我去给你切点。"池明知若无其事地说。

宋天暮把手放在了最上面的抽屉把手上，池明知移开了目光。抽屉被拉开，宋天暮看清里面的东西之后愣住，居然是他之前撕掉的合影。池明知把抽屉推回去，宋天暮却又把抽屉拉了出来，他拿起合影，问池明知："你捡回来了？"

"我觉得丢掉很可惜。"

"可惜？"宋天暮真的想笑出声了，"你真的觉得丢了很可惜吗？你为什么觉得它可惜？"

"那你为什么觉得它被撕碎了当垃圾扔了不可惜？"

本以为该说的话都说了，提起这些还是觉得无法释怀。

宋天暮叹了一口气："我有些累了，其实你不用这样。我走那么远就是不想你再凑过来，你也不用跑来国外陪我干这个干那个的，我们俩甚至不用再见面了。

"我以前跟着你、听你的，是因为我刚去陆凯扬家的时候没有人对我好，是你一直对我好、陪着我。你没做错什么，一切都是我自愿的，我现在有自己想做的事了，你不要再来找我了，也不要再假惺惺地对我好了，这样会让我觉得自己已经无药可救了。"

他想推门离开，却被池明知用力拉了回去。

"是啊，你说陆凯扬不让你管他叫哥，我觉得你很可怜，所以我假惺惺地对你好，你不高兴了我就陪着你，干什么都陪着你，看你被打我还帮你，地震的时候担心你所以买了根本没人买的机票去找你，你要是觉得我对你的好是假惺惺的，那随便你怎么想，我知道自己对不起你。

"我不否认我对你的伤害，我有太多自己的事情要忙所以忽略了你，因为我觉得身边有你是太自然的事情了。但是现在我知道了，我也可以像以前你帮我那样，帮你完成学业啊。"

宋天暮呆呆地看着他，此刻更觉得荒谬和头疼。想出去冷静冷静，却在碰到门把手的一瞬间被池明知拉了回去，池明知让他坐下，而后坐在他身边，低头沉默了很久。

突然地，池明知说："我不知道该怎么对你，我不想给你造成压力，也不想你离我越来越远。"

好像习惯已经牢牢刻在了大脑里一样，宋天暮居然在这种时候还有安心的感觉，他心想自己可能离精神不正常那天不远了。

"我刚刚说的那些话是认真的。"池明知说，"但是你可以不用浪费精力去想，我耽误了你太多时间，不想再耽误你的学业了。"

如同得到了什么赦免一样，宋天暮很高兴池明知没有逼他很快给出回答，紧绷的神经松弛下来，他点了点头。

"我好困。"宋天暮几乎已经疲惫到不想思考了，"想睡一会儿。"

池明知拉了窗帘，找了薄毯子给他。

虽然很困，但努力很久都没睡着，宋天暮翻了个身，抱着枕头说："你这几年一直在首都过年吗？"

"嗯，一直在，今年本来想回去的，我爸带我弟弟来首都看病，我帮忙找了熟人，最后在我这里过的年。"

"什么病？"

"免疫系统的病，住了一段时间院，前不久才回去。"

"治好了吗？"

"暂时稳定了，后续应该还要再来。"

宋天暮想起了好几年前池明知面对父母离婚的无动于衷，他不知道为什么池明知会同意帮忙找熟人给弟弟看病，是他爸求他帮忙了吗？

像是知道宋天暮心里在想什么似的，池明知说："其实我本来不想管的，后来想到你，才觉得还是别做得那么过了。"

"想到我什么？"

"我总觉得……一切都是理所应当的，后来想想，哪来那么多理所应当呢？我爸之前对我还不错，我没必要在这种时候做得太过分。"

宋天暮昏昏沉沉的，很快就睡了过去。他梦到自己念高中的时候和池明知一起出去玩，两个人蹲在路边的招牌下等雨停，可雨一直在下，他和池明知就一直蹲在原地，把下巴压在手臂上看着湿漉漉的路面。

也不知过了多久，他才被人轻轻推醒了，邢琳的脸出现在他眼前。

"弟，回家了。"

陆凯扬和池明知在她身边站着，三个人一起低头看他，好像来探望病人似的，陆凯扬问："你做梦了？"

"没有。"宋天暮起身，把毯子放在一边下了床。

"那你扑腾什么？"陆凯扬拉了他一把，看上去还有些没醒酒，"你怎么比我还能睡？"

池明知送他们到门口，临走之前，宋天暮担心池明知要对自己说什么，好在池明知什么都没说。

再和池明知见面是在两天之后，池明知来陆凯扬家看他，按理来说那个时候陆凯扬和邢琳应该都下班了，但是那天他们俩都加班。阿姨做好了饭，宋天暮没时间吃，池明知进来的时候，他正在手忙脚乱地给陆珍喂奶。

陆珍捧着奶瓶，喝两口就推开，看着宋天暮哭，宋天暮头疼不已，他想把陆珍交给阿姨，一向和阿姨关系亲密的陆珍却无论如何也不愿意自己被送出去，哭得更厉害了。

池明知放下手里的水果，快步走过来想帮宋天暮脱困，可很显然，池明知也毫无这方面的经验。好在陆珍对新鲜面孔比较感兴趣，看到池明知，她很快就不哭了，好奇地盯着池明知的脸，还去抓池明知的领带。

"给你抱一会儿吧。"宋天暮松了一口气，小心翼翼地把孩子交给池明知。

陆珍安静下来，也肯乖乖喝奶了。

"朋友送了点水果，我吃不完，顺路给你们送来点。"池明知说。

人的精力有限，宋天暮已经不愿意再去琢磨那些有的没的了，再回去不到半年就要毕业了，到时候肯定会很忙很累，还是留着精力去准备毕业作品吧。

他回到 J 国之后，池明知过来的频率提高到了半个月一次，每次大概能住两三天。第一次去的时候，宋天暮已经恢复到之前高压忙碌的状态，家里乱糟糟的，生物钟也乱七八糟，他中午回来把钥匙交给池明知，又赶回去上课，晚上再回家的时候家里已经被收拾干净，饭菜还冒着热气。

那一刻他甚至想真心实意地对池明知说谢谢，能给我做饭吃你可真是个大好人。放下书包，他二话不说坐在桌前开始吃饭，池明知坐在他对面看他狼吞虎咽，过了会儿嗤笑一声："我早就知道不该信你的话。"

"什么话？"

"'反正自己能照顾好自己'，你还挺好意思说。"池明知给他倒了杯蔬果汁，"你冰箱里堆那么多菜全都烂了，买回来也不做，成天吃泡面？"

"哪有时间做啊，还要刷碗，麻烦死了。"

"你的袜子怎么那么多单只的？"

"穿丢了吧。"宋天暮给自己夹了一大块青椒炒蛋塞进嘴里。

池明知摇摇头，似乎是觉得很离谱："袜子怎么还能穿丢，你在外面脱袜子吗？"

"我故意买的不一样的袜子还不行吗？"宋天暮说，"你再唠叨我就把你赶走了。"

他吃完了一碗饭，又让池明知盛了一碗，池明知把饭盛好递给他，问："你是去上学了还是去干体力活了？怎么这么累？"

"嗯嗯。"宋天暮点点头，态度相当糊弄。

池明知无语地起身，走去灶台前，给他又做了一个虾仁番茄汤。吃过晚饭，宋天暮倒在沙发上犯困，他知道自己不能睡，还有作业没做完，但他实在是很困，强撑着对池明知说："一个小时以后叫我。"

池明知拧了凉毛巾让他擦脸："现在睡了晚上又要熬夜，有什么没干的抓紧时间干了，别拖。"

宋天暮觉得，自己还是应该听池明知的建议，毕竟池明知一年半就修完了研究生学分，这方面的经验肯定比自己要多，只得爬起来开电脑，强打精神赶在十一点之前做完了作业，潦草洗漱一番，罕见地在十一点半躺上了床。

第二天起床之后宋天暮罕见地精力充沛，甚至还有胃口吃池明知准备的早餐，吃完了，他拉开抽屉随便翻出两只不一样的袜子穿好，准备走到门口穿鞋。池明知把他拉回来，好不容易才找出两只成对的袜子递给他。

"袜子不是随便穿就行了吗？"

"你要是把自己和家里都搞得乱七八糟的，你的思路肯定也会乱七八糟的，之前不是和你说了吗？"

昨晚睡了一个好觉，宋天暮的心情平静了很多，他看着池明知，突然觉得此情此景很不真实。

"你为什么会想过来帮我呢？"宋天暮突然问。

池明知抬头看他："为什么这么问？"

"我不知道自己毕业之后会不会马上回去，如果有工作机会的话我可能会多留一段时间。"宋天暮慢慢地说，"我不想影响你的生活，你要一直这样来回飞吗？"

池明知笑了一下："你可真善良，干什么总为别人考虑？"

"我只是——我不知道你什么时候才会走。"

"你觉得我每次飞过来很累吗？不是啊，能见到你是很开心的事，帮你收拾收拾家，做点你喜欢的东西看你吃，我觉得很满足，为什么你会认为我没办法坚持，然后突然就不来了呢？每次来时去机场的时候心情特别好，反而是回去的时候心情不太好。确实会堆一些工作，回去一起处理有点累，但我觉得工作不就是为了这个吗，可以随时做自己想做的事情，你有什么需要帮助的话我也能帮得上忙，要不然要那么多钱干什么呢？"

宋天暮的脑子里乱糟糟的，突然之间不知道该去想些什么，好在之前为了防止睡过头的闹钟响了起来，他赶紧起身往门口走，穿好鞋离开了。

　　毕业作品把宋天暮折磨得心力交瘁，他非常希望自己的作品能被选上优秀作品展，这是他给这段学生生涯最完美的交代。

　　第二年八月底，宋天暮终于毕业了。

　　如他所愿，他的毕业设计参选了优秀作品展，其中一幅作品还获得了当年的艺术奖，这是比他预想中的更完美的结尾。

　　陆凯扬问过很多次他打算什么时候回国，宋天暮也很犹豫，可没过多久，他就收到了一个驻留计划的邀请，同时收到邀请的还有几位很有才华的青年艺术家，他觉得机会难得，便暂缓了回国的打算。

　　年底池明知的公司准备在纽交所上市，他问宋天暮想不想和自己一起去，也许只是想陪他转转，也许是想让他见证这个时刻，可宋天暮拒绝了。

　　"我不想去。"宋天暮说，"提前恭喜你吧。"

　　当时池明知坐在他身边和他一起看电影，听到这个否定的回答似乎有些意外："不会耽误你很多时间的。"

　　"我不是怕耽误时间。"

　　"那是为什么？"

　　"你想听实话吗？"

　　"实话是什么？"

　　"实话就是，我觉得在你那儿工作的两年不是什么愉快的回忆。"

　　池明知把脸转了过来。

　　"你是不是觉得，认识我这么多年，都没什么愉快的回忆？"

　　"我要是说是，你会放过我吗？"

　　"什么叫放过你？是不是不管我做什么，只要在你身边，你就会觉得我在逼你呢？"

　　宋天暮没有回答，一直睁着眼睛看向窗外。

过年之前，陆凯扬一直在 QQ 上对宋天暮狂轰滥炸，他说自己今年带着老婆孩子一起回家过年，希望宋天暮也能抽时间回去，一家人团聚一下。宋天暮只好说好的。

陆凯扬骂他：我发现你是越来越冷酷无情了，你都不知道想你哥？回家过个年都这么勉强。

宋天暮：想你啊，我哪里勉强了？

陆凯扬：少敷衍我吧。

陆凯扬：下了。

觉察到自己好像真的惹陆凯扬不高兴了，宋天暮特意带了很多礼物回去，陆凯扬对此表示不屑一顾："你哥缺你这点东西啊？"

"给我嫂子她们带的。"

陆凯扬笑了："呦！你还知道让你嫂子给你说好话啊？"

"我是懒得在你身上花钱。"宋天暮系上安全带，"你都快三十了，怎么还天天让人哄着呢。"

"是啊，明年就三十了。"陆凯扬有些感慨，"你什么时候来的？"

"90 年代末。"

"都十五年了啊。"

陆凯扬转过脸看了看宋天暮，发现宋天暮好像没什么变化，看起来还是一副二十出头的样子，像那时候一样年轻，也像那时候一样沉默内向。

陆心蕊已经十四岁了，宋天暮总觉得她莫名熟悉，看了会儿才想起来她很像自己初中时候的同桌，个子高，长得好看，身上一股大姐大气势。

陆超英没什么变化，也许是因为几个孩子都不让人操心，生意也还算顺利，他看上去比同龄人年轻很多，为了迎接宋天暮，他亲自下厨做了一桌菜。

到家的第一顿饭吃得热热闹闹，陆心蕊一直在和邢琳低声说些什么，表情严肃又激动，宋天暮听了两句，好像是和追星有关，陆超英关切地问宋天暮之后有什么计划，陆凯扬则一直在逼着他多吃点。

吃完饭，宋天暮洗漱过准备入睡，没想到过了会儿，陆凯扬抱着枕头摸了过来。

宋天暮抬头看他："你让我嫂子赶出来了？"

"你嫂子让你妹拽走了，说今天晚上看什么节目，人家两个要睡一起，我过来陪陪你吧。"

宋天暮笑了一下："那你过来呗。"

两人有一搭没一搭地闲聊。

"你工作怎么样？"宋天暮问。

"还行吧，就那样。"陆凯扬一本正经地说，"肯定和艺术家比不了。"

宋天暮："哦，那你就等着艺术家出名吧。"

陆凯扬翻了个身，看着窗外的树影说："弟，其实我这两年一直在后悔一个事儿。"

"什么事儿？"

陆凯扬说："我一直在想自己谈恋爱结婚生孩子都这么顺，是不是因为把人生的那些不顺都传给你了。"

"你真够迷信的。"宋天暮笑了起来，"别瞎寻思了，睡觉吧。"

池明知也在大年二十九这天从首都回了家，老家那套房子几年没住过人，池明知不想租出去，一直空着，他回来之前才找人收拾了一下。

大年初二，池明知叫他们去家里吃饭，正好邢琳被陆心蕊拉去逛街，陆超英在家里照顾陆珍，陆凯扬便拿了点陆超英泡的桑葚酒过去赴约。没想到去早了，饭还没做好，池明知让陆凯扬别闲着，过来干活。

"怎么还带让我们自己做饭的？"陆凯扬站在厨房门口不愿意进去。

"谁让你手艺好呢？"池明知拧开水龙头洗菜，"你才知道会得越多干得越多啊？"

"弟。"陆凯扬抬高了声音，"你最会做饭，今天你当大厨。"

宋天暮坐在沙发上看电视，懒洋洋地说："我的手艺已经退化了，你们要是不想饿死在厨房就赶紧干活吧。"

"那你能不能别坐这儿看电视啊，好歹让我心理平衡平衡，你上去睡觉行不行？"

宋天暮从善如流，马上起身上楼，本来想去客房的，可客房一股霉味，似乎是没开窗透气，只好进了池明知的卧室。

过了会儿，池明知端了切好的水果上来，递给他说："睡不着就下去看电视，又没让你干活。"

"哦。"

夕阳照进来，难得的晴天，宋天暮整个人都被暖黄色的亮光笼罩了，池明知让他转过来看着自己。

宋天暮闻到一股淡淡的酒味，大概是池明知刚刚喝了点桑葚酒，刚想问问他好喝吗，就听到他说："其实我一直都想问，你还讨厌我吗？"

宋天暮张了张嘴，却发现自己没办法给出回答。

我不知道，但过去的时间做不了假，不管发生什么事，作为朋友，我还是希望你健康、平安、开心，无论你身边有没有我。

年少的时候总以为一切都是理所应当的，比如一个人的付出和另一个人的陪伴。两个人都蒙住眼睛往前走，越走越远，越走越远，把手放下之后才发现不是这样的，想挽回却发现回头的路好难走，周围的风景居然都变成了阻碍，勉强创造的平静一瞬间就会消失，想抓也抓不住。

池明知的动作顿了顿，拧开门走出去，却发现陆凯扬就站在门口。陆凯扬看看他，一言不发地伸手拉着宋天暮往楼下走，池明知把宋天暮拉了回来。

"干什么？"陆凯扬回头，"你们俩是还有什么话没说完吗？"

"是啊。"池明知说，"你有事吗？"

陆凯扬深吸一口气，转身下楼，可走出去没两步，就忍不住回头："你能不能对我弟好点儿，别再逼他了。"

"这话你好意思跟我说吗？他刚去你家的时候没人对他好，只有我陪着他，所以他才和我成了朋友。这么喜欢刨根问底怎么不忏悔忏悔自己做的事？还是你也觉得你那时候年纪小不懂事？"

"哥。"宋天暮说，"走吧。"

陆凯扬回头看他，两眼发红，宋天暮想把他拉开，却怎么都拉不动。三人推推搡搡，宋天暮被夹在中间，混乱之中，突然觉得太阳穴一阵剧痛，眼前黑一阵白一阵，嘴唇上热热的，伸手摸了一把才发现鼻子里流血了。

陆凯扬也许是说了什么，但宋天暮没听到，脑袋里只有尖锐的耳鸣声，站也站不稳，鼻血滴滴答答半天都流不干净。

宋天暮被带出门的时候莫名其妙地想到了高二那年，池明知给陆凯扬补课，陆凯扬被折磨到不省人事，自己就去冰箱里拿三个冰激凌大家分着吃。

那时候偶尔会觉得迷茫难过，现在倒是清醒明确了，却想放弃一切回到过去。头晕到半昏迷的时候宋天暮还在祈祷：要是一觉醒来还是十五岁就好了。

尽管宋天暮说自己没大事，但池明知和陆凯扬还是坚持让他做了全套检查。检查完了躺在病床上等结果，池明知站在门外，陆凯扬坐在他床边。脑袋还是很晕，宋天暮觉得陆凯扬的脸在逐渐变形，又一下子恢复原样。

陆凯扬转过脸来看他："是真的吗？"

"啊？"

"因为我那时候欺负你，他对你好，所以你才会什么都听他的。"

鼻腔里又热热的，宋天暮怕鼻血弄脏床单，抬起头来，盯着医院的天花板说："当然不是了。"

"不是你自己说的吗？"

"你对我好，我也会欣赏他，想要跟着他的脚步往前走，他太优秀了，这个没办法的。"

"当初为什么非要听他的？"陆凯扬似乎在控制自己的情绪，深吸一口气又吐出去，"值吗？"

好像之前一直都很逃避这些问题，一直都回答"我不清楚""我不知道"，可现在很容易就说出了答案。

"我去留学的时候……"宋天暮揉了揉自己干涩的眼睛，"心里想的是不值，现在觉得，不能什么事都用值不值来看吧，又不是做生意。"

走廊里很热闹，大概是过年期间，很容易出现意外，酒醉闹事，放鞭炮被炸伤，因为搓麻将而打架，陆凯扬一动不动地坐在他身边，沉默到呼吸声都很轻。

宋天暮说完这句话，突然觉得头晕得不行，扶着床头柜想吐，吐了半天只吐出来一点胃液，陆凯扬紧张地过来扶他。池明知听到声音推门进来，陆凯扬看了他一眼，起身出去了。

宋天暮头晕到眼前出现幻觉，白光一阵一阵，两只手抖个不停。池明知微微皱着眉毛看他太阳穴上的瘀青，脸色很难看。宋天暮又有点想流鼻血，可他懒得动，也不太介意被池明知看到自己的窘态。

"你要记得和陆凯扬道歉啊。"宋天暮说，"你那么说他会很自责的。"

池明知拿出纸巾递给他，过了会儿才说："知道了。"

"怎么一生气就什么都说啊？你不是那么想的吧。"

"对不起。"池明知说，"我只是……"

宋天暮看到池明知的嘴在动，但是听不到他在说什么。

"你说什么？"

"我不想你被……"

池明知的声音断断续续的。

"什么？"宋天暮迷惑地看着他还在动的嘴唇，耳朵里全是尖锐的白噪声。

池明知的脸也变了形，宋天暮又觉得头晕得不行。眼前黑一阵白一阵，好像坏了的电视，最后世界都变成了模糊的雪花点。

再醒过来的时候宋天暮看到了天虹的楼，少年陆凯扬在他身前走。一时之间不知道这是怎么回事，宋天暮跑过去，少年陆凯扬不耐烦地转过身来。

陆凯扬的声音好像从老式录音机里传出来："池明知几号回来的？"

茫然地回过头，宋天暮看到少年池明知走过来对他说："你好。"

周围的人都像硬纸壳剪出来的一样僵硬，重复着单调的动作，走来走去，走来走去。

池明知拍他的肩膀，对他说："走吧。"

于是宋天暮跟着大家一起走进了商场。商场里的人都没有脸，重复着和外面的人一样的动作，在光滑的地面上走来走去，走来走去。大家都走得很快，他加快了脚步跟上去，一不小心撞在别人身上，撞得脑袋生疼，疼到他忍不住捂着头跪了下去。有人把他拉起来，是池明知。

"饿了吗？"池明知说，"吃吧。"

池明知递过来一个金枪鱼饭团，宋天暮迷惑地看看四周，把饭团打开，咬了一口。腥甜的味道，好像血。商场变成被人推倒的扑克牌小屋，一下子就塌了。眼前是均匀的暗橙色，好像自己被泡在什么液体里一样。

"弟！"陆凯扬在他耳边说，"你醒醒，弟……"

奇怪的是，宋天暮觉得眼皮很沉，无论如何也睁不开，他觉得有好几个人在他身边走来走去，有人把他抱上了别的病床，床下的轱辘在地面上发出冷冰冰的摩擦声。

脸上被放了个什么硬硬的东西，有人把他的眼皮掀开，拿一个特别亮的小手电筒照来照去。难受得不行，宋天暮想问一句你干什么啊，那个人把手松开，世界又变回了刚才的暗橙色。手指头上也被夹了硬硬的东西，上衣被脱掉。心里很烦，不知道为什么被折腾来折腾去的，很想喊池明知或者陆凯扬来看看怎么了，却只能发出一点点模糊的声音。又有人拿手电筒照他的眼睛，这一次他彻底放弃抵抗，周围好几个人在说话。

"家属先出去。"那个拿手电筒照他眼睛的人的声音断断续续的，"三楼电梯左手边……"

还没听清三楼电梯左手边是什么，周围的一切又消失，宋天暮来到了陌生的地方，莫名其妙地看了看四周，黑乎乎一片，万事万物都摇摇欲坠，空气冷冰冰的。

突然地，有人抓着他的头发，强迫他抬起头来，看向窗外。

"现在你只有十六岁。"那个人说，"要是想走的话一切都来得及。"

潮水般的记忆涌过来，宋天暮想起来这是哪一天了。高一的时候，陆凯扬和池明知在家里打游戏，他第一次知道了池明知秘密的那天。

"你以后会变成很有名的画家，什么阻碍都不会有，只要你离这个人远点。"

"真的吗？"

"当然是真的啊。"那个人把他的头发抓得很疼，"你要是想离开的话我带你走。"

宋天暮忙不迭点了点头，窗户打开，可他刚刚往前迈了一步，池明知就出现了，紧紧拉住他。

宋天暮为难地说："你觉得你做得对吗？"

"我做得不对啊。"池明知说，"可我只是——"

"你不是故意的，对吗？"

"哎。"宋天暮说，"我知道你没撒谎。"

池明知用力点头。

窗户在慢慢关上，要没机会了。宋天暮回头看了看窗户，又看了看池明知，犹豫很久才说："那好吧。"

少年的脸被月光照得清清楚楚，丝毫没有可憎的样子，如同记忆里一般美好。可是少年的脸又逐渐碎成拼不上的拼图，周围又变得暖烘烘。

宋天暮听到了仪器嘀嘀嗒嗒的声音，还有陆凯扬的哭声。池明知的声音响了起来，听起来也有些发闷，好像感冒了。

"别哭了。"池明知说，"他身份证呢？"

"我老婆回家找了。"

沉默。

"你要是难受的话就当是我打的吧。"这是池明知的声音。

"什么？"

"刚才那么说只是因为太激动了，我怕他跟你走了就不会再回来，没觉得这一切都是你的责任，我知道都怪我。"

两个人的说话声又开始断断续续，时大时小，宋天暮努力听了很久，才听到什么"医生说主因也不是外力……"

"找了……还要做检查……转院……"

"以前怎么没发现……能联系到他爸吗？"

"……的手机……"

"说胃疼好像检查过——"

"没做过……是全身体检……"

"做头部血管造影。"

周围又变得冷冰冰。宋天暮环顾四周，突然发现眼前站了个人，是少年池明知。刚想说话，就觉得一阵头疼，一个陌生人把他的头发抓住，让他看打开的窗户。

"你应该知道机会越来越少吧？"那个人说，"你不是觉得活着很累吗，有不累的活法为什么不试试？"

"好吧。"宋天暮这一次没有理会池明知，他努力爬上窗台，发现下面黑乎乎一片。

"跳下去吧。"那个人说，"跳下去就会觉得很幸福。"

黑乎乎的楼下变成了一片花海，好多穿着白色长袍的男孩女孩在下面挥着手等待迎接他，大家都笑得很开心。犹豫着要不要跳，池明知突然过来拽住他。

"别跳。"池明知说，"你哥会揍你。"

"揍你还差不多。"宋天暮看着慢慢关上的窗户说。

"对不起。"池明知。

"为什么你总是这么自以为是啊？"宋天暮也不知道怎么，只觉得又好气又好笑。

"我就是这样啊。"池明知的声音居然有一点委屈，"我以为你也很想要这样长大。"

无论如何也生不起气来，宋天暮只好说："哦。"

周围的一切又在抖来抖去，身上冷一阵热一阵。仪器声嘀嘀嗒嗒，胸口一阵剧痛，宋天暮整个人都弹了起来，又落回床上去，心脏麻酥酥的，又疼又痒。

世界闪烁，那个陌生人抓着他的头发，让他往窗外看。楼下有好多人在欢庆申会成功，这是陆凯扬家的卧室，池明知躺在本该属于陆凯扬的位置上。

"你又浪费了一次机会。"那个人说，"不过现在还来得及，跳下去吧。"

欢庆申会成功的人手拉着手，身上的白色长袍被风吹起来，像一朵朵可爱的雏菊。

"这是十七楼啊……"宋天暮犹豫着说，"跳下去会死吧。"

"当然不会了。"那个人凑到他耳边，"你不是一直都在想要是能重来过就好了吗？现在还有机会，不会疼也不会难受，以后就全都是幸福的人生了。"

那个人推了他一把，宋天暮一个趔趄，仪器嘀嘀嗒嗒的声音又响了起来，越来越尖锐。宋天暮脚下一滑，半截身体都掉了下去，突然觉得身上一紧，是池明知跑过来拽住了他。两个人一起往下看，欢庆申会成功的人们看起来还是那样幸福。

突然觉得很讨厌池明知，越想越生气，用力掰开池明知的一只手，身体又掉下去一大截，宋天暮赌气一样地说："放开我。"

"为什么？"

宋天暮更生气了，抿唇不说话。

宋天暮慢慢被池明知拽回去，窗户关紧了，尖锐的仪器声逐渐平缓。头皮一疼，有人抓着他的头发让他移开了目光。

"你不想过幸福的人生了吗？"那个人说，"再浪费的话真的没机会了。"

"什么是幸福的人生啊？"宋天暮疑惑地问，"你可以和我说说吗？"

"可以啊。"陌生人说，"幸福的人生就是不会感到痛苦，不会有人伤害你，不会讨厌自己，不会不知道怎么做选择，不会后悔，不会不知道明天是什么样的，不会饿肚子，不会生病，你爱的人全都在身边，怎么样，这是不是很幸福的人生？"

这个人摸了摸他的头发，带他走到窗边："你不是一直在后悔吗，这是一个很好的重来机会，不是吗？错过了就没了，走吧，我们去过幸福的人生吧，好不好？"

"你是谁啊？"

陌生人微微弯下腰，宋天暮终于看清了这个人的脸。奇怪，和自己长得一样。耳边的仪器声又尖锐地响了起来。

清醒梦

宋天暮不知道自己要不要去过那个幸福的人生,他犹豫了很久才说:"我爱的人全都在身边吗?"

"是啊,你不是很想爷爷奶奶和妈妈吗?"陌生的自己说,"他们也很想你。"

"那他们呢?"

"谁?"

"池明知和陆凯扬他们……"

"他们也有自己的人生要过。"

"再也见不到了吗?"

"为什么要见?"

听到这觉得很奇怪,宋天暮心想还是算了吧,刚摇头就觉得周围暖乎乎的,只是身上不舒服,肋骨疼,太阳穴也疼。好难受,鼻腔里干疼干疼的,好像被插了管子,肚子也很饿。

不过除了仪器嘀嘀嘀的声音就没别的了,还算安静。也不知过了多久，有人攥住他的手腕。

本以为会有人说点什么，因为脑袋里晕乎乎的，不知道为什么会变成这样，是生病了吗？可以给他解释一下吗？可池明知什么都没有说，只是用力攥着他的手腕。

过了会儿又觉得世界崩塌，周围冷冰冰的，宋天暮觉得自己被抓着头发拖了出去，膝盖被撞得生疼，有人把他推到了窗边。穿着白袍的男孩女孩坐在下面笑着看他。

"我还是不要跳下去了。"宋天暮皱着眉头挣扎，"为什么非要跳下去？"

"那你为什么要哭呢？"

"只是觉得有点难过。"

"是啊……"

"不要难过。"池明知走过来说，"体育课的时候我会给你买冰激凌，有不懂的题就算是讲一百次我也会耐着性子讲给你听，你要相信我，一切会好的。"

宋天暮犹豫着点点头，世界又灰飞烟灭。周围什么都没有，黑乎乎的，一点声音都听不到，好像被扔到了外太空，他突然觉得很恐惧，不知道会被关到什么时候。他抱着膝盖坐在地上，迷迷糊糊就要睡着，突然听到了电话铃响，随手一摸就摸到了听筒，接起来说了声喂，对面传来池明知的声音。

"你这几天怎么没去学校？"

"我的腿被撞坏了，在家休息呢。"

"我还以为你被传染了呢。"池明知的声音像被浸在冰水里一样清澈，"我好担心你。"

"为什么担心我啊？"

"对我来说你是很重要的朋友啊。"

刚想走到池明知身边，宋天暮就被人粗暴地拽着头发拉到了窗边。

"为什么还要被他左右？"

"可是——"

"没有可是，不要再瞎想了，他不会说那些话，快走吧，不要再浪费时间了。"

头皮越来越疼，好像被割开了一样。宋天暮回头看池明知。

池明知说："你很重要。"

"因为我不会把你的秘密说出去吗？"

宋天暮坐在了窗台上，下面穿着白袍的男孩女孩一起抬头，安静地看他。小女孩的辫子上插着饱满的雏菊，有风吹过，花瓣颤抖起来。

池明知伸出手来："我不想给你造成压力，我只是希望你好好的。"

宋天暮安静地看着他。犹豫很久，还是抓住他的手，宋天暮觉得自己的身体一轻，好像要被风吹到窗外，无数花瓣飘荡在天空中。难受的感觉又涌上来，周围变温暖，有人在他床边哭。

"弟。"邢琳哭着说，"你醒醒，你别吓唬我们……"

还有人在哭，但是已经分辨不出来是谁了。肋骨生疼，好像骨折了，脑袋里嗡嗡嗡地响。哪里都很难受。就算这里很暖和也不想在这里待了，不想再难受了。

世界颠簸个不停，睁开眼睛发现自己坐在飞机上，池明知坐在他身边。

"你又来找我了啊。"池明知说。

"我好困啊。"宋天暮打了个哈欠，"每次来见你都要倒好久的时差，你也不回来找我。"

"我太忙了。"

"你不在意我吧。"

"在意啊。"

"根本就不在意。"

池明知摇头："因为我随时都能找到你，身边有你是一件很自然的事情，你一直都在，我不知道没了你之后会那么不习惯啊。"

飞机停在空中，舱门打开，外面吹来了带着青草味的微风。宋天暮起身往舱门处走，池明知从背后拉住了他。

"我真的需要你这个朋友。"

"不要再骗我啦。"宋天暮轻松地说，"我走了。"

机舱里响起了尖锐的警报。

"我没有骗你。"机舱门关上，宋天暮坐在地上，池明知也坐在他身边。

"我可以见到妈妈了。"宋天暮从兜里掏出一张巴掌大的全家福，"之前一直都没和她说我爱她，好后悔啊。"

说完这句话之后他觉得很虚弱，干什么都没力气，世界又变成黑乎乎的空房间。宋天暮躺在地上舒展着身体，耳边是好多嘈杂的声音，他知道是大家在和他说话。

不过他不想再动了，因为知道那个长大了的自己说的是真的，幸福的世界确实是那样的，不会痛，不会难过，不会失望，以为再也见不到的人都在身边。

他迷迷糊糊地睡了好久好久，突然觉得世界亮了起来。世界越来越亮，长大了的宋天暮穿着白袍，和好多面容纯洁的男孩女孩一起出现。昏黄的天空中飘荡着雏菊花瓣，他低头看看，自己身上的衣服居然也变成了白袍。

陆凯扬、邢琳和陆珍站在河的对岸看他，陆超英和陆心蕊也站在那边，他爸也在。大家都笑着和他挥手，河面是粼粼的金光。

"哥。"宋天暮说，"你不会怪自己吧，我知道这不是你的错啊。"

陆凯扬点点头，虽然眼里有伤感，但还是笑着和他挥手。

"那就不要再总想到我了，也不要为了我哭了，我嫂子会记得给你买生日蛋糕的。"

陆凯扬又点了点头。宋天暮转身，刚走了没两步就被池明知拦住。长大了的宋天暮脸上有怒容，纯洁的少男少女脸上也一起出现怒容。花瓣像暴雨一样落下来，他这才发现花瓣边缘是锋利的刀刃，池明知的手臂被割得血肉模糊。

是谁说过这句话呢？可能命运留给我很多朋友，但是会毫不犹豫地给我挡酒瓶子，会在这种时候来找我的人只有你。是我说的吗？

有好多只手抓着他往远处走，尖锐的仪器声响了起来，河面变成了红色，整条河像一道没有起伏的直线。

池明知哭了出来，哭声里满是痛苦、绝望，好像从很远的地方传来。

"其实我一直都想问，你还想回来吗？"池明知在自己的哭声中说。

宋天暮停下了脚步。犹豫很久，不知道该不该回答。

"我不知道，但过去的时间做不了假，不管发生什么事，再见到你的时候我还是会觉得幸运，所以我希望你健康、平安、开心，无论你身边有没有我。"

"你明明知道没有你的话我也做不好很多事情。"池明知紧紧攥住他的手腕，胳膊上有血珠滚落。

眼泪和血一起落下去，雏菊变成了巨大的花墙，越长越高，遮天蔽日。

"你别哭啊。"宋天暮皱着眉头看他，"我不想让你哭。"

池明知突然用另一只手分开花墙，带他狂奔起来。崩溃的哭声忽远忽近，宋天暮回头看了看，身后的一切都在崩塌。两个人一起跳入血色的长河。宋天暮张开嘴，想说你别哭了，却只吐出一串泡泡，飘到河面上就消失了。河水激荡，身上又开始痛，痛到要死，眼前一片黑，什么都看不清。

宋天暮睁开眼睛，他看到了紧紧握住自己手腕的那只手，指节修长，因为过于用力青筋鼓起。再往上看，是池明知哭红了的双眼。有人把池明知拉开，医护人员继续抢救。宋天暮在众人身影的缝隙中看到了池明知，于是他慢慢地眨了眨眼睛，从眼角滚出一滴眼泪。

好痛。

　　宋天暮长这么大好像一直都没睡过懒觉，初中和高中的时候都要学习，大学的时候熬夜打游戏，熬夜刷题，工作了之后更是没时间休息，好不容易回归校园生活，居然比工作的时候还累。

　　宋天暮有时候会想，等以后一定要好好休息一段时间，其实自己也不知道以后到底是什么时候。现在可以睡觉，只觉得很幸福，虽然身上难受，但是一直睡就没那么难受了。他什么都没想，就像一直泡在温水里，保持着一个舒服的姿势一直睡下去，也不知道睡了多久才听到有人在叫他。

　　想说一句不要吵了，可是又睡不着，只好闭着眼睛假装没听见，反正他不想起来，别人也不能拿他怎么样。叫他的人声音越来越大，他实在是装不下去，想把耳朵捂住，可手只抬起了一半就抬不起来，无论如何也没办法继续装睡，只好勉强睁开眼睛。

　　世界好亮，晃得他眼睛疼。全身上下只剩头发不疼，可是过了会儿才觉得头上很轻，好像头发也被剃掉了。

　　有人激动地大声说话，来的人更多了，不认识的医生护士围着他碰来碰去。意识逐渐回笼，他反应过来自己好像是生病了，但是因为实在是太难受没办法思考更多，只记得自己被池明知带着跳下了红色的河。

　　又睡了一觉，宋天暮感觉嘴唇凉凉的，睁开眼睛的时候发现池明知拿着棉签往自己嘴唇和口腔里涂水。两个人对视了半天，池明知才慢慢放下手里的东西，小心翼翼地碰了碰宋天暮。

　　有人推开病房门进来，是陆凯扬和邢琳，陆凯扬激动地抱着他掉眼泪，一个劲儿地问："弟，你能说话吗？你饿不饿？"

　　问了半天也没问出什么来，宋天暮又睡了过去。这一次好像是正常的睡眠，宋天暮能感觉到自己只睡了几个小时就醒了，肚子饿得咕咕叫，可是没人给他喂饭。池明知隔一会儿就拿棉签蘸水擦擦他的嘴唇和口腔，搞得宋天暮差点把棉签吞了。

　　于是宋天暮醒来之后说的第一句话是"好饿"。

"什么？"陆凯扬和邢琳也走到床边。

"我好饿。"宋天暮稍微抬高了一点声音，"想吃饭。"

"现在还不能吃。"池明知说，"医生说明天早上可以喝点牛奶。"

宋天暮觉得自己清醒一阵糊涂一阵，一直在想，为什么只能喝牛奶？喝点别的不行吗？

好像是怕他又睡过去，大家都坐在床边和他说话，迷迷糊糊的，他勉强听懂自己脑袋里长了肿瘤，昏迷原因是脑疝，这段时间不光做了开颅手术，还在一天里接了三张病危通知书，心脏停博了好几次，每次抢救大家都以为要救不回来了。

宋天暮再睡过去的时候还在好奇为什么脑袋里长了东西却一直没感觉，仔细回忆一下，可能经常耳鸣头晕不是因为休息不足吧。

住院的时候是大年初二，现在居然已经过去一个月了，怪不得觉得睡了很久。手术之后他的指标还算正常，可是一直都没醒，陆凯扬天天在他床边哭，双眼皮都快哭出来了。

又睡了几觉，宋天暮终于清醒一些，但醒了还不如不醒，他的肋骨因为做心肺复苏断了，喘气都觉得疼，脑袋里也闷闷地疼，半边身子都是麻的，想吃很多好吃的，但是医生不让吃，醒过来的前两天只能喝点牛奶或者米汤。

还有就是他在恢复期，基本上干什么都要别人帮忙。时间长了宋天暮觉得有点不对，他以为之前身体麻痹是因为躺久了，过了几天却还是这样使不上劲。

他问池明知自己怎么了，池明知说他差点瘫痪，现在确实是有半边身体没办法动，但是医生说之后会恢复的，恢复效果好的话会和正常人一样。

宋天暮有些紧张，问他是不是真的会恢复。

"我骗你干什么？现在骗了你，到时候你发现不能恢复不是会更受打击吗？"池明知说，"当然，再做重体力工作肯定是不行了，但画画又不算重体力的活儿。"

宋天暮点了点头。

池明知认真地说："你一定会没事的，那么危险都挺过来了，以后的问题都不是问题，我肯定能让你继续画画的，不骗你，你别担心，保持好心态配合治疗，好不好？"

想了想，池明知好像确实没骗过自己，宋天暮也就没那么担心了。其实除了身体上的疼痛，别的倒还好，池明知非常细心，把他照顾得很好，他没有经历重症病人恢复期可能会经历的没有尊严的场景，每天什么都不用担心，困了就睡，饿了就吃，单人病房没人打扰，大家会经常来看他，就连他爸都来了。

好像每个人都对他还能被救活这件事表示震惊，就连医生和护士都说他命大。宋天暮很想说我不是命大，只是有放不下的事，所以没办法安心地死。

不过这个时候好像不适合说这些，池明知也没有和他提起自己有多么担心，只是一直在好好地照顾他，让他配合治疗。偶尔池明知实在是忙不过来，陆凯扬也会来，只不过陆凯扬经常会不小心拿勺子磕他的嘴唇，还说他不配合吃饭。后来宋天暮一看到陆凯扬就头疼，问陆凯扬什么时候回首都。

"一个礼拜之后我就带你嫂子走了。"陆凯扬说，"再不走工作都丢了，幸好老板舍不得开除你哥，不过你放心吧，过段时间咱们就首都见了，池明知说要把你带到首都做康复。"

宋天暮说："哦，我坐飞机的话脑袋会炸掉吗？"

"你能不能闭上你的嘴！"陆凯扬炸毛了，"你再说？"

宋天暮笑了起来："你这么激动干吗啊？"

"你知不知道我死的心都有了？"

"不是说你打的那一下不是主要原因吗，早晚都会出事的。"

"可是你要是……你要是真那个了，那不就是我干的吗？"

"其实我做梦梦到你了，我说不是你的责任，你一直点头，还在笑呢。"

"我在你心里就是那种人？啊？我还笑？"陆凯扬这下子彻底疯了，他怒目圆睁，"狼心狗肺的东西，饿死你得了。"

宋天暮越看他越想笑，想解释一下又不知道怎么说。过了会儿陆凯扬臭着脸走过来继续喂他吃饭，一边喂一边说："你光看到我了，看到那谁了没有？"

"谁啊？"

"池明知！"

"看到了啊。"宋天暮说。

陆凯扬深吸一口气说："弟，不管你以后做什么，只要你愿意，你觉得开心，我都支持你，实在不行就回家，又不缺你一双筷子。"

"哥。"宋天暮盯着他看了半天，"我发现你长黑眼圈了。"

"我能不长黑眼圈吗？！"陆凯扬恼火得很，"一做梦就是梦到你没了，我觉都不想睡了。"

比起陆凯扬的坦诚，池明知堪称沉默，除了照顾他就是给他找各种书或者电影解闷。每天给宋天暮洗完脸之后还找个镜子让他照照。

"真好看。"池明知像幼儿园老师夸小孩似的夸他。

宋天暮笑得不行，说："你有毛病吧。"

"本来就很好看啊。很少有人能驾驭这个发型。"

"你是担心我觉得自己很丑影响心态吗？"宋天暮边笑边说，"我又不在乎这个。"

"不在乎还天天照。"池明知把镜子放在一边。

比起刚醒的时候，宋天暮现在身体已经恢复了一些知觉，手指可以动了，只是不能攥拳。池明知把自己的手放在他的手上，让他试着握住。宋天暮就努力把胳膊抬起来一点，握住，放开，握住，再放开，再握住。

"感觉比昨天力气大点了。"池明知说，"你恢复得挺快的。"

"你一直不回去没事吗？"宋天暮抬头看他。

"你不要想这些。"池明知攥住他的手，"我会处理好的。"

"我住院是不是花了很多钱啊？"

"没有。"

"我哥不是说他都想卖房子了吗？"

"我会让你哥卖房子吗？"

"因为你们是好朋友嘛。"宋天暮靠在枕头上，微微动了动身体，"你们俩和好了没？"

"反正不会在你面前打架了，你放心吧。"

"池明知。"

"嗯？"

"我要是一直都卖不出去画，一直都还不起你的钱怎么办啊？"

"那就欠着呗。"池明知看看他，"你哥和我说，你昏迷的时候梦到我了。"

宋天暮点了点头。

"梦到我在干什么呢？"

"梦到咱们俩第一次见面，他们在前面走，你带着我走在后面。"

"然后呢？"

"你问我饿了没，然后给我买了个金枪鱼饭团。"

池明知笑了一下，点了点头，把目光转向别处，张开嘴想说点什么，却只忍不住吸了吸鼻子。宋天暮没想到他会因为这句话哭，毕竟自己醒了之后他一直都很冷静，不管是照顾自己还是和医生沟通都非常有条理，比动不动就掉眼泪的陆凯扬强多了。

"哭什么呢？"温热的眼泪打在宋天暮手背上。

首都的夏天还是那样燥热，好在楼梯间比较阴凉，宋天暮可以在爬楼梯累了的时候坐在台阶上休息一会儿。他现在基本上恢复了自理能力，每天要有一定的运动量，池明知之前让他在跑步机上慢走，坚持一段时间之后他觉得很无聊，两个人商量了一下便把慢走改成了爬楼梯。

宋天暮挺喜欢爬楼梯的，主要是因为爬三天可以吃一盒冰激凌，他手术之后忌口的东西很多，池明知看他实在挺惨才网开一面。这盒冰激凌还要两个人分着吃，宋天暮恨不得趁池明知不注意挖一口大的吞了，只不过觉得这样做有丢人之嫌才勉强忍住。

今天实在是有点馋，爬完楼梯进家门，池明知手里的冰激凌还剩下最后一勺，他刚想拿过来吃，就看到池明知把冰激凌放进嘴里。宋天暮心情复杂地看着池明知，心想"你给我多吃一口又能怎的，我还能当场去世吗"。

于是宋天暮闷闷不乐地跟池明知吵了起来，吵了半天也没吵出结果，还是陆凯扬打电话过来两个人才不吵了。

宋天暮应了几声，把电话挂断，池明知问："你哥找你干吗？"

"让咱俩周末去他家吃饭。"

池明知点点头。

电视里放着晚间新闻，看了会儿，池明知问宋天暮："你过段时间有什么打算吗？"

"还要回J国一趟啊。"宋天暮盯着电视屏幕说，"好多事情都没处理好。"

"你要是想的话在那多待一段时间也可以，我这边不用担心，你去哪儿我都能陪你。"

"今年应该会留在国内吧，其实有挺多想去的地方，等我身体好点再说。"

宋天暮现在还是很容易觉得累，精神也有点跟不上。

"那时候国家体育场刚盖好呢，都七年了。"宋天暮似乎有些感慨，"改天开车去附近转转吧。"

池明知说好的。

周末池明知开车带宋天暮去陆凯扬家，陆凯扬正在厨房忙活，陆珍刚被阿姨哄睡。宋天暮放下带过来的水果，问陆凯扬："我嫂子呢？"

"你嫂子和闺密去温泉酒店过周末了，这两天都不回来了。"

菜上齐，陆凯扬坐下，对他们说："最近挺好的啊？"

"咱们不是上礼拜刚见过吗？"宋天暮说，"我怎么觉得你好像有事要说呢。"

"哎呀，这不是想请你们帮个忙吗。"

"什么忙？"

"你嫂子快要过生日了，我想准备个惊喜，订了个酒店，想请你们帮忙布置一下现场。"

"老夫老妻了还挺浪漫。"宋天暮给自己夹了一筷子白菜卷肉。

"你懂什么呀，还艺术家呢，你就是个榆木脑袋。"

饭没吃一会儿，宋天暮被两个人轮流训了一顿，一会儿说他挑食，一会儿说他不好好吃饭。

到了约好的时间，池明知开车带宋天暮到酒店，陆凯扬这回还挺下血本，订了个总统套间。花店的人搬了花来，一捧又一捧，房间里很快就满是花香。

说是让宋天暮来帮忙，其实陆凯扬这个不让他干那个也不让他干，宋天暮只好坐在床上拿打气筒吹气球。旁边有几个面生的人，应该是陆凯扬的朋友，正一起帮着布置。

过了会儿，池明知拿着一枝花过来敲了敲他的脑袋，说："饿了没？"

"没有。"宋天暮把玫瑰花拿过来，"我都没给人送过花。"

"送花干吗，又不能吃。"

"喊。"宋天暮说，"一点浪漫细胞都没有。"

宋天暮把吹好的气球放在地上，问陆凯扬："你给我嫂子准备什么生日礼物了？"

"保密。"陆凯扬神神秘秘地说。

计划是宋天暮和池明知先去接邢琳下班，庆祝完之后在酒店吃饭，吃
过饭再留他们过二人世界，所以布置好现场之后池明知和宋天暮就下楼了。

邢琳上车的时候看起来挺不高兴的，宋天暮问她怎么了，邢琳说："你
哥是不是给我准备什么生日惊喜了？"

宋天暮：……

邢琳："你让他少惹我生气比什么都强。"

宋天暮不知道这两口子为什么吵架，想来他哥突然玩浪漫也是事出
有因，看邢琳不高兴也就没多问，只变着花样劝她不要和陆凯扬计较，
男人就是要该收拾就收拾之类的。

谁知道越劝邢琳越不高兴："要不是孩子都有了我早和他离了。"

宋天暮大为震惊，只希望今晚的生日惊喜能挽救这段濒临破碎的婚
姻。到了酒店，邢琳在宋天暮的劝说下勉强答应暂时不生气，配合一下
做做面子，但是到一楼的时候她说自己要补个妆，让他们先上去。

宋天暮让池明知先上楼，自己等会儿陪邢琳一起上去，池明知说好
的。等邢琳补完妆，宋天暮和邢琳一起上楼，推开没锁的房间，发现里
面漆黑一片。本来以为会有人突然出现说生日快乐，没想到只有音乐声。

I'm hurting baby,

I'm broken down,

I need your loving, loving,

I need it now.

When I'm without you,

I'm something weak

…………

灯被打开，陆凯扬抱着蛋糕，池明知捧着花出现，宋天暮怔怔地看

着他们朝自己走过来，他忽然想起来今天其实是自己的生日。

邢琳笑着轻轻推了他一下："过去呀。"

还没反应过来，宋天暮就觉得眼前一片模糊。刚刚布置现场的时候他还觉得很羡慕邢琳来着。

陆凯扬拿着相机给他拍照，一边拍一边说："弟，想哭就哭，别控制。"

宋天暮听他这么一说反倒不想哭了，到处找纸巾擦脸，好不容易等情绪平复下来，大家切了蛋糕分着吃，然后下去吃饭。

看大家举杯祝他生日快乐、幸福健康，宋天暮忍不住红了眼眶。

饭吃到一半，陆凯扬说："我媳妇今天可牺牲不少，为了配合你，生日都没过，还得演戏说老公坏话，你不表示表示吗？"

宋天暮："年底请嫂子出国玩，想买什么买什么。"

陆凯扬："那我呢？"

"我嫂子生日又不是你生日。"宋天暮给他夹菜，"让你蹭顿饭就不错了。"

"媳妇。"陆凯扬搂着邢琳，一个劲地撒娇，"咱就说这个人啊，人心难测，生日过完了就把当哥的踹一边去了，上哪儿说理去。"

邢琳一笑："我看你挺乐意管的。"

"你到底给我嫂子准备什么生日礼物了？"

陆凯扬不耐烦地说："人家想回家以后再给的，还能让你们看见？"

宋天暮悄悄对池明知说："不会没准备吧？"

池明知："我看就是没准备，回家以后准备挨收拾吧。"

陆凯扬从怀里掏出一个小礼物盒，拿出一对钻石耳钉当场给邢琳换上："看吧看吧看吧，看看美女养养眼。"

邢琳笑着亲了一下他的脸，宋天暮还是觉得很羡慕他们，但又没有之前那么羡慕了。

这顿小小的生日宴结束，客人们离开，池明知和宋天暮回到家。宋天暮本以为会一直激动，可激动慢慢变成了安心，好像一切都尘埃落定。

池明知问他:"你醒了以后,我还怕你鬼门关上走一圈,看破红尘了,彻底不想回来了。"

"我不是还欠你这么多医药费没还完吗?"宋天暮翻了个身,"搞艺术的都很穷,我好不容易有点起色,突然又给耽误了这么长时间,这下估计要穷很久了。"

宋天暮没有告诉他自己生病时的幻觉,尽管他记得很清楚,他看到了什么,意识到了什么,决定了什么,只要自己清楚就够了。

在最重要的那一刻,他心里的悔意突然消散,他不再恨任何人,也不再恨自己,兜兜转转,他突然寻回本心,一切都无力改变,那只能接受,在一切都经历过后,你会认清到底什么才是最重要的,什么才是值得留下的。

仅此而已。

池明知没告诉他的是,自己早上做梦了,他梦到两个人第一次见面,自己看着这个男生只觉得莫名熟悉。他伸出手对宋天暮说"你好",本来阴沉的天突然变亮,阳光普照,宋天暮抬头看他,笑着说:"你好。"

End

新年新雪

又要过年了。

其实在宋天暮的记忆里，过年不是什么特别值得开心的事情。他小时候和父母聚少离多，过了年好不容易聚在一起，却没什么时间培养感情。因为往往家里会来一堆亲戚，而且奇怪的是，不管哪年，家里都会有人因为打麻将或者打牌发生口角，甚至动手，把家里小孩儿吓得直哭。

后来宋天暮和他妈妈一起去了陆家，虽然气氛比过去和谐不少，但每年也会有一堆他根本不熟悉的亲戚来家里聚餐，他害怕自己说错话做错事，时刻紧绷着，没办法尽情地享受美食和玩乐。后来妈妈去世了，他对这个代表着团圆的节日就更没什么期盼了。

对池明知来说，过年和平时没什么区别，只是个无功无过的日子。他家里不缺钱，也没什么奇葩亲戚，但爸妈早就貌合神离，还非要为了一个节日在他面前装风平浪静，池明知觉得完全没必要，别扭得很。后来他爸妈离婚了，过年对他来说就更不是什么重要的事情了。

但是，对陆凯扬来说，过年可是一个非常重要的事情，毫不夸张地说，这算是他的一个年度重大事件，从小就是，长大更甚。

"你们懂不懂什么叫过年？"陆凯扬坐在沙发上，抱着女儿给她梳小辫，两只手上下翻飞，游刃有余，却丝毫不耽误他高谈阔论，"你们这些年轻人，一点都不懂尊重传统文化！"

这时距离过年还有半个月。

宋天暮出院以后一直处于修养状态，常去陆凯扬家里蹭饭，顺便逗逗大侄女，这会儿更是早早给自己放了假。池明知陪着宋天暮，也提前结束了手头的工作，动辄拎着一堆东西一起上门蹭饭。

这会儿他们刚吃过饭，邢琳在厨房洗水果，池明知收拾了厨房和碗筷，陆凯扬收拾孩子，唯有被当作重点保护对象的宋天暮什么活儿都没干，躺在沙发上一边走神，一边和大侄女拍手玩儿，听闻陆凯扬关于过年的高谈阔论，宋天暮眼中露出痛苦的神色，求救似的看向池明知。

池明知给他一个"放心"的眼神，开始转移话题："咱闺女幼儿园找的怎么样了？"

陆凯扬："别咱的，这是我闺女，我生的！"

宋天暮抬高了声音道："嫂子，我哥说孩子是他生的。"

邢琳端着水果出来，笑吟吟地看着陆凯扬："我冒昧问一句，您有那功能吗？咱们两口子认识这么多年，我还真没发现。"

陆凯扬不敢和媳妇顶嘴："口误口误，我就是说，这是我闺女……我说池明知你能不能别老打岔，我这儿说正事儿呢！"

剩下三人互相看看，都有点拿他没辙。

一个礼拜之前，陆凯扬就郑重宣布：各部门注意，今年咱们在一起过年，各方面事宜全都听我的。

大家以为他就是想拿主意订餐厅、置办年货，没想到事情并没有这么简单。

陆凯扬给孩子梳好了小辫，把孩子塞给宋天暮，不知从哪儿掏出来一个本子，和一支笔，特别严肃地说："今年这个年，我们一定要过好、过大、过完美，务必要大过、特过，过成一场盛事，要让快乐的记忆，深深地留在我们每个人的心里。"

宋天暮搂着孩子，眼神有些飘忽，他看着绿绿的苹果，小声说："哥，你确定你弄得和开大会似的，咱们真能留下什么快乐的记忆吗……"

宋天暮本来就不胖，出院以后更是瘦了不少，一直也没增肥成功，偏他长得嫩，总带一股青葱的少年气，这会儿怀里躺个孩子，配上有些迷茫的脸，像个自己带孩子的新手父亲，颇为惹人怜爱，邢琳和池明知心里的天平都情不自禁向他倾斜。

邢琳对陆凯扬说："宝贝儿，年咱们肯定得好好过，但是你还列个章程计划，是不是就有点没必要呀？"

池明知："而且你已经列了三个策划案，都被你推翻了，我们现在已经完全不懂你的诉求到底是什么了。"

可惜，陆凯扬不为所动。

邢琳是他的一生所爱，是他的宝贝媳妇，他也是邢琳的宝贝儿，邢琳疼他那是一点不掺假的，难道还会向着别人吗？

宋天暮是他弟，比亲兄弟还亲的弟，他难道还说服不了自己弟弟吗？

至于池明知，只要把宋天暮搞定了，池明知根本就不是阻碍。

于是，陆凯扬转向邢琳，对她说："媳妇，你不爱我了吗？"

邢琳：……

邢琳和陆凯扬虽然孩子都有了，但两个人的感情还是非常黏糊的，陆凯扬这样和她撒娇，她还真没办法横眉冷对。

"我不爱你爱谁啊，但是——"

"没有但是！"陆凯扬转向宋天暮，"弟，你不爱我了吗？"

宋天暮人生里重要的人没几个，陆凯扬就是其中之一，他能怎么说，他只好说："那倒没有，但是——"

陆凯扬转向池明知。

陆凯扬和池明知对视。

陆凯扬和池明知持续对视。

"我不爱你。"池明知肯定地说："没爱过。"

陆凯扬："你的意见不重要！"

在陆凯扬的撒娇攻势之下，大家都默认了服从他的折腾。

"我哥他为什么要这么折腾啊……"宋天暮偷偷和池明知咬耳朵，"他都写了好几个策划方案了，还买了一堆过年用的装饰品，光对联都买了三副。"

池明知说："我不理解他的脑回路。"

陆凯扬的脑回路偶尔确实异于常人。

宋天暮："其实他折腾倒是没什么，他开心就行，但是他列了时间表，我看了一眼，这活动强度也太大了，我怕我坚持不下来。"

池明知把低头剥橘子，剥好了，他把橘子掰好，仔细摘干净上面的白丝，递给宋天暮："嗯？什么时间表？"

宋天暮习惯了他的照顾，接过橘子，慢慢吃掉，橘子果肉酸甜可口，刚从冰箱拿出来，凉丝丝的，特别好吃。

宋天暮一口接一口地吃，没顾得上回答，等他吃完了，他接过池明知递来的湿巾，擦了擦手指，回忆了一下，对他说："凌晨一点到四点打麻将，中途每隔一个小时休息五分钟，四点到四点半下楼放烟花，四点半到五点一起包饺子当大年初一的早餐，还有……什么来着，我忘了，这些已经很震撼了。"

池明知：……

确实非常震撼。

池明知觉得节假日就是用来休息的，搞得和军训一样，这未免太可怕。于是他又给宋天暮剥了几颗葡萄，擦干净手，面带笑容地走到陆凯扬身边坐下。

陆凯扬停下手里的笔，眯着眼睛看他。

两个人虽然闹过点矛盾，但毕竟是这么多年的哥们儿，关系亲厚并非常人可比，池明知一过来，陆凯扬就知道他没什么好话，当即一抬手，道："我知道你想说什么，没用，必须听我的，你也得在我们家过年，我是一家之主，你懂吗？"

池明知处变不惊："我懂。"

陆凯扬满意地点了点头。

"但是，你让宋天暮通宵打麻将，五点多包饺子，是不是有点不妥呢？你也知道，他这个身体，万一——"

陆凯扬哼了一声："我弟当然我操心，我还能让他跟着熬吗？"

他转向宋天暮，非常慈爱地说："考虑到你的身体，我单独给你列个日程表，放心吧，哥还能不疼你吗？"

宋天暮捂着额头，有点发晕。单独的日程表，还给他弄一个单独的日程表。

"什么日程表？"宋天暮努力做出一副柔弱的神态，捂着脑袋低声道，"你等会儿，有点头晕。"

陆凯扬拿宋天暮当心头肉，就算知道他是装的，也严肃地凑过来仔细看了看他，然后拿起手机道："等着，哥给你叫救护车。"

"我好了。"宋天暮缓缓抬头，"你说吧，我挺得住。"

"你的日程安排集中在七小时之内，大扫除啊打麻将啊这些体力活儿你就别参与了，哥买了一堆装饰品，你就负责装饰家里，还有呢，就是做个奶油蛋糕，我们后半夜打完麻将当夜宵吃，图案我都给你选好了，你学美术的应该问题不大吧？"

然后，陆凯扬一锤定音："行了就这么定了！我给我闺女都安排活儿了，你也别想跑！"

宋天暮沉默着看向池明知，池明知嘴角往上提了提，有点幸灾乐祸的。

于是宋天暮偷偷踢了他一下，池明知更不掩饰，噗嗤一声笑出来，扶着宋天暮往次卧去："得了，你哥抽风你挡不住，头晕去睡会儿。"

宋天暮被他半强迫地带去次卧床上躺着，池明知则坐在旁边随手拿起一本推理小说看，虽然谁都没说话，气氛却极为平静和谐，仿佛本来就该如此。

宋天暮莫名想起自己小时候经历过的一些鸡飞狗跳，竟有种恍如隔世之感，他翻了个身，轻轻踢了踢池明知，轻声道："你看什么书呢？给我念念。"

池明知说："我发现一个事儿啊，你可是越来越懒了，书都不愿意亲自看了，还让我给你念。"

宋天暮翻了个身，"喊，不念就不念，我让我哥念。"

"你哥让你做蛋糕呢。"池明知又忍不住笑，"看蛋糕做不好你哥不抽你。"

"抽你！"宋天暮幼稚地和他斗嘴，"我哥还不一定给你安排什么活儿呢，到时候做不好，小心我哥把你关阳台过年。"

池明知还是笑，他心情很好："那你不赶紧把我放出来？"

"我才不和我哥对着干呢。"宋天暮又百无聊赖地翻了个身，看上去好像有点脱水的小白菜，"你说我哥到底为什么这么折腾呢？"

池明知起身找了个毯子给他盖上，继续看书："你哥的脑回路只有天知道。"

宋天暮开始犯困，眨巴眨巴眼睛就要睡去，他蹭了蹭脸边厚实柔软的被子，呼吸均匀，眼前慢慢变暗，就在他睡过去的前一秒，刚刚被念叨的陆凯扬就推门进来了。

"你们两个凑在一起开什么小会？是不是在琢磨怎么反抗我？"

宋天暮和池明知一起说："不敢不敢。"

"我看你们两个可太敢了！"陆凯扬哼了一声，"告诉你们，不光今年，以后的每一年都要好好过，不听话的统统去阳台上关禁闭！宋天暮，我可答应你妈了。"

宋天暮一愣，慢吞吞地翻身坐起，抱着毯子看陆凯扬："和我妈有什么关系呀？"

"哼。"陆凯扬很傲娇地说："我年年给你妈上坟，年年答应她会好好照顾你，你这几年东奔西走的，跑那么远，干什么都是一个人，连个年都过不好，这算好好照顾你吗？"

宋天暮张了张嘴，不知道说什么，他眼圈有点湿，快速眨巴两下才把泪意逼退，笑着说："我知道了，都听你的还不行吗？你喜欢哪个蛋糕，图片发给我，我研究研究怎么做。"

池明知看上去也挺感动的，不管从什么立场，他都觉得陆凯扬这个哥哥十分称职，能有这么一个哥哥，宋天暮实在幸运，可他不擅长也不喜欢说什么煽情的话，只用他觉得感谢而友好的眼神看着陆凯扬。

没想到陆凯扬对池明知说："你那是什么眼神儿？不服啊？"

池明知："……我们两个之间有一个应该去看看眼科。"

陆凯扬搞定了弟弟，不和他计较，心情很好地哼着小曲儿出去制定他的大计划了。

等大年三十当天，陆凯扬巨大的闹钟声惊醒了所有人，宋天暮住在次卧都听到了，他迷迷糊糊地环顾四周，池明知摸出手机一看，七点。

宋天暮："……这就开始了。"

池明知笑起来，拍拍他的肩膀："起来吧，小心晚了他过来抽你。"

宋天暮睡醒了，但没有完全醒，他扯了好几下才扯了睡衣，抓过一个黑色短袖套上，他顺手一扯，睡衣卡在了他脸上。

"穿反了。"池明知说。

宋天暮："它卡在我脸上了……"

池明知憋着笑，伸手帮忙："你脸挺小的，怎么还卡住了？"

"角度问题……"宋天暮无精打采，还没睡醒，"再卡一会儿好了。"

他身体软绵绵的又往被窝里躺，短袖卡在脖子上，陆凯扬的声音传来："弟，快起快起！"

宋天暮说："你和我哥对打有几成胜算？"

池明知："看在大年三十的份儿上让他一成，九成吧。"

宋天暮伸出一条胳膊乱划拉，划拉过一个枕头抱在怀里："你加加油，十成怎么样，把他打晕一个小时，我再睡会儿。"

池明知看得好笑，帮他把被子盖好，自己出去了。

陆凯扬拿着手机从卧室里冲出来，睡衣皱皱的，正在大声对着手机说："爸！过年好！"

陆超英今年本来是打算和他们一起过年的，票都买好了，没想到他多年不见的大姐突然回国，到时和老家的亲戚们必然要聚，陆超英便决定留在老家和亲戚们一起过年了。

手机那边的陆超英："诶，过年好，过年好，小琳和小暮起来了吗？还有明知——"

陆凯扬风风火火地打断他："都好都好，不说了我们要忙了！"

然后他挂了电话，指挥起来。

大家开始各种装饰家里，贴对联，忙里忙外，宋天暮身体发虚，睡得很沉，得了一个小时的休息时间，等他醒了，大家还没忙完，但是他这会儿已经插不上手了，只好坐在沙发上等着做饭。

就在大家忙活的时候，突然听到一声爆响。

陆凯扬回头一看，宋天暮坐在沙发上，池明知弯腰站在他身边，两人握着一个纸爆竹。满地的彩色纸片碎屑。

"我我我……我不是故意的！"宋天暮赶紧说，"我就是研究研究，池明知也说过来看看，我们都没怎么用力它就爆炸了。"

池明知："怪我。"

陆凯扬："这是十二点的时候放的！你们两个浪费了一个！"

宋天暮："啊那怎么办，我们要不出去再买几个？"

陆凯扬脸上露出了得意的微笑："幸好我买了十个备用。"

所有人：……

"哈哈，你们俩捣乱失败了吧？"邢琳拿着吸尘器过来，笑呵呵地小声说，"你哥的谨慎你想象不到。"

池明知和宋天暮对视一眼，露出没辙的表情。

窗花贴好，鲜花摆好，灰尘扫净，众人又被陆凯扬催着换好新衣服，于是一家人打扮得好像要去参加晚宴一样，开始刮鱼鳞、洗菜和烤蛋糕。

池明知负责刮鱼鳞，他的家务活儿水平日益见长，倒是做得有条不紊，弄好后，他洗洗手，从自己雪白的衬衫上捏下一枚鱼鳞给宋天暮看。

池明知："你哥的这个方案很明显有问题。"

宋天暮脸上有道面粉，正在手忙脚乱地打鸡蛋。洗菜水也把邢琳的新裙子弄得都是水。

陆凯扬最狼狈，因为他刷螃蟹的时候不小心手被夹了，他梗着脖子不承认自己流程不对，大声说："有什么问题有问题！你们自己小心点不行吗！"

话音刚落，他又被螃蟹夹了手，发出痛苦的声音。

"这回谨慎不起来了，没上过身的新衣服每人就一套。"宋天暮和嫂子说悄悄话，邢琳捂着嘴笑了起来。

池明知前脚还在幸灾乐祸，后脚就被塞了新任务，给虾开背去虾线，这活儿不难，但需要点耐心，也不知道是不是陆凯扬故意的，今天需要开背的虾特别的多，池明知个子高，料理台对他来说有些矮了，他站了许久，背有些不舒服，好不容易收拾干净了，陆凯扬又扔过来一筐。

池明知顿时僵住。

"哈哈哈哈。"宋天暮忍不住幸灾乐祸。

"你还笑？"陆凯扬开始督工，"我看你这个蛋糕要是烤坏了耽误吃，就把你塞烤箱里凑数。"

宋天暮背后一凉，不敢放肆，认认真真开始搅拌，陆凯扬把脸凑过去细看，宋天暮一个手滑，蛋液不小心溅了陆凯扬半边脸。

池明知："哈！"

他惯常喜怒不外露，能哈这么一声，显然是觉得此情此景，十分好笑。

陆凯扬也不知又从哪儿弄来一堆虾扔给他。

池明知不干了："你买这么多这玩意儿干什么？"

宋天暮："哈哈哈哈哈哈！"

这两个人轮流捡乐，谁的乐都捡，立志要从苦难里开出花儿来，陆凯扬实在是无语了。

好不容易备好菜，陆凯扬和邢琳掌勺，池明知打下手顺便收拾厨房，宋天暮搬了个小凳子在一边抱着孩子围观，陆凯扬忙碌的间隙抽空回头看看，不禁满意地点点头，觉得一切终于回到了正轨。

然而也不知是大家故意的还是怎么，陆凯扬计划好的一切频频遭受突袭，接下来的时间里，不是这个衣服弄脏了，就是那里碰掉了东西摔坏了碗，陆珍小朋友也受了冷落，几个大人轮流陪她玩儿也哄不好，哭了好几通，还把拉花扯掉了好几个。

陆凯扬从稳如老狗逐渐变得心态崩塌，但他还是努力维持着自己一家之主的威严，指挥着大家这样那样地干活儿。可惜没人听他的，大家已经开始自由活动了。

夜幕四合，桌上摆满了菜，蛋糕也做好了，厨房被收拾得焕然一新，然而陆凯扬精心打理的发型乱七八糟，好似遭受一场劫难，他坐在椅子上抱着女儿，嘴巴抿成一条直线。

剩下三人坐在他身边，彼此看看，突然爆发出一阵大笑。

陆凯扬："笑什么！"

池明知不答，笑着举杯："新年快乐，祝大家身体健康，万事如意。"

宋天暮："和和美美，团团圆圆。"

邢琳："心想事成，财源广进。"

陆凯扬哼了一声，举着杯子看了看自己温馨的家，又看了看满桌的美食，终究是无奈地笑了一下，大声道："行了行了，净说那些没诚意的词儿，新的一年祝你们做人不缺爱……"

宋天暮眼疾手快地捂住了他的嘴，餐桌上又爆发出一阵笑声。

池明知把饮料满上，举杯和宋天暮碰了个杯，他什么都没说，宋天暮也什么都没说，但这一刻并不需要别的语言，一切尽在不言中。

炮竹声响，新雪漫天飘舞。

新的一年来了。

/ 番外完 /

图书在版编目数据

金枪鱼 / 八千桂酒著. —武汉:长江出版社,
2023.4
ISBN 978-7-5492-8754-3
Ⅰ.①金… Ⅱ.①八… Ⅲ.①长篇小说－中国－当代
Ⅳ.①I247.5
中国国家版本馆CIP数据核字(2023)第057025号

金枪鱼　八千桂酒 著

出　　版 长江出版社
　　　　（武汉市解放大道1863号　邮政编码：430010）
选题策划 漫娱图书　　龚伊勤
市场发行 长江出版社发行部
网　　址 http://www.cjpress.com.cn
责任编辑 李剑月
特约编辑 郭昕 刘静薇
总 策 划 zoo工作室
装帧设计 肖亦冰 倪争
印　　刷 武汉鸿印社科技有限公司
版　　次 2023年4月第1版
印　　次 2023年5月第1次印刷

开　本　880mm×1230mm 1／32
印　张　8
字　数　206千字
书　号　ISBN 978-7-5492-8754-3
定　价　48.80元